Der Attentäter

Der österreichischer Autor Karl Hans Strobl zählt neben Gustav Meyrink und Hanns Heinz Ewers in der Literaturwissenschaft heute zu den großen Drei der deutschen Phantastik im 20. Jahrhundert.

In der Buchreihe „Historical Diamond" werden die Juwelen bedeutender klassischer Autoren in einer qualitativ hochwertigen, aber preiswerten Buchausgabe in ungekürzter Form neu herausgegeben. Das Themenspektrum umfasst spannende Romane, u. a. historische Romane, Krimis, Fiktion, Abenteuer und Entdeckungsreisen.

HISTORICAL DIAMOND

Karl Hans Strobl

Der Attentäter

Roman

Herausgeber
Klaus-Dieter Sedlacek

Band 1

Bibliografische Information Der Deutschen Bibliothek:
Die Deutsche Bibliothek verzeichnet diese Publikation
in der Deutschen Nationalbibliografie; detaillierte
bibliografische Daten sind im Internet über
http://dnb.ddb.de
abrufbar.

Herstellung und Verlag: BoD – Books on Demand, Norderstedt.
ISBN: 978-3-7528-8666-5

Am Abend des 30. August wurde gegen den bekannten Reichsrats- und Landtagsabgeordneten Doktor Posolda ein Bombenattentat verübt. Gegen halb zehn Uhr, eben als der Hausmeister in Unterhosen und Schlappschuhen über das Vorhaus ging, um das Haustor zu schließen, tat es hinten, im dunkeln Winkel unter der Stiege, einen mörderischen Krach. Gleich darauf quoll eine dichte Rauchwolke über den Flur hin.

Der Hausmeister Wenzel Lefenda hatte bei der Artillerie gedient und noch immer sang er beim Stiefelputzen das Lied vom heldenmütigen Kanonier Jawurek. Aber trotzdem erschrak er im ersten Augenblick so, daß er gegen die Wand taumelte und einen Schlapfen verlor. Dann aber faßte er sich und schnupperte in die Luft. Im Bereich des Scheines der Straßenlaternen wogte weißer Rauch ...

... Pulverrauch ...!

Jemand riß die Türe der Hausmeisterwohnung auf und schrie: »Jeschisch Maria!«

»Bring Licht, Alte!« brüllte Wenzel Lefenda, wütend, weil er vor Verwirrung und Eifer in das Stiegengeländer hineingerannt war.

»Was is los? Was is g'schehn?« fragte eine Menge von Stimmen von oben herunter. Da stand in jedem Stockwerk ein Haufen von Menschen bestürzt, erregt, neugierig, schadenfroh.

»Es hat sich jemand erschossen!«

»Hausmeister, holen S' die Rettungsgesellschaft.«

»Ich geh' hinunter, nachschauen,« sagte Herr Abendgeleit, der Reserveoffizier war.

Aber Frau Ottilie packte ihn sogleich an der Rockfalte: »Nein ... ich laß dich nicht ... daß dir was geschieht!«

Inzwischen hatte Frau Lefenda Licht gebracht. Wie ein Känguruh sah sie aus, wie sie so dastand, mit dem stark entwickelten Unterleib und dem verkümmerten Oberkörper, über dem sie die Arme hielt wie Hasenpfoten.

Wenzel hatte ihr die Küchenlampe aus der Hand gerissen und leuchtete umher. Da lag eine verbogene und zerrissene Sardinenbüchse mit einem schwarzen Satz verbrannten Pulvers, und ringsher-um war eine Menge von Glassplittern und kleinen Tapezierernägeln ausgestreut. Zuerst betrachtete Herr Lefenda diese Dinge mit nicht geringem Erstaunen, dann tat es in seinem Kopfe einen Knall, fast ebenso mächtig wie der der Sardinenbüchse vorhin. Er erinnerte sich auf einmal der Schreckensnachrichten aus Rußland, der in die Luft gesprengten Generale, der zerrissenen Polizeimeister, der erschossenen Großfürsten und verstümmelten Präfekten. »Eine Bombe,« murmelte er, »eine Bombe! Da haben wir's. Jetzt geht es bei uns auch schon so ...«< Und noch schreckensbleich, aber im Vollgefühl seiner Verantwortung für alles, was nun folgen mußte, begann er Glassplitter und Tapezierernägel mit den Händen zusammenzufegen und in die Sardinenbüchse zu schaufeln.

Dann lief er die Stiegen hinauf und drängte sich durch die Neugierigen im Mezzanin, indem er die Sardinenbüchse hochhob, wie ein Speisenträger in einem überfüllten Wirtshausgarten seine Teller.

»Was is das? Zeigen S', Herr Lefenda!« rief man ihm zu.

»Eine Bombe,« schrie er zurück und lief schon die Treppe zum ersten Stock hinauf.

Lächerlich ... a Sardinenbüchsen!« sagte Herr Abendgeleit.

»Kann auch a Malheur geschehn!« erwiderte Frau Ottilie.

Im ersten Stock erwartete der Hausherr Doktor Posolda seinen getreuen Beschließer. Er schob ihn ohne weiteres vor sich her in die offenstehende Türe seiner Wohnung; die anderen Leute, die da herumstanden, brauchten nicht zu hören, was er mit Lefenda zu verhandeln hatte.

Doktor Posolda war allein zu Haus. Frau und Kinder befanden sich noch auf Landaufenthalt. Sonst pflegte der Doktor um diese Zeit erst vom Nachtmahl zu kommen; heute aber war er schon daheim, einer dringenden Arbeit wegen, denn es galt, die Stellung des Jungtschechenklubs für die bevorstehende Einberufung des Reichsrates in einem Leitartikel klar zu umschreiben. Auf dem Schreibtisch lagen im Bereich einer Husbüste und des begeisternden Blickes eines Palackybildes einige Manuskriptblätter, eine Anzahl von Zeitungen, und neben einer Aschenschale stand eine Flasche Bordeauxwein mit dem dazugehörigen Glas.

Doktor Posolda richtete sich hoch auf, wie ein Mann, der einen historischen Moment mit vollem Bewußtsein durchlebt. Sein glattrasiertes Bauerngesicht war ernsthaft und gespannt. So nahm er aus den noch immer zitternden Händen Lefendas die Sardinenbüchse entgegen.

»Das ... das ist es gewesen ...« sagte der Hausmeister.

»Das da? ... diese Sardinenbüchse.« Doktor Posolda roch an ihr: »Pulver!« sagte er.

»Eine Bombe!« nickte Lefenda.

»Eine Bombe ... natürlich eine Bombe.« Und nach einem kleinen Sinnen fügte der Doktor hinzu: »Ein Attentat auf mich, mein Lieber ... ein regelrechtes Attentat.«

Dieser Gedanke war Lefenda bisher noch nicht gekommen. Aber nun, da es der Doktor gesagt hatte, war es unzweifelhaft, daß es so war. Lefenda war stolz darauf, einem Mann wie Doktor Posolda zu dienen, einem Nationalhelden, einem Politiker von solcher Bedeutung, einem zukünftigen Minister, dem es vorbehalten war, alle Slawen Österreichs zu einem großen Bund zu vereinigen, diesem scharfsinnigsten und klügsten Mann, dessen Reden man bloß zu lesen brauchte, um zu wissen, was man an ihm besaß. Der Gedanke, daß man auf diesen Mann einen Anschlag verübt hatte, versetzte Lefenda in eine maßlose Wut. Er knirschte mit den Zähnen, ballte die Fäuste und rollte die Augen: »Man sollte diese Deutschen alle zerreißen ... man sollte sie niederschießen wie Hunde ...«

»Hast du eine Ahnung, wer es gewesen sein kann? Hast du jemanden gesehen?«

»Nein. Ich habe niemanden gesehen. Ich habe zuerst den Gashahn abgedreht ... und bin dann zum Haustor gegangen ... absperren ... und da hat es diesen Krach getan ... wie aus einer Pistole ... aber, wie soll man jemanden finden ... wir haben ja das ganze Haus voll Deutsche ...«

»Ich werde alle Deutschen hinausschmeißen,« sagte der Doktor.

Sein Zorn ließ Lefenda alle Trinkgelder und gelegentlichen Schnäpse vergessen, die er von den Parteien im Haus erhalten hatte: »Das wäre recht,« murmelte er, »die müssen alle hinaus. Und ich werde ihnen dazu aufspielen ...«

»Wir sprechen morgen noch darüber ... die Bombe laß mir da ... und morgen sprechen wir noch darüber ... denke nach, vielleicht fällt dir ein, wer es gewesen sein kann.«

Als Wenzel Lefenda sich hinausgeschoben hatte, nahm Doktor Posolda sein Tischtelephon und gab der Redaktion seines Blattes die Nachricht, daß man gegen ihn ein Attentat verübt habe. Ein großes Metallgefäß, gefüllt mit Glas- und Eisenstücken, war genau zu der Zeit im Flur seines Hauses explodiert, zu der er sonst aus dem Wirtshaus heimzukommen pflegte. Und wenn er nicht eben an diesem Abend zufällig schon viel früher an seinem Schreibtisch gesessen hätte, so wäre den ruchlosen Buben ihr Anschlag sicher gelungen. Seinem Glück und seinem Eifer im Dienst der Nation habe er es zu verdanken, daß es bei schweren Sachbeschädigungen und bei der Demolierung seines Stiegenhauses geblieben sei. Es werde sich nun zeigen, ob die Polizei mit demselben Eifer dahinter her sei, wie wenn es sich um die Verhinderung einer harmlosen Straßendemonstration des tschechischen Volkes handle. Diese Nachricht sollte der Welt, entsprechend breit und weit und dick und fett gedruckt, gleich zum Frühstück mitgeteilt werden.

Dann rief Doktor Posolda noch die Polizei an und erstattete auch ihr seine Meldung. In ironischem Ton fügte er bei, er hoffe, daß es ihr gelingen werde, die Verbrecher auszuforschen. Und als er den Hörer angehängt, lehnte er sich behaglich zurück und zündete eine der deutschen Zigarren an, die er bei seiner letzten Reise von München über die Grenze geschmuggelt hatte. Ein Lächeln spannte sich über sein Gesicht, von einem Backenknochen zum andern, und die dicke Nase saß in diesem Lächeln wie ein Knödel im Fett. Er beglückwünschte sich selbst. Gewisse Anzeichen hatten darauf hingedeutet, daß seine Gefolgschaft nicht mehr so unbedingt mit ihm ging. Nun – gab es vielleicht ein besseres Mittel, eine schwindsüchtige Beliebtheit wieder zu beleben, als ein Attentat?

*

Der deutsche Jugendbund hatte sein Heim im dritten Stock eines alten Hauses der Radetzkystraße. Es gab viele alte Häuser hier herum, und wenn eines von ihnen abgerissen wurde, so fand man bei den Grundarbeiten für das neue ganz gewiß und sicher unter den alten Gewölben und Mauern Tontöpfe und Krüge und manchmal sogar eine Handvoll Silbermünzen. Das wanderte dann alles ins städtische Museum, und die Nachbarschaft sah aus solchen Funden mit historischen Schauern, wie alt die Häuser eigentlich waren, in denen man wohnte.

Das Haus des Jugendbundes war aber vielleicht eines der ältesten unter diesen alten Häusern. Wenn man durch die Haustüre trat, so kam man ins leibhaftige Mittelalter. Da wölbte sich einem der Flur über dem Kopf und zog sich mit massigen Bogen zu Winkeln zusammen. Da hockte hinten eine Wäscherolle, so groß und plump wie eine husitische Belagerungsmaschine. Wenn man aber glücklich die dunkeln Treppen emporgetappt war und in das Heim des Jugendbundes kam, war man, wieder in der Gegenwart. Im Vorraum hätte man sich noch nicht entscheiden können, wo man eigentlich war, denn hier war das Licht überhaupt eine rare Sache. Von den beiden Fenstern des größeren Zimmers aber sah man über Brandmauern und Höfe und Dächer hinweg auf einen Haufen von Schornsteinen, die wie die Enden ungeheurer Achsen, um welche die Arbeit schwingt, aus der Erde standen. Sie hatten Rauchkappen auf, wenn die Luft schwer auf der Stadt lag; oder sie ließen schmutzige graue Tücher wehen, wenn der Wind daherkam, alle nach einer Seite, wie wohlorganisierte Genossen, die alle nur die eine Meinung haben, die man von Partei wegen verlangt. Auch den Rathausturm konnte man sehen, aber der war trotz seiner Ehrwürdigkeit bedeutungslos geworden neben einer vier Stock hohen, gelbgestrichenen, mit einer Dachbrüstung und einem schwebenden Merkur geschmückten Scheußlichkeit. Das war ein Bankgebäude, das so modern war, daß sich beinahe niemand daran vorübergetraute.

Das Haus, in dem der Jugendbund sein Heim hatte, war demnach so gestaltet, daß man vom Mittelalter zur Gegenwart emporstieg. Wenn man aber auf andere Anzeichen mehr Gewicht legen wollte, so war es, als mache man den umgekehrten Weg. Denn zu beiden Seiten des breiten Haustores hatte sich die allerjüngste Gegenwart eingenistet, links mit einem Grammophongeschäft und rechts mit einem Kinotheater. Und wenn man dann in den dritten Stock kam und die jungen Leute miteinander sprechen hörte, dann hießen alle Roland und Hagen und Hildebrand und Gunther und Thassilo und Armin, ja sogar ein Baldur war darunter.

Die Ausstattung des Raumes war von stolzer Einfachheit, germanisch sozusagen. Ein langer Tisch in der Mitte des Zimmers, zwei kleinere in den Ecken, einige Stühle, eine Bank und zwei Wandschränke. In dem einen wurden die Verhandlungsprotokolle des Jugendbundes und in dem anderen die Bücherei – dreiundzwanzig Bändchen Reclam und ein alter Jahrgang Fliegende Blätter – aufbewahrt. Das stand da, in biederer Ungeschlachtheit, und sah aus wie Eichenholz. Und daß es in Wirklichkeit nur weiches Fichtenholz war, hatte gar nichts zu sagen, denn es war so genial angestrichen, daß man es für Eiche halten mußte, wenn man das rechte Ideal hatte.

Daß man es aber hier nicht mit alten Germanen, sondern mit solchen von heute zu tun bekam, konnte man außer an den Fabrikschornsteinen vor dem Fenster auch noch an den Bildern, an den Wänden und an den Zeitungen ersehen, die an einem eisernen Rechen aufgereiht waren. Ein gipserner Turnvater Jahn war da. Bismarck und Richard Wagner schauten aus Rahmen herab, die sehr sinnvollen Schmuck zeigten. Ein kunstreicher und begeisterter Jüngling hatte diese Rahmen mit einer dicken Leimschicht bestrichen, sie dann mit Grieß bestreut und in regelmäßigen Abständen mit halben Nüssen und in den Ecken mit je zwei Eicheln beklebt. Nachdem man das Ganze noch mit Goldbronzetinktur überstrichen hatte, besaß man die hübschesten Rahmen, die man sich denken konnte, und nicht einmal die Eichensymbolik fehlte ihnen. Bismarck und Richard Wagner fanden sich hier ganz gut zurecht. Sie waren es gewohnt, auf die Jugend herabzusehen. Aber Arthur Schopenhauer, der ihnen gerade gegenüber hing, wunderte sich nicht wenig und konnte es noch immer nicht fassen, daß er sich hier befand; und er war doch schon vor drei Wochen als Geschenk des Ehrenobmannes, des Bäckermeisters und Stadtrates Wschiansky, zur Ausschmückung gespendet worden.

Heute war Abendprobe der Sängerriege, aber niemand dachte daran zu singen. Man war erregt. Man erörterte das gestrige Attentat auf den Landtags- und Reichsratsabgeordneten Doktor Posolda. Die ganze Stadt war voll davon, die Zeitungen hatten Sturm geläutet und man war gespannt, was daraus werden würde.

»Da ... bitte,« sagte Viktorin, cand. chem., und warf die »Deutsch-mährische Tagespost« auf den Lesetisch, »... pfui Teufel ... das sind unsere deutschen Zeitungen! ... statt zu sagen: Gott sei Dank, daß man es endlich einmal deutlich gezeigt hat, unsere Geduld ist zu Ende ... statt der Anerkennung einer tapferen Tat ... was steht hier? Nur ein Gewinsel, eine Rechtfertigung ... eine Entschuldigung.« Und er nahm die Bierflasche, die vor ihm auf dem Tisch stand, hielt sie gegen das Gaslicht und schüttelte sie ein wenig. Dann schenkte er den schäbigen Rest in das gerippte Wasserglas und trank ihn rasch aus.

Viktorin, der den erzenen Kneipnamen Roland trug, stand als einziger akademischer Bürger unter den jungen Leuten. Die anderen waren zumeist Angehörige des Handels- oder Gewerbestandes, Kommis, Lehrlinge, junge Angestellte. Viktorin war von der Ferialverbindung Saxonia beauftragt, zweimal in der Woche in den Jugendbund zu gehen, um den Zusammenhang zwischen Volk und Studentenschaft aufrechtzuhalten. Das war nötig, wenn man gemeinsam vorgehen wollte. Und Roland taugte gut zu seiner Sendung. Er wußte sich volkstümlich zu geben, hatte sich Einfluß erworben, und sein Wort galt etwas. Aber, wenn er in den Jugendbund ging, ließ er seine rote Kappe zu Hause und knöpfte den Rock über dem farbigen Band zu.

Gustav Gruber, der Viktorin gegenüberstand, nahm bedachtsam die Zeitung vom Tisch. Er hatte den Artikel schon gelesen, und nun stachen ihm noch einzelne Sätze in die Augen: ... »solche unverantwortliche Streiche sind nur dazu geeignet, unsere gute Sache ins Unrecht zu setzen! ... unsere Gegner werden nicht ermangeln, daraus Kapital zu schlagen ... es ist selbstverständlich, daß ein derartiges Bubenstück nicht unsere Billigung finden kann ... es kann nicht nachdrücklich genug betont werden, daß wir in keiner Hinsicht uns irgendwie mit den Tätern identifizieren wollen, unsere Waffen sind die Macht des Gedankens und unser gutes Recht, nicht die brutale Gewalt ... andererseits aber muß man auch mit allem Nachdruck darauf hinweisen, daß es einfach lächerlich ist, diesen Dummenjungenstreich so aufzubauschen, wie es unseren Gegnern beliebt ... die ganze Anlage dieses sogenannten Attentates ist von geradezu kindlicher Einfalt, und wir werden kaum fehlgehen, wenn wir seine Urheber unter ganz jungen Leuten suchen, die weder die erforderliche physische noch geistige Reife haben, um sich über alle ihre Handlungen klar Rechenschaft zu geben ...«

Diese Sätze brannten sich in Grubers Netzhaut ein. Er fühlte sie wie Nesseln auf seinem Gesicht. Dann war es ihm, als sei sein ganzer Hals von Schleim erfüllt, Ekel und Angst vermischten sich, seine Stirne war von einer Menge kleiner Schweißperlen übertaut. Er schleuderte die Zeitung von sich wie ein giftiges Gewürm: »Gemeinheit!« sagte er.

Wütender Ingrimm ballte seine Hände zu Fäusten.

»Ja, mein Lieber, das ist der Standpunkt der bürgerlichen Besonnenheit. Das ist der geordnete Untertanenverstand. Alles schön langsam und von Rechts wegen. Und dabei geht uns eines nach dem anderen verloren. Die werden es niemals begreifen, daß einem auch die Galle überlaufen kann.« Viktorin hatte seine Worte mit weiten demagogischen Gesten begleitet, und bei jeder Bewegung ging eine Welle von Karbolgeruch von ihm aus. Er war nachmittags auf dem Mensurboden gewesen und hatte die Säbelklingen mit Wattebauschen abgewischt. Dieser Geruch berauschte die jungen Leute, die um ihn herumstanden und -saßen. Wenn sie abends hinter ihren Ladenpulten und Arbeitstischen hervorkamen, wenn sie ihre abgelaufenen Beine ausruhen ließen oder die gekrümmten Rücken aufrichten konnten, dann war einer da, ein ganzer Kerl, der tagsüber mit dem Waffenhandwerk zu tun hatte und dem der Anblick von Blut und Wunden vertraut war. Dieser aufregende und geheimnisvolle Geruch erzählte davon.

Seine Worte gaben für alle die Richtung ihrer Gedanken an.

»Diese Angstmeier!«

»Sie sind schuld am Untergang der Deutschen.«

»Die Hauptsache ist, daß sie Regierungspartei bleiben ... mehr wollen sie nicht!«

Ein wilder Fanatismus war entbrannt. Niemand wußte, wer die Tat begangen hatte. Aber sie war ganz im Sinne der erhitzten Stürmer und Dränger, sie war eine Entladung lang verhaltenen Zornes, die etwas von der Spannung ihrer Seelen nahm. Man fühlte sich im Geiste mit dem wackeren Attentäter eins. Und nun sah man sich preisgegeben, ohne die allgemeine Zustimmung. Anstatt daß die Maßgebenden erklärten: seht, dahin mußte es kommen, so hoch ist unsere Empörung gestiegen, sah man bedenkliches Kopfschütteln und angstvolles Schweifwedeln.

Am unteren Ende des langen Tisches saß ein ganz junger Bursch. Er mochte noch keine fünfzehn Jahre alt sein, und sein Gesicht hatte noch ganz kindlich weiche Formen. Die Oberlippe war noch ganz weich und die Nase stand kühn in die Höhe. Aber die blauen Augen waren ganz tief und dunkel vor Haß. Ihr Blick hing unverwandt an dem Studenten. Was der sagte und tat, prägte sich dieser jungen Seele leidenschaftlich ein.

»Man sollte alle Leute erschlagen, wenn sie einmal dreißig Jahre alt sind,« sagte er plötzlich.

Das Gewirr der Ausrufe war ein wenig dünner geworden, so daß man deutlich hörte, was er gesagt hatte.

Roland wandte ihm das Gesicht zu. Er lächelte ein wenig überlegen: »Donnerwetter, Wieland ... sind Sie aber scharf! Warum soll man sie denn erschlagen?«

Wieland wurde über und über rot. Seine Ohren waren purpurfarben. Er sah in diesem Augenblick aus wie ein junges Mädchen, das einem geliebten Tenoristen begegnet: »Weil man ...« antwortete er stockend ... »weil man ein Schuft wird, wenn man älter als dreißig Jahre ist.«

Einige der jungen Leute lachten. Sie waren es gewohnt, diesen Jüngsten des Bundes nicht ganz ernst zu nehmen. Viktorin aber sah nachdenklich drein. Da ließen sie das Lachen wieder von ihren Gesichtern gleiten.

»Ja,« sagte der Student, »es ist etwas Wahres dran ...!« Er faßte seine Bierflasche beim Hals und hielt sie wieder gegen das Licht. Das rechte Auge kniff er zu und verzog das Gesicht zu einer komisch-betrüblichen Miene.

Drei ... vier Hände streckten sich nach der Flasche aus. »Sollen wir Ihnen noch ein Bier bringen?« ... »Ich mache einen Sprung hinunter ...« »Geben Sie mir die Flasche ...«

Man bestürmte ihn. Man machte sich eine Ehre daraus, ihm aus dem kleinen Wirtshaus neben dem Kinotheater eine Flasche Bier zu holen.

»Ich will euch nicht bemühen ...« zögerte Viktorin, sehr gehoben durch diesen Eifer in seinen Diensten.

»Aber lächerlich ...« und schon hatte einer die Flasche an sich gerissen und lief davon. Wie ein Huhn, das einen wertvollen Fang vor den anderen in Sicherheit bringen will.

»Aber der Parsifal ist ein Schurke ...« sagte plötzlich ein langer, vornübergebeugter Hutmachergeselle mit einer seltsam gebrochenen Stimme. Er war sehr schnell gewachsen und seine Stimme hatte dieser aufgeschossenen Männlichkeit nicht in demselben Maß nachkommen können.

»Der Parsifal ... wieso?« fragten einige.

»Er hat diesen Artikel in der Deutsch-mährischen Tagespost gesetzt. Ich hätte mich geweigert, so etwas zu setzen!«

Der Parsifal, dessen Schandtat hier aufgedeckt wurde, stand am Fenster und schaute in die Nacht hinaus, über den Schornsteinen schwebte eine dunkle Wolke. Unter ihr am Horizont war ein düsteres Rot, wie ausglühende Schlacke, wie ein böses Geschwür. Dem verwachsenen Menschen, der da am Fenster stand, war die ganze Welt von einer argen, feindseligen Stimmung erfüllt. Nichts als Heimtücke und schlimme Ahnungen hockten da. Die Nacht war unheimlich und schadenfroh und bereitete ein scheußliches Gift. Ein unsägliches Weh wucherte in diesem Krüppel am Fenster, er fühlte sich ungeheuer einsam und verlassen, irgend einer tückischen Macht preisgegeben. Das Schicksal, das ihn außer mit einem Buckel noch mit einem Klumpfuß gezeichnet hatte, hielt ihn in geierhaft scharfen Fängen.

Jetzt hörte er seinen Bundesnamen nennen und zuckte zusammen. Die Anklage traf ihn in seinem ängstlichen Herzen. Er war Schriftsetzer in der Druckerei der Deutsch-mährischen Tagespost und froh, nach langen arbeitslosen Hungerwochen dort untergekommen zu sein.

Jemand trat zu ihm und legte ihm die Hand auf den krummen Rücken. Parsifal wandte den Kopf und sah Gruber mit dem Blick eines verprügelten Hundes an.

»Ist das wahr, Parsifal, was der Baldur sagt? Daß du, gerade du, diesen Artikel gesetzt hast ...?«

Parsifal atmete kurz und keuchend: »Ja ... es ist wahr ... was soll man tun? Es ist meine Pflicht ... ich muß setzen, was man mir gibt ...«

Gruber ließ die Hand von dem krummen Rücken gleiten und schüttelte den Kopf. Dann sah er den Bundesbruder bedeutungsvoll an: »Du! Gerade du!« murmelte er.

»Na ... also, bitte ... er hat es mir ja selbst gesagt,« krächzte der Hutmachergeselle Baldur. »Ich hätte an seiner Stelle sofort gekündigt!«

Die anderen murrten und Parsifal zog den Kopf noch tiefer zwischen die Schultern, als erwarte er jetzt ein Geprassel von harten, vorwurfsvollen Worten.

Aber Viktorin entschied sich für ihn: »Sie können leicht reden, Baldur, Ihnen kann so etwas nicht passieren. Sie sind Hutmacher von Profession. Sie machen Ihre Hüte und kümmern sich nichts drum, wer sie einmal aufsetzen wird.«

Die jungen Leute grinsten vergnügt. Da hatte er's, dieser Baldur. Man vergönnte es ihm, denn er hatte wenig Freunde. Man wußte von ihm, daß er ehrgeizig war und daß er gerne den Obmann Biterolf, einen umgänglichen und verständigen Handelsgehilfen, der heute seltsamerweise fehlte, gestürzt hätte. Aber Baldur hatte wenig Talent zu Umtrieben, und seine Pläne sahen aus wie ein durchlöcherter Mantel.

Viktorin aber fuhr fort: »Nein ... im Ernst gesprochen ... aus so etwas soll man niemanden einen Vorwurf machen! Was kann Parsifal dafür, daß er gerade bei diesem liberalen Idiotenblatt ist? Das ist ein wahnsinniges Zusammentreffen widerstrebender Verhältnisse ...!« So war dieser Roland, tapfer und kühn, und dabei voller Einsicht und Verständnis: und der junge Wieland starrte ihn an, mit dem unsagbar süßen Schmerzgefühl, das man für unerreichbare Menschheitshöhen hat.

Die Türe ging auf und Biterolf trat ein, gefolgt von dem Jüngling, der für Viktorin um Bier gelaufen war.

»Heil, Biterolf!« schrie die Runde.

»Servus, die Herren!«

Biterolfs harmlos heiteres Gesicht war merkwürdig verändert. Seine Mienen brachten sonst eine von keinerlei seelischen Zwiespältigkeiten getrübte Wohlhonorigkeit zum Ausdruck. Aber heute war sein Blick unsicher, und dieses Lächeln schien über einen nur mühsam verwundenen Schrecken gebreitet. Er war Mitglied des Turnvereines Jahn, Vorturner der zweiten Riege und trug sonst mit Wohlgefallen einen gewölbten Brustkasten und breite Schultern zur Schau. Aber jetzt war der Brustkasten eingesunken und die Schultern hingen nach vorne.

»Spät kommt Ihr ...« sagte Viktorin mit klassischem Bezug.

»Ja ... wißt Ihr, wo ich war ...?« Das Wesen des Obmannes zeigte eine etwas krampfhafte Fassung. Er stülpte seinen schwarzen Hut auf die gipserne Jahnbüste; das war eigentlich eine Lästerung, aber sie fiel niemanden auf, denn man fühlte, daß Biterolf eine absonderliche und wichtige Nachricht brachte.

Er sah von einem zum andern. »Auf der Polizei!« sagte er mit gedämpfter Stimme.

»Auf der Polizei?«

»Ja ... gerade, wie wir sperren, kommt der Wachmann, ich möchte aufs Rathaus kommen.«

Alle waren aufgestanden und drängten sich um ihn. Sogar Viktorin hatte sich erhoben und stand da, mit seiner Bierflasche in der einen und dem Glas in der anderen Hand. Biterolf steckte den rechten Zeigefinger zwischen Hals und Hemdkragen und fuhr zweimal hin und her. Dann zog er ein Taschentuch hervor und wischte den Finger ab.

»Natürlich wegen der Attentatsgeschichte. Man hat mich gefragt, was ich davon weiß.«

Gruber schluckte langsam einen großen Knödel hinunter, der ihm im Schlund saß. »Und was hast du gesagt?« fragte er.

»Was soll ich sagen? Daß ich nichts davon weiß. Weiß ich denn etwas davon? Der Jugendbund steht der Sache jedenfalls vollkommen fern, hab' ich gesagt. Wir sind kein politischer Verein.«

»Aber wissen Sie ... das hätten Sie schon sagen können: wir erblicken darin nur einen Ausdruck der allgemeinen Stimmung,« sagte Viktorin. Es sollte klar werden, daß er auch der Polizei überlegen blieb, und daß ihn niemals sein kühner Mut verließ.

Biterolf sah den Studenten an. Dieser Blick war ein wenig hilflos und kälbern. »Es hat mich niemand gefragt ... was soll ich mir den Mund verbrennen? Daß sie uns nächstens auflösen! ... Die Polizei wartet doch nur darauf.«

»Aber stramm wäre es gewesen,« sagte Baldur, der Hutmacher.

»Na ja ... stramm! ... stramm! ... Darin besteht die Strammheit nicht, einen Blödsinn zu tun.«

Roland räusperte sich. Blödsinn hatte dieser Ladenschwung gesagt! Viktorin setzte sich wieder an den Tisch, schenkte sich ein Glas Bier ein und spülte den Manneszorn hinunter.

Wielands Mädchengesicht zuckte in nervöser Aufregung: »Sie sollen nur untersuchen ... die Polypen ... wenn einer von uns davon weiß – unter uns werden sie keinen Verräter finden! Heil Kyffhäuser!«

Dunkelschattende Sage aus deutschen Vergangenheiten, tiefwurzelnde, als Geheimnis bewahrte Volkshoffnung, die in die Gegenwart hineinragte. Wieland schauderte immer ehrfürchtig, wenn er den heiligen Namen aussprach. Denn er war noch zu jung, um in den engsten Kreis des Jugendbundes aufgenommen zu werden, der sich Kyffhäuser nannte. Das waren die ganz Rücksichtslosen, die Kerntruppen – ein undurchdringlicher Zusammenschluß der Auserlesenen, der geheime Zeichen hatte und im geheimen tagte wie die Feme.

»Heil Kyffhäuser!« antworteten zwei oder drei der jungen Leute. Aber die Stimmung blieb gedrückt. Und sie wurde nicht gemütlicher, als es aus dem weiteren Bericht des Obmannes klar wurde, daß sich die Polizei diesmal offenbar nicht mit einer Scheinuntersuchung begnügte, sondern mit allem Eifer hinter den Übeltätern her zu sein schien.

Es war wahrhaftig nötig, daß Standera kam und wieder Leben in die Runde brachte. Er brach, mit seinem von Mitessern und Wimmerln übersäten Lausbubengesicht, von dem zwei Ohren abstanden wie Topfgriffe, in eine etwas kleinlaute Gesellschaft und brüllte schon von der Türe her: »Na also ... seid ihr schon alle ins Bockshorn gejagt?« Standera war seines Zeichens Photographenlehrling und hieß mit dem Bundesnamen Hildebrand. Man nannte ihn mit Bezug auf seinen rotpunktierten Außenmenschen nach Hildebrand, den Finnenkönig. Damit war zwar die germanische Vorzeit einigermaßen in ihren Grundfesten verschoben, aber die Sache selbst war getroffen.

Standera schwenkte ein Zeitungsblatt: »Hier habe ich euch etwas mitgebracht ... wenigstens einer, der das Maul auf dem rechten Fleck hat. Einer, der sich nicht fürchtet ... da bitte!« Das Blatt hieß »Thors Hammer«, und auf seinem brandroten Umschlag war eine wildwüchsige Männergestalt zu sehen, deren Muskeln wie Geschwülste abstanden. Ein Bartgestrüpp wucherte bis zum Gürtel. Die Beine waren auf ganz urweltliche Art mit Fetzen und Fellen umhüllt. Einer der langen Arme schwang den bewußten Hammer. Dieser Umschlag war von einer unwiderstehlichen Symbolik. Man konnte den Wildling nicht ohne Schaudern betrachten. Und man mußte unwillkürlich denken, welch ein Glück es war, daß er nur auf dem Papier stand und einem in der Wirklichkeit nirgends begegnen konnte.

Es war bedauerlich, daß dieser brandroten Umschlagwucht die Bedeutung und Verbreitung des Blattes nicht im entferntesten entsprach. Die allgemeine Meinung hatte für Thors Hammer nur ein Lächeln. Sein Herausgeber, Redakteur und einziger Mitarbeiter war ein Mensch, dem man alles verzieh, sogar sein Blatt. Er wohnte irgendwo draußen vor der Stadt und sah aus wie ein Bußprediger: Sandalen, ein alter Havelock, der den härenen Mantel vorstellte, ein unbedecktes Haupt mit einer Fülle wallender Locken. Selbstverständlich entsprach seine Gesinnung diesem Äußeren. Er enthielt sich des Fleischessens und des Genusses alkoholischer Getränke, schlief auf hartem Lager und badete im Winter im Flußwasser. Und von allen diesen Dingen erwartete er eine Wiedergeburt germanischen Wesens. Wenn man ihm die Bärenschinken und Methörner der Urvorderen entgegenhielt, so lächelte er nur über solche Einwände. Verschiedene Zeiten mußten sich zur Erreichung desselben Zieles verschiedener Mittel bedienen. Das germanische Volkstum war mit Fleisch und Bier bis an den Rand gesättigt, es war notwendig, den ganzen Organismus umzubauen. Jetzt bedurfte es der Orangen und der Fruchtsäfte. Aber das Ziel war dasselbe: die Eroberung der Welt durch den Germanen. Und diesem Ziel entsprach der kriegerische Ton des Blattes, dieses Stürmen und Drängen nach Taten, diese Verachtung aller Langmut und aller diplomatischen Umwege, diese Verhöhnung der Allzuvorsichtigen. Hinten im Blatt aber stand zu lesen, daß der einzige Weg zur Erlangung der Weltherrschaft sei, das Biertrinken aufzugeben und sich an Ceressaft zu gewöhnen. Denn Herr Fritz Buchaczek war nebenbei Vertreter der Firma Schicht in Außig an der Elbe.

Man hatte Standera das Blatt aus der Hand gerissen und einer stand nun auf einem Sessel und las vor. Es donnerte von großen Worten, eine Lawine von Begeisterung stürzte herab. Fritz Buchaczek begrüßte eine Mannestat, er drückte dem unbekannten Täter seine Rechte. Das Volk steht auf, der Sturm bricht los ... endlich war die Langmut zu Ende. Man sollte sehen, wohin man kam, wenn man den Berserkerzorn noch länger reizte. Das deutsche Volk war wie Dietrich von Bern ... jawohl, wie Dietrich von Bern. Der zögerte auch so lange, aber wenn er erst einmal dreinfuhr, so schlug er alles kurz und klein.

Man war von einem Druck erlöst, man sah sich in seiner Ansicht von der Sache endlich bestätigt. Das gedruckte Wort übte seinen Zauber aus. Jemand hatte sich ehrlich zu dem Attentäter bekannt.

»Es is nur schad, daß der Buchaczek meschugge is,« sagte der Hutmachergeselle Baldur hämisch, »ja – wenn das im Deutsch-mährischen Tagblatt stünd'.«

Gustav Gruber war nahe daran, hinzuspringen und dem Kerl eine Ohrfeige zu geben. War eine Ohrfeige nicht die einzige Antwort auf die Gemeinheit, die darin bestand, den Wert dieser Anerkennung herabsetzen zu wollen!

Aber schon stand Hildebrand, der Finnenkönig, vor dem Hämling und hielt ihm die beiden geballten Fäuste vor die Nase: »Halt's Maul, Baldur ... noch ein Wort, und ich schlag dir die Zähne ein. Volksstimme ist Gottesstimme und –«

»Gott spricht mit Vorliebe durch den Mund der Meschuggenen,« ergänzte Roland. »Das war schon im Altertum so. Solon mußte sich auch meschugge stellen ...«

Das war ein klassisches Argument, gegen das sich nichts vorbringen ließ. Man mußte es mit aller Hochachtung gelten lassen. Und Wieland heftete seinen Blick wieder mit dankbarer Bewunderung auf den Studenten. Der aber sah nachdenklich in sein Bierglas. Vorhin, als sich alles entrüstet gegen Baldur gewandt hatte, war ihm ein Gesicht aufgefallen. Ein Gesicht voll flammender Empörung, voll gerechter Entrüstung, das Gesicht dieses stillen jungen Menschen mit dem Büschel schwarzer Haare in der Stirn. Es war ihm plötzlich etwas durch den Kopf gefahren, ein heftiger Gedanke: so wie dieser Hagen, wie Gustav Gruber, mußten Menschen aussehen, die für eine Idee sterben können. So waren die Augen von Fanatikern, so waren die trotzigen Lippen von hartnäckigen Bekennern. Roland mußte diesem Gedankengang jetzt nachsinnen, und andere Gedanken schossen heran, und merkwürdige Dinge reimten sich zusammen.

Er erhob sich und trat mit dem wieder bis zum Rand gefüllten Bierglas zu Hagen.

»Wacker, Hagen!« sagte er und hob sein Glas: »Prosit! Gestatte mir!«

Hagen wich ein wenig zurück und wußte nicht, was er sagen sollte: »Was meinen Sie?« fragte er endlich.

»Nun, ich meine: stramm ... was sonst? Sie haben doch nicht Angst?«

Roland hatte sich ausgedacht, daß Hagen beglückt sein würde. Aber der tat ja, als verstünde er ihn nicht und starrte ihn feindselig an. Geärgert trank Roland sein Glas aus und wandte sich ab.

Ein zorniger, heiserer Schrei flackerte auf. Alle kehrten sich dem Fenster zu. Da sprang Standera herum wie ein Besessener, focht mit einem Stück Papier in der Luft, und auf seinem Lausbubengesicht strahlte ein unbändiges Vergnügen. Hinter ihm torkelte Parsifal, der Schriftsetzer, und griff vergebens mit den langen, ungeschickten Armen nach dem Papier.

»Er soll mir's wiedergeben,« zeterte er, »er soll mir's wiedergeben.« »Er hat ein Gedicht gemacht, er hat ein Gedicht gemacht,« brüllte Hildebrand.

»Er hat mir's aus dem Sack gezogen. Das ist eine Frechheit.« Und Hildebrand rannte um den Tisch und warf Parsifal, der ihm folgen wollte, Sessel vor die Füße, riß ein paar Bundesbrüder an den Armen herum und schleuderte sie ihm entgegen. Es war ein heilloser Lärm, ein Johlen und Kreischen.

»Hildebrand, gib ihm's zurück. Wir werden gekündigt!« entschied der Obmann Biterolf mit gerunzelter Wohlhonorigkeit.

Aber die anderen waren nicht gesonnen, auf den Spaß zu verzichten. Sie wußten alle schon längst, daß Franz Hükkel, genannt Parsifal, ein heimlicher Dichter war. Irgendwie war das Geheimnis durchgesickert, ein kleiner Selbstverrat, ein Augenblick der Eitelkeit hatte es entschleiert. Es war diesem schweigsamen Träumer zuzutrauen, daß er dichtete. Und eines Tages hatte ihn jemand den buckligen Lenau genannt – als ob er an dem Namen Parsifal nicht schon schwer genug zu tragen gehabt hätte. Und jetzt wollten sie einmal etwas von ihm hören.

Plötzlich stand Hildebrand, der Finnenkönig, auf dem Tisch und entfaltete das Papier. Seine Topfgriffohren ragten ihm purpurrot zu beiden Seiten des Kopfes. Parsifal knirschte mit den Zähnen und wand sich keuchend unter den rauhen Pranken zweier Bundesbrüder, die ihn an den Armen hielten. Er wollte sich auf Hildebrand stürzen, ihn zerreißen ... Alles brüllte vor Lachen.

Und Hildebrand las:

»Heil dir, du deutsches Volk, du hast noch Helden,
nicht mehr in Gold gepanzert oder Eisen,
nicht solche, die nach Abenteuern reisen,
wie uns die alten Ritterbücher melden.

Die Helden dieser Zeit stehn an Maschinen,
sie sind gekeilt in bürgerliche Enge,
ihr Los ist Arbeit und ist stummes Dienen,
wo ist der Sänger, der von ihnen sänge?

Und doch brennt auch in ihm ein heil'ges Feuer –
in seinem Alltag steht er opfermutig,
ein größrer Held vielleicht, als der, der blutig
hindurchschritt durch ein wildes Abenteuer. –

Du wirst dir keinen Zauberhort erstreiten,
du wirst dir keine Krone mehr erwerben,
du Held von heut, doch ist's dir – wie vorzeiten,
vielleicht vergönnt, noch für dein Volk zu sterben.«

Hildebrand hatte das Gedicht vorgelesen wie ein Schuljunge, abgehackt, messerscharf, unmelodisch. Parsifal weinte vor Wut: »Es ist ja noch gar nicht fertig,« keuchte er.

Aber es war sehr sonderbar. Die jungen Leute, die sich einen Spaß erwartet hatten, dachten gar nicht daran zu lachen. Sie standen da, sahen ernsthaft und verlegen vor sich nieder, und es war so stille geworden, daß das Keuchen des Buckligen übertrieben laut schien. Das Gedicht klang in ihnen nach, irgend etwas darin hatte sie ergriffen, vielleicht war es nichts anderes als die seltsame Überraschung, plötzlich in die Seele eines Menschen zu sehen ...

Auch Standera kletterte stillschweigend vom Tisch herunter, trat auf Parsifal zu und gab ihm das Blatt. Der riß es an sich und steckte es hastig in die Rocktasche.

»Sie brauchen sich gar nicht zu schämen, Parsifal,« sagte endlich Viktorin mit etwas heiserer Stimme, »das Gedicht ist sehr gut ... nur etwas hoffnungslos ...!«

Und auf einmal, man wußte gar nicht, wer damit begonnen hatte, ging ein Summen durch den Raum. Ein Summen, das sich rasch zu einer Melodie zusammenschloß.

»Die Wacht am Rhein ...« schrie Wieland mit blitzenden Augen, ganz blaß vor Aufregung. Und da brauste es auch schon los. Breit und mächtig, wie der Strom, den es besingt. Das wehrhafte Lied der Deutschen Österreichs, das Lied ihrer Empörung und ihrer Zuversicht, das Lied von der deutschen Kraft und Kampfesfreudigkeit. Es strömte dunkel aus den Seelen empor, riß alle Kleinlichkeit und Unlauterkeit fort und hob alles Gemeinsame zu jubelndem Zusammenklang.

Wie aus dem Schoß der Jahrhunderte kam es herauf, aus den tiefsten Schächten, wo der einzelne nichts ist und das Volk alles. Alle Zweifel und alle

Hoffnungslosigkeit waren in kühne Begeisterung verwandelt. Und wie eine einzige mächtige Welle schwoll es an und drang zum Fenster hinaus über die Stadt, die sich zum Schlaf rüstete.

»Es braust ein Ruf wie Donnerhall, wie Schwertgeklirr und Wogenprall ...«

Richard Wagner und Bismarck sahen mit stolzen und harten Gesichtern von der Wand, und sogar über Artur Schopenhauers Gesicht ging es wie ein Leuchten.

Nur der Turnvater Jahn konnte nicht mittun, denn er hatte Biterolfs Schlapphut auf dem Kopf und der fiel ihm bis über die Augen, was der Begeisterung sehr hinderlich ist.

* * *

Hagen ging mit den anderen bis zu den Glacisanlagen, dort wo der Schwedenobelisk steht. Dann trennte er sich von ihnen. Die gingen jetzt noch ins Wirtshaus, um ihre Stimmung beim Bier ausschwingen zu lassen. Es war strenges Bierverbot in den Räumen des Jugendbundes, nur zugunsten Viktorins wurde eine Ausnahme gemacht. Man sollte nicht sagen können, daß der Jugendbund zusammenkäme, um zu saufen. Aber niemand konnte es den jungen Leuten verübeln, wenn sie besonders festliche Ereignisse wenigstens noch nachher beim Bier feierten.

Hagen schlug den Weg nach Haus ein. Zu beiden Seiten der Straße war das dunkle Rauschen der Bäume. Die Laternen standen mit brennenden Köpfen. Die beiden Reihen näherten sich einander in der Ferne. Plötzlich verlor Hagen das Raumgefühl der Perspektive. Es war ihm, als baue sich das Dreieck leuchtender Punkte senkrecht vor ihm in die Nacht auf. Nur dort, wo er ging, war es umgebogen und lag auf der Erde. Da trat er darauf und ging wie auf einem mit Leuchtkugeln besäumten Teppich. Er mußte lächeln. Sonderbare Vorstellungen waren das doch. Auf einmal schrak er ein wenig zusammen. Unter einer Laterne stand ein Wachmann und zog sein Säbelgehänge zurecht. Die Polizei, oh die Polizei, die suchte jetzt krampfhaft nach dem Übeltäter.

»Ja, da laßt sich nix machen, sagt der Revisor ...«

Ein altes Sprichwort sang und juchheite und bimmelte mit hundert Schellen. Da war eine alte kleine Stadt mit Türmen und Erkerhäusern, in der ein kleiner Junge zwischen lauter Bestauntem und um soviel Größerem herumlief. Und über diesen Türmen und Erkern aus Kindheitstagen schwebte ein Kleinstadtsprichwort wie ein flattermütiges Spruchband. Da hatte es in diesen Gustav Gruberschen Kindheitstagen in der alten kleinen Stadt einen Polizeirevisor gegeben, der war ein alter Herr gewesen und ganz sicherlich ein Nachkomme des Hauptmannes von Dinkelsbühl oder eines Schildbürger Ratsherrn oder sonst irgend eines gemütlichen Krähwinklers aus der guten alten Zeit. Er ließ sich durch Amtsgeschäfte nur ungern in seiner Seelenbeschaulichkeit stören, und wenn etwa jemand mit einer Anzeige über die Schlechtigkeit der Zeitgenossen zu ihm kam, so entwickelte sich regelmäßig folgendes Zwiegespräch:

»Also, eingebrochen haben s' bei Ihnen?«

»Ja!«

»Na – wissen S', wer's war?«

»Nein!«

»Ja, mein Lieber – da laßt sich nix machen!«

Und daraus war jenes Kleinstadtsprichwort geworden; die vollkommenste und kürzeste Formel für alle Fälle, in denen die Staatsgewalt gleich jenem ehrwürdigen Greis auf dem Dach saß und sich nicht zu helfen wußte.

In Gustav krabbelte ein übermütiges Gelüsten. Er kam nur sehr schwer an dem Wachmann vorüber. Er hatte ein unbändiges Verlangen, zu ihm zu treten und zu sagen: »Ja, da laßt sich nix machen, sagt der Revisor.« Was wäre daraus entstanden? Der Wachmann hätte ihn sicher für irrsinnig gehalten. Vergnügt in sich hineinlachend, ging Gustav weiter und trat immer mehr von dem aufgebauten Dreieck leuchtender Punkte herunter. Bis dieser Eindruck sich nicht mehr halten ließ, weil man schon so weit draußen war, wo die Laternen selten werden und sich ins Feld verlaufen.

Da bäumte sich die Stadt noch einmal mit scheußlichen Zinskasernen auf. Auf einem Schild über einer geschlossenen Ladentüre stand: Anastasia Gruber, Gemischtwarenhandlung. Im Ladenfenster daneben vertrugen sich Milchflaschen und der japanische Insektentod »Puk« und Bierflaschen und viereckige, sehr verstaubte Käseziegel, denen man gar nicht ansah, daß die bunten Umschlagpapiere nur Holzklötze einhüllten. Eine rotbraune Kuh aus Papiermaché war da, unter der ein Tiroler Moidl hockte, mit den Händen an den straffen Eutern. Das war die plastisch-symbolische Darstellung echtester Echtheit von Butter und Milch, die man nur erdenken konnte.

Ein langer Gang, in den Türen und Seitengänge mündeten. Aus jedem strömte ein anderer übler Geruch. Gustav hielt den Atem an und machte, daß er weiterkam.

Die Mutter hatte den Tisch zum Fenster geschoben, den Stuhl darauf gestellt und stand nun ganz oben und nagelte die frischgewaschenen Gardinen fest. Auf Gustavs Gruß antwortete sie mit einem mürrischen Brummen. Sie hielt einige Nägel zwischen den Lippen und konnte keine andere Antwort geben.

Gustav sah sich im Zimmer um und merkte, daß es nun galt, sich in Geduld zu fassen, bis die Mutter fertig war. Wenn man nach Haus kam, wurden die schönsten Hochgefühle immer herabgestimmt. Da klang noch die »Wacht am Rhein« in der Seele nach und hier roch es so wenig erhebend nach gestockter Milch und Käse.

Die Mutter war schlechter Laune, weil er so spät nach Hause kam. Als sie den letzten Nagel aus den Lippen genommen hatte, ging es los: ob er vielleicht nächstens nicht im Jugendbund überhaupt übernachten wolle! Es sei ein Jammer, daß ein achtzehnjähriger Bursch für nichts Sinn habe als für das Wirtshaus. Gustav hätte entgegnen können, daß er gar nicht im Wirtshaus gewesen sei, aber er verhärtete sein Herz und ließ die Mutter schimpfen. Es sei keine Ordnung und Zucht mehr in der Welt, meinte sie. Der Sohn vom Tischlermeister Schwanda sei seit drei Tagen überhaupt nicht nach Hause gekommen und werde von der Polizei gesucht. »Da laßt sich nix machen, sagt der Revisor!« dachte Gustav. Und der Eisendreher Switil sei seiner Frau durchgegangen und habe sie mit drei Kindern im Elend sitzenlassen. Und dabei habe die Frau aufs Büchel genommen und sei dreizehn Kronen und siebzig Heller schuldig. Die könne man jetzt mit Kohle in den Rauchfang schreiben. Und Gustav halte ebensowenig auf Ordnung. Wo denn die Sardinenbüchse hingekommen sei, in der die kleinen Nägel aufbewahrt würden? Jetzt lägen die Nägel in der ganzen Lade verstreut und man könne sie einzeln zusammenklauben.

Gustav gab keine Antwort. Die Mutter war herabgeklettert und er half ihr den Tisch in die Mitte des Zimmers tragen. Dann ging sie, noch immer brummend, nach vorn in den Laden, um ein Stück Wurst und eine Flasche Bier zu holen. Gustav saß unter der Lampe, zeichnete mit dem Nagel Ornamente ins Tischtuch und spielte mit dem Schatten, den seine Hand warf.

War er jetzt Hagen, oder war er's nicht? O nein, man durfte nicht kleinmütig und verdrossen werden. Der Student Viktorin hatte unlängst ein großes Wort gesagt, das ihn ergriffen hatte: Laß den Helden in deiner Seele nicht sterben! Und er hatte hinzugefügt, der Mann, der das gesagt habe, sei ein schlechter Deutscher gewesen, aber dieses Wort müsse man sich merken. Wahrhaftig, das mußte man sich merken. Das labte wie ein Schluck Nasser.

Gustav aß seine Wurst und trank sein warmes Bier, während seine Mutter, schon etwas milder gestimmt, vom Zanken ins Jammern geriet. Wie teuer jetzt alles werde und wie die Leute das nicht zahlen wollten, was man doch verlangen müsse.

Dann nahm er seinen Hut und wandte sich zur Türe.

»Du gehst noch einmal fort?« fragte die Mutter.

»Ich komme gleich wieder.« Und draußen war er, allen weiteren Fragen und Einwendungen entronnen. Zuerst tat er einen mächtigen Schnaufer, als blase er ein böses Gewölk vor sich her, dann nahm er den Hut ab und ging auf den Hof hinaus. Da brannten ringsum in den Hofwohnungen die schwülen, dumpfen Lichter der kleinen Leute, aber oben, über den Dächern, war ein Nachthimmel mit den heitersten Sternen. Sogleich fühlte Gustav wieder den Helden in seiner Seele. Aber es war ein Held, der die Rüstung abgelegt hat und nach Zärtlichkeiten verlangt. Diese schöne Welt war doch etwas, was sich zu tragen verlohnte. Sie bestand nicht durchwegs aus Wurst, die schon ein wenig riecht, und aus warmem, schalem Bier. Sie hatte nicht bloß enge Stuben, die von der Ausdünstung einer Gemischtwarenhandlung erfüllt waren. Die Welt hatte auch Sternendome, sammtene Nächte, sie hatte Kraft und Mut und Abenteuer zu vergeben. Sie besaß Geheimnisse, heldentümlicher und zärtlicher Art, Dinge, die das Herz schlagen machten, nicht vor Zorn oder Bitterkeit, sondern vor Glück und Freude.

Neben dem großen Zinshaus wurde es auf einmal ganz ländlich. Sein Nachbar war ein plattgedrücktes ebenerdiges Häuschen von Anno dazumal, wo die Stadt noch nicht ins Wachsen gekommen war. Neben dem Zinshaus sah es aus wie der Mops neben der Dogge. Und es hatte bei Gott noch ein Schindeldach und durfte sich also gar nicht wundern, daß man es nur über die Achsel ansah. Man hatte verdammt wenig Respekt vor ihm, und die Studenten, die immer im dritten Stock des Nachbarhauses bei der Witwe Newrkla wohnten, hatten es sich zur lieben Gewohnheit gemacht, das schmutzige Waschwasser und andere entehrende Flüssigkeiten geradeswegs aus dem Fenster auf jenes Schindeldach zu gießen. Die Leute, die unter diesem Dach wohnten, paßten zu dem ganzen Hause. Sie betrieben Gewerbe, die man in der Großstadt beinahe vergessen hat. Links von der Einfahrt hauste und schuf ein Wagenbauer und rechts ein Faßbinder.

Nur durch einen Bretterzaun von dem Nachbarhof geschieden, dehnte sich eine wüste Stätte hinter dem Haus. Halb Garten und halb künftiger Bauplatz, diente sie einstweilen noch dem Wagenbauer und dem Faßbinder in Sommerszeiten zur Arbeit und als Lagerplatz. Fertiges und Unfertiges stand und lag da durcheinander. Radachsen und Speichen, Faßdauben und Faßreifen, Wagen ohne Räder und Fässer ohne Boden, und dazwischen gab es da und dort noch ein kümmerliches Hollundergebüsch oder eine hochgeschossene Gruppe von Nesseln. Ganz in den äußersten Ecken aber behaupteten sich ein Kartoffelfeld und ein Acker mit Zwiebeln und Petersilie, die warm der wagenbauerischen und der faßbinderischen Küche zinsbar.

Ein Fremder hätte sich hier bei Tage schwer zurechtgefunden, bei Nacht hätte er sich sicher nach zehn Schritten beide Beine gebrochen. Gustav aber kannte sich genau aus. Als er über den Bretterzaun geklettert war, schob er sich ohne jedes Zögern zwischen den Werkstücken der Wagenbauerei und der Faßbinderei auf eine Kutsche zu, die mitten in der Finsternis stand. Jetzt sah er sie unmittelbar vor sich und erfaßte eine Hand, die sich ihm entgegenstreckte.

Er schwang sich auf den Kutschbock und saß neben etwas, das sehr warm und sehr weich war.

»Servus!« sagte Gustav, genannt Hagen.

»Servus!« sagte das Weiche und Warme. Und dann schwieg es still.

»Na?« fragte Gustav.

»Adieu! Gute Nacht!« Das klang bitterlich beleidigt.

Obwohl es vollkommen finster war, sah Gustav doch das Mädelgesicht vor sich. Die zusammenstoßßenden Brauen, die ein wenig schiefgestellten Augen, die leichtgeschürzte Anmut der Lippen und die Nase. Sie hieß die Japanerin, irgend etwas erinnerte an Kirschblüten, obzwar sie die Tochter des Faßbindermeisters Breitnickel war. Jetzt waren die Lippen aufgeworfen, eine behende, rote Zunge leckte zornig drüber hin. Alles das sah Gustav, obzwar es vollkommen finster war.

»Aber geh, Steffi!« sagte er und wollte im Dunkeln eine Hand fangen.

»Nein! Jetzt muß ich gleich gehen! ... Na ja! ... jetzt sitz ich schon eine Stund' da. Also adieu ...!«

Gustav Gruber lächelte in die Nacht hinein. Da saß man auf dem Kutschbock eines gelblackierten Wagens, baumelte mit den Beinen und hatte etwas Warmes und Weiches neben sich, das jetzt sehr böse war, aber nicht lange böse sein würde. Das war so sicher wie ein Tag nach dem anderen kam.

»Mit deinen blödsinnigen Vereinsgeschichten!« sagte es. »Wenn du noch einmal so spät kommst ...«

»Was hab' ich hier in meiner Hand?« fragte Gustav.

Ein Schrei. »Die Theaterkarte!« Dann griffen zwei Hände, die sich so lange zu verstecken gewußt hatten, zu. Gustav hielt die Karte in der hohlen Faust, von kraftvollen Fingern umschlossen. Es drückte und preßte an der Faust herum. Eine Hand hielt sein Gelenk, die andere versuchte die Faust zu öffnen. Ein Zeigefinger bohrte sich in alle Lücken.

Gustav tat, als sei er überwältigt. Langsam gab er nach, ließ einen Finger nach dem anderen aufbiegen.

Es atmete schwer neben ihm. Das Weiche und Warme rückte noch viel näher. »Du, ich danke dir auch sehr schön!« sagte es.

»Kuß!«

Zwei Lippen. Gustav war es, als könne er nie mehr loskommen. War das nicht ein Wagen, auf dem man geradeswegs der ewigen Seligkeit entgegenfuhr! Wo blieb denn diese dumme, lustige Erde? Da saß man, in den schweren Mantel der Nacht gehüllt, die Sterne waren so nahe, man hatte Lust, sie wie Glühwürmer zu fassen und dem Mädel ins Haar zu stecken. Ein Brausen von Hochgefühlen, eine Verbrüderung mit der Unendlichkeit. Jetzt ... jetzt war der Augenblick ... jetzt hätte man sie nehmen können! Gustav bog sie nach hinten, warf sich halb über sie, küßte sie keuchend ...

»Nicht ... Gustav ... nicht ...« murmelte sie mühsam.

Da ließ er sie. Aber ihre Hand behielt er, um sie wild zu drücken. Es kam ihm in den Sinn, was er von deutscher Zucht gehört hatte. Er war ein Schurke, ein erbärmlicher Hund, er war unwürdig dieser Liebe ...

»Was wird denn gespielt?« fragte Steffi nach einer kleinen Weile. Gustav besann sich. Er hatte sich vorgenommen, sie ein wenig zum Besten zu halten. Es war gut ... so kam man darüber hinweg: »Ottokars Glück und Ende!«

Steffi sagte nicht: O weh! wie er es erwartet hätte. Sie sagte gar nichts. Das war das Äußerste an Enttäuschung. Gustav fühlte, daß sie ein wenig von ihm wegrückte. »Ottokars Glück und Ende?« dehnte sie endlich langsam.

»Das ist ein klassisches Stück. Man muß etwas für seine Bildung tun.«

»Ich lern' Schreibmaschin' und Stenographieren,« sagte sie mit Nachdruck.

»Das ist nicht genug. Die Bildung fangt erst hinter der Schreibmaschin' an. Und ist das nicht fein, wenn so ein Böhmenkönig an der Falschheit seiner eigenen Leute zugrund' geht? Wenn der böhmische Löw' zum Schluß das Powidlreindl verliert?«

»Na ja!«

Es war seltsam, da sprach man von ganz anderen Dingen und Gustav fühlte dabei, wie ein großer Augenblick immer näher kam. Eine Eröffnung, die zu machen war. Es konnte nicht länger verhohlen werden, alles dieses Schäkern und Scherzen war kindisch und läppisch; ohne Sinn vor der Gewalt und Wucht dessen, was da zu sagen war. Wenn das einmal geschehen war, dann war diese Liebe über das Tändeln hinaus, dann war sie wie in Erz geprägt, durch ein ganz großes Vertrauen beglaubigt. Durch dieses Wort riß Gustav die Geliebte an sich, trennte sie von der übrigen Welt. Da konnte dann keiner der jungen Herren mehr an sie heran, die ihr sonst nachliefen, da war sie ihm dann eng und unauflöslich verbunden.

Er hörte Steffi etwas sagen: »Aber du weißt doch, daß ich am liebsten Operetten hab'. Ausgerechnet König Ottokars Glück und Ende muß es sein ...?

Nein, jetzt ging es nicht, jetzt konnte es nicht gesagt sein, obzwar alles dazu drängte. Gustav begann ungeduldig zu werden und brach seine lustige Lüge entzwei: »Also, reg' dich wieder ab ... es ist ja gar nicht König Ottokar, sondern die Lustige Witwe.«

Da war das Warme und Weiche wieder ganz nahe. Gustavs Arm wurde erfaßt und gedrückt, es gluckste in der Finsternis vor Vergnügen und auf einmal begannen zwei Füße gegen irgend etwas Bretternes einen Wirbel zu schlagen. Nun war sie erst vollkommen zufrieden. Und vor lauter Freude begann sie zu erzählen, daß es mit dem Maschinschreiben schon sehr gut gehe und daß der Lehrer heute gesagt habe, in sechs Wochen könne sie sich nach einem Posten umsehen. »Da hat man dann wenigstens Geld in der Tasche und kann manchmal ins Theater gehen ... und dann braucht man sich von gewissen Herren nicht mehr mit dem König Ottokar schrecken zu lassen.«

Gustav hatte etwas zu sagen, doch es war nirgends anzubringen. Er kam sich vor wie ein Geknebelter. Und neben ihm schnurrte es immer weiter wie ein Kreisel. Steffi war manchmal imstande, einen ganz wild zu machen ...

Es war auch wirklich an der Zeit, daß man endlich selbständig wurde. Alle Freundinnen hatten schon irgend eine kleine Anstellung, bei Banken, bei Advokaten. Heute früh hatte sie mit Ludmilla Tuma gesprochen, die ging jede Woche einmal ins Theater ... ins tschechische natürlich ...

Gustav fuhr dazwischen: »Du weißt doch, daß ich das nicht will. Die Ludmilla ist kein Verkehr für dich. Von den Geschichten, die man sich von ihr erzählt, will ich gar nichts sagen ... das kann wahr sein und auch nicht. Aber sie ist eine wütende Tschechin und das genügt.«

»Na, friß mich nur nicht! ... Was soll sie denn tun, wenn sie beim Doktor Posolda in der Kanzlei ist ...? Da wär' sie bald draußen, wenn sie nicht stramm wär'. Übrigens ... weißt du davon? Beim Doktor Posolda ist eine Bombe explodiert ... das ganze Stiegenhaus ist eingestürzt, es soll fürchterlich aussehen ... Der Doktor ist nur mit knapper Not dem Tod entronnen, hat sie mir erzählt. Natürlich weißt du davon ... alle Zeitungen sollen ja voll davon ...«

Jetzt, jetzt war es da ... jetzt mußte es gesagt sein. Gustavs Herz klopfte wild, aber er beherrschte sich. Er konnte nicht dafür, daß seine Stimme tief und heiser war: »Ich weiß es besser als alle Zeitungen.«

»Du hast dir es angesehen? Ist es wahr, was die Ludmilla gesagt hat, daß die eine Mauer einen Sprung von oben bis unten hat?«

Feierlich funkelten die Sterne. Die ganze Welt hielt den Atem an. Gustav sagte: »Die Bombe ist von mir!«

Kaum war es heraus, so kam es Gustav unsäglich plump und albern vor, daß er es so angebracht hatte. Es hätte ganz anders gesagt werden müssen.

»Was?« fragte die Ahnungslose neben ihm.

»Es war keine Bombe. Es war eine Höllenmaschine.

Eine Bombe wird geworfen. Eine Höllenmaschine wird gelegt und auf Zeit gerichtet.«

»Und das hast du getan?«

»Ja!« sagte Gustav einfach. Jetzt war das Peinliche überwunden, der Mannesstolz der sieghaften Tat war wieder befreit. Königliche Nacht der Enthüllung, dachte er. Wie wird sie dich lieben, wie wird sie dich bewundern, diese kleine Kröte, da sie nun weiß, was du für dein Volk gewagt hast!

»Aber Gustav,« sagte es neben ihm und die Stimme war vor Angst ganz klein, »wenn sie dich jetzt einsperren!«

»Lächerlich!«

»Aber – wenn sie dich einsperren! Hast du nicht daran gedacht?«

»Daran denkt man nicht ...«

»Aber doch ... sie sperren dich ganz bestimmt ein, wenn sie dich erwischen. Warum hast du das getan?«

»Warum? Ich habe eine Pflicht erfüllt. Aber es scheint, du verstehst das nicht.«

Gustav fühlte, wie das Weiche und Warme neben ihm sich zurückzog und in sich zusammenkroch. Ganz geduckt saß es da, vor Angst. Gustav war einem kleinen Mädel unheimlich geworden.

»Und wenn jetzt wirklich etwas geschehen wär' ... wenn es einen Menschen zerrissen hätt'?« fragte sie schüchtern.

»Wenn ... wenn ...! Wenn das Wenn nicht wär', wär' der Wenngraf ein Graf. Aber es ist nichts geschehen!« sagte Gustav. Dann fügte er düster hinzu: »Übrigens war das meine Absicht, ihm einen Denkzettel zu geben. Er hat unverschämtes Schwein gehabt!«

Jetzt wagte Steffi schon gar nichts mehr zu sagen. Dieser Gustav war ein Wüterich. Ihre Gedanken kreisten immer um das eine, das Schreckliche: »Und wenn sie dich doch einsperren ... was wird deine Mutter sagen?«

»Zuerst kommt das Volk. Und nach Sibirien können sie mich nicht schicken!«

»Nein ...« sagte Steffi, vor dem Unbegreiflichen erzitternd, »nach Sibirien können sie dich nicht schicken.« Sie hatte den Eindruck, daß dies irgendwie fesch sein sollte, aber sie konnte es nicht nachfühlen, sie hatte zu viel Angst dazu.

Eine Türe ging auf, hinten im Weltraum. Ein rötliches Licht brach hervor und bahnte sich seinen Weg quer durch alle Werkstücke der Wagenbauerei und der Faßbinderei und zwischen Hollunderbüschen und Nesselstauden. Und als es zu der gelblackierten Kutsche kam, war es von dem langen, mühsamen Weg sehr schwach. Aber immerhin sah Gustav so viel, daß Steffi ganz große, verängstigte Augen hatte und daß ihre Unterlippe zitterte.

»Steffi!« schrie jemand in der geöffneten Tür. Der Ton rollte dröhnend das Lichtband entlang bis zu der gelblackierten Kutsche.

Gott sei Dank, sprach etwas sehr vernehmlich in Steffis Untergründen. Sie atmete auf. »Ich muß gehen!« sagte sie. »Gute Nacht!« Mit einem Satz war sie vom Kutschbock unten und nahm sich nicht einmal die Zeit, Gustav einen Kuß zu geben. Als sie ein paar Schritte getan hatte, kehrte sie noch einmal um und reichte Gustav eine feuchte, kalte Hand. »Gib acht,« flüsterte sie, »und laß dich nicht erwischen.« Dann verschwand sie zwischen einer Nesselstaude und einem mächtigen Faß. Die Türe klappte zu, das Lichtband war fort, alles war wieder in die Nacht zurückgesunken.

Noch eine Weile saß Gustav allein auf dem Kutschbock, dann glitt er langsam herab, schob sich durch den Hof und kletterte über den Zaun.

Als er sich zu Bette legte, sagte er sich, daß alles ganz anders gekommen sei, als er es erwartet hatte. Der große Jubel war ausgeblieben, die Begeisterung hatte sich nicht eingestellt. Sie hatte kein Verständnis für Heldentum. Mein Gott, man konnte nicht alles von einem einzelnen Menschen verlangen. Jetzt lernte sie Schreibmaschine und Stenographieren. Daß dieser Gedanke sehr viel Bitternis in sich hatte, das konnte Gustav aber schon nicht mehr klarstellen, denn gleich nachher war er fest eingeschlafen.

*

Zwei Tage später kam ein fremder Herr in das Bureau der Eisengießerei Willfried Morek. Er grüßte bescheiden und fragte leise: »Welcher der Herren ist der Praktikant Gustav Gruber?«

Gruber war eben dabei, sein Gabelfrühstück zu essen. Ein Stück Wurst aus der mütterlichen Gemischtwarenhandlung und eine Semmel. Er erhob sich von seinem Platz, aber konnte nicht antworten, denn er hatte eben den Mund voll.

Der fremde Herr trat an ihn heran und sagte sehr verbindlich: »Ich habe mit Ihnen zu sprechen, dürfte ich Sie bitten, mit mir hinauszukommen.«

Gruber verwunderte sich über den fremden Herrn. Der trug einen schwarzen Knebelbart und zwinkerte beständig mit den Augen. Gustav dachte, er sieht eigentlich komisch aus: wie ein Franzose, der einen Witz machen will. Es wäre sehr zum Lachen gewesen, wenn Gustav nicht ein eisiges Gefühl im Unterleib gehabt hätte, ein Gefühl von Zusammenziehen der Kälte, das sehr unbehaglich war.

Der fremde Herr schritt voraus und Gustav folgte ihm. Die Gesichter seiner Kollegen sahen seltsam verschwommen aus. Hinter der Türe wandte sich der Franzose um und zwinkerte heftig. »Sie sind also der Praktikant Gruber?« fragte er noch einmal, aber gar nicht mehr so liebenswürdig wie drinnen im Bureau.

Gustav nickte. Er konnte mit dem verdammten Bissen Wurst nicht fertig werden. Als ob er Baumwolle im Mund gehabt hätte.

»Sie müssen mit mir gehen! Holen Sie Ihren Überzieher und Ihren Hut! Sie sind verhaftet!«

Gustav war hilflos. Er würgte mit aller Kraft an der Wurst. Aber die Muskeln der Speiseröhre waren wie gelähmt. Endlich zwängte er den Bissen ganz nach hinten, drückte verzweifelt, und es war, als treibe ihm die Wurst im Hinuntergleiten den Schlund auseinander.

Er fühlte, man müsse etwas einwenden. Man müsse fragen: »Warum?«

»Das werden Sie selbst am besten wissen. Machen Sie keine Umstände!« sagte der zwinkernde Franzose grob.

Der Buchhändler Palm ist für sein Volk erschossen worden, dachte Gustav, und die Schillschen Offiziere haben auch ihr Leben lassen müssen. Mich wollen sie einsperren. Einen Augenblick war es ihm, als sei es eine ganz leichte Sache zu entfliehen. Er brauchte dem Franzosen bloß einen Stoß zu geben und über den Hof zu laufen. Seine Gedanken standen wohl auf seinem Gesicht. Der Franzose zwinkerte: »Sie ... draußen steht ein Wachmann! Holen Sie jetzt Ihren Hut.«

Gustav wandte sich und ging ins Bureau zurück. »Was ist denn los?« fragte der dicke Wenngraf, dessen Schreibtisch an den Grubers stieß. Gustav fiel der alte Bureauwitz ein, das war der Wenngraf, der ein Graf wäre, wenn das Wenn nicht wäre.

»Nichts,« sagte er, »ein Bekannter ... ich bin gleich wieder da!« Er nahm seinen Hut und seinen Spazierstock und ging zur Türe. Alle sahen ihn an. Was war denn an ihm zu sehen, er beherrschte sich doch wie ein Held?

»Du ... dein Gabelfrühstück!« schrie ihm der dicke Wenngraf nach.

Gruber machte eine Handbewegung. Mochte es aufessen, wer wollte.

»So!« sagte der Franzose, »na sehen Sie ... also gehen wir ...«

Der Chef kam den Gang entlang. Nie war Herr Morek Gustav so breit und gewaltig erschienen, nie hatte seine Verehrung für diesen Mann ihm seine eigene Existenz so unbedeutend erscheinen lassen. Eine Eingebung war plötzlich da: Hinstürzen, seine Knie umklammern, um Rettung flehen. Er riß den Hut vom Kopf.

Der Chef blieb stehen: »Was ist denn? Was haben Sie denn, Gruber?«

Der Franzose grüßte bescheiden. Er war wieder ganz die liebenswürdigste Beflissenheit. »Entschuldigen, Herr von Morek, ich bin sehr ... Sie müssen entschuldigen. Ich bin beauftragt, den Herrn Gruber zu verhaften.«

Morek sah aus wie ein zürnender Germanenhäuptling, blondbärtig, mit blauen flammenden Augen. Knapp vor dem Fäusteheben und Losstürzen. Der Franzose sank ganz in sich zusammen. »Wer sind Sie?« fragte Herr Morek unheimlich verhalten.

»Ich bin der Zivilwachmann Frühauf.« Und der Franzose zog den Messingadler hervor und hielt ihn vor sich hin wie ein Amulett gegen eine Gefahr.

Herr Morek hob die Hand. Gustav glaubte, er würde jetzt zuschlagen; der Messingadler würde davonfliegen, in einem Bogen ins Wesenlose verschwinden, der Franzose würde versinken. Und man würde aufwachen und sich freuen, daß alles nur ein Traum gewesen war. Der Morek schlug nicht. Er knurrte tief und drohend, aber er ließ die Hand sinken. Der Messingadler war stärker als sein Zorn.

»Warum wollen Sie ihn verhaften?« fragte er nur.

Jetzt besann sich der Franzose auf Diensteid und Ansehen und Pflicht und die anderen Grundwahrheiten seines inneren Menschen. Er machte einen Versuch zu lächeln und zuckte mit den Achseln.

»Herr, sagen Sie mir, um was es sich handelt ... glauben Sie, ich lasse mir meine Leute so ohne weiteres aus dem Bureau davonführen? Ich will wissen, was los ist. Ich habe ein Recht dazu.«

Da sah Frühauf ein, daß es manchmal angebracht ist, von einer Grundwahrheit des inneren Menschen abzugehen, wenn dadurch ein peinlicher Zusammenstoß vermieden werden kann. Er zog die Augenbrauen in die Höhe und trat Herrn Morek einen Schritt näher: »Es handelt sich um dieses Bombenattentat auf den Herrn Doktor Posolda.« Und sogleich trat er zurück wie jemand, der eben selbst eine Mine angezündet hat.

Aber Morek sah ihn schon gar nicht mehr an. Jetzt hielt der Chef Zwiesprache mit seinem Praktikanten. »Gruber!« sagte er. Das war eine besorgte Frage, ein liebevoller Vorwurf und auch ein bißchen Staunen. »Gruber ... Sie Unglücksmensch ... wie kommen Sie zu einer solchen Geschichte?«

Gruber richtete sich auf und sah seinen Chef frei und kühn an. Dieser Mann hatte Anspruch darauf, die Wahrheit zu erfahren.

»Nein« ... rief der Chef, noch ehe Gruber ein Wort hatte sagen können, »nein, Sie brauchen mir gar nichts zu sagen ... ich weiß es, ohne daß Sie es mir versichern, ich weiß, daß Sie es nicht gewesen sind. Es ist gut, ich glaube es Ihnen! Gehen Sie jetzt. Ich werde dafür Sorge tragen, daß Sie nicht länger in der Untersuchungshaft bleiben, als es unbedingt nötig ist. Verlassen Sie sich auf mich. Kopf hoch, Gruber!«

Der Franzose berührte seinen Arrestanten am Ellenbogen. Er war sehr froh, daß die Sache so glatt abgelaufen war. Aber den Messingadler behielt er in der Hand, als Talisman, so lange, bis er sich aus dem Bereich der Hausmacht des Herrn Morek fühlte ...

Eine halbe Stunde später fuhr der Hüttenchef Morek im Automobil vor dem Laden der Gemischtwarenhändlerin Anastasia Gruber vor. Eine ungeheure Staubwolke drang bei der offenen Türe hinein und legte sich in feinen Schichten auf Grieß- und Mehlsäcke, auf die blauen Stangen mit Zichorie, auf die blanken Wagschalen, auf die Glasgefäße mit Bonbons, auf die Würste und die Bierflaschen und auf die Kuh im Fenster.

Frau Gruber stritt eben mit Frau Breitnickel über einen Posten im Büchel, denn Frau Breitnickel behauptete, Frau Gruber habe vorgestern die Butter zweimal aufgeschrieben. Außer Frau Breitnickel war noch ein ganz kleines Mädel da, das mit der Nase gerade bis zum Ladentisch reichte. Es hielt einen Kreuzer in der Hand, und der war ganz warm geworden; denn es wartete schon eine halbe Stunde, bis es daran käme.

»Marandjossef!« sagte Frau Breitnickel, indem sie die Staubwolke falkenäugig durchdrang, »mir scheint, der Herr von Morek!«

Da stand er auch schon, der Herr von Morek, er stand im Automobilmantel in der Gemischtwarenhandlung der Frau Anastasia Gruber. Frau Gruber war sich mit einemmal schamvoll der Niedrigkeit ihrer Existenz bewußt. Sie fuhr hinter dem Ladentisch herum, als suche sie einen Ausgang. »Mein Gott, der Herr von Morek ... Küß die Hand, Herr von Morek ...!«

Noch immer staunte Frau Breitnickel mit offenem Mund.

Um Herrn Morek sanken die Staubwolken. Er hob sich immer mächtiger aus ihnen, blondbärtig, blauäugig, ein germanischer Heerführer im Automobilmantel. »Ich habe mit Ihnen zu sprechen, Frau Gruber,« sagte er.

Frau Breitnickel verzog sich. Aber sie sah noch, wie Herr Morek Frau Gruber über den Ladentisch hinüber die Hand reichte. Sie schüttelte den Kopf und begab sich sogleich zu ihrer Nachbarin, der Frau Danek, mit der sie so gute Freundschaft hielt, wie nur je zwischen einer Faßbindermeisters- und einer Wagenbauersgattin gehalten wurde.

Der leutselige Herr Morek aber sagte: »Es betrifft Ihren Sohn, Frau Gruber.« Die Frau tat einen Schrei.

Das Mutterherz drehte sich ihr um und um. Sie vergaß augenblicklich, welche Ehre ihr durch den Besuch erwiesen worden war. Jetzt war der leutselige Chef nur der Unglücksbote. Wenn ein vornehmer Herr zu armen Leuten kam, was konnte das Gutes bedeuten?

»Er hat etwas angestellt,« stammelte sie, und das Weinen stand ihr schon in Augenhöhe.

»Er hat eine große Dummheit gemacht. Nein ... nicht bei mir. Leider nicht bei mir ...! Erschrecken Sie nicht, Frau Gruber ... es ist nicht so schlimm, wie es aussieht ... man hat ihn heute im Bureau verhaftet! Er soll diesen Doktor Posolda beinahe in die Luft gesprengt haben. Die Bombengeschichte ... Sie wissen ja.«

Frau Gruber wurde ganz gelb und ihre Zähne klapperten gegeneinander. Dann brach das Weinen los, und im Augenblick war die ganze Gemischtwarenhandlung von Jammern und Klagen angefüllt.

Sie hatten vergessen, daß noch jemand da war. Ein kleines Mädel, das mit der Nase gerade bis zum Rand des Ladentisches reichte und einen heißen Kreuzer krampfhaft in der kleinen Faust hielt. Es schaute die weinende Frau mit großen, angstvollen Augen unverwandt an.

»Sie dürfen den Kopf nicht verlieren, Frau Gruber. Es wird nichts so heiß gegessen, als es gekocht wird. Leider kann man ja nicht unbedingt behaupten, daß Ihr Sohn an der Geschichte unschuldig ist. Ja, es ist sogar sehr wahrscheinlich, daß die Polizei diesmal nicht danebengegriffen hat. Ihr Sohn ist ein sehr phantasievoller junger Mann. Seine lebhafte Einbildung hat ihn zu diesem Stück verführt. Er hat ja doch vor Jahren schon einmal nach Südafrika durchbrennen wollen. Nein ... es ist nichts als Unbesonnenheit. Ich habe den Burschen gern, kann ich Ihnen sagen. Er ist ein fleißiger und tüchtiger Arbeiter.«

Frau Gruber aber schluchzte trotz aller Tröstungen unaufhaltsam weiter. Sie sah ihren Sohn verloren, in Sträflingskleidern, das Gesicht an ein Kerkergitter pressend.

»Ich werde mich für ihn einsetzen, Frau Gruber. Verlassen Sie sich darauf, wozu hat man seine Abgeordneten, nicht wahr? Die ganze Geschichte hat ein politisches Gesicht. Es handelt sich darum, ihre Harmlosigkeit nachzuweisen ... das ist nicht so schwer ...«

Das Für und Wider glitt an Frau Gruber vorüber. Sie war unfähig zu Erwägungen. Sie wußte nur, daß man Gustav verhaftet hatte.

Es wäre am besten, wenn Frau Gruber jetzt gleich mit ihm Schritte für ihren Sohn unternähme, meinte Morek.

Die Frau schüttelte den Kopf. Sie konnte doch nicht ihr Geschäft sperren. Jetzt war Monatsbeginn, jetzt kamen die Leute, um zu zahlen und neue Einkäufe zu machen.

»Dann gehe ich allein zu Doktor Lorenz. Verlassen Sie sich auf mich, ich gebe nicht zu, daß Ihrem Sohn etwas geschieht. Kopf hoch, liebe Frau Gruber ... na, adieu ... ich komme wieder und sage Ihnen, was ich ausgerichtet habe.« Und Morek reichte wieder die Hand über den Ladentisch. Frau Gruber blieb zurück, mit einem ganz leisen Gefühl von Hoffnung. Wenn sich ein solcher Herr ihres Jungen annahm! ... Vielleicht blieb er doch davor bewahrt, sein Gesicht an ein Kerkergitter zu pressen und in Sträflingskleidern bei Bauten Handlangerdienste zu tun oder mit einem Handwagen armer Leute Umzug zu bewerkstelligen.

Ein leises Weinen war da irgendwo.

Frau Gruber sah auf. Da war ein kleines Mädel, dem die Tränen aus den Augen rannen. Es wischte mit den geballten schmutzigen Fäusten im Gesicht herum und sah schon aus wie marmoriert.

»Was willst du denn?« fragte Frau Gruber.

»Um ... um ... an Kreuzer Zuckerln,« schluchzte das Kind und legte ein heißes Zweihellerstück auf den Ladentisch.

Da bekam es so viel Zuckerln, wie es anderswo nicht für zwanzig Heller bekommen hätte – trotz der teueren Zeiten.

*

Herr Morek sandte dem Doktor Lorenz seine Karte ins Allerheiligste. Er wurde sogleich angenommen.

Doktor Lorenz war sehr erfreut, Herrn Morek bei sich zu sehen, denn Morek gehörte dem Deutschen Volksrat an und war beim Wählerverein und allenthalben voran, wo man einen Mittler zwischen sich und die Menge brauchte.

Und womit er Herrn Morek dienen könne?

Morek brachte sein Anliegen vor. Ein leichtsinniger Bubenstreich, nicht wahr? Und man dürfe nicht zugeben, daß wegen einer solchen Dummheit ein Menschenleben vernichtet würde. Es sei ja anzunehmen, daß man sich von tschechischer Seite bemühen werde, eine große Aktion daraus zu machen ...

»Allerdings,« warf Doktor Lorenz ein. »Wenn man die Zeitungen liest ...«

Nun eben. Und da sei es Pflicht, diesem Bestreben entgegenzuwirken. Man müsse seinen Einfluß aufbieten, und Doktor Lorenz sei der geeignete Mann dazu.

Doktor Lorenz war Politiker bis zur Bewußtlosigkeit. Und das war wörtlich zu nehmen. Denn er war imstande, wenn er mitten in der Nacht aus dem Schlaf geweckt wurde, eine wohlgeordnete Kandidatenrede zu halten. Er hätte die Fehler sämtlicher Regierungen seit Einführung der Verfassung an den Fingern herzählen können, wenn er genügend viel Finger zur Verfügung gehabt hätte. Und er war im Besitz der Geheimwissenschaft, wie Österreich geholfen werden könne. Sehr einfach dadurch, indem man ihn zum Minister machte. Aber das sagte er nicht laut, weil man ihm das am Ende als Streberei ausgelegt hätte. Er dachte es nur bei sich und steckte es sich als Ziel seiner Wünsche. Vorläufig wäre er als Abschlag auf seine berechtigten Ansprüche mit einer Erhebung in den Adelstand zufrieden gewesen. Das aristokratische Äußere hatte er sich schon zurechtgelegt, obgleich er selbstverständlich demokratisch gesinnt war. Er hielt etwas auf wohlgepflegte Fingernägel und tadellose Kleidung und war überzeugt, daß man ihm das nicht verübeln könne, weil ein einsichtiger Mensch niemals vom Schneider auf den inneren Menschen schließen würde. Man konnte ein deutschgesinnter Mann sein, auch wenn man keine Röllchen trug.

Neben diesem klug beherrschten Führer mit den kühlen Augen und der klaren Stirn war Herr Morek, obzwar er ein Automobil besaß, wie der wilde Barbar aus den germanischen Urwäldern. Lorenz hatte für solche Männer ein feines, überlegenes Lächeln.

Selbstverständlich ein Lächeln nach innen. Mit Temperament war in Österreich keine deutsche Politik zu machen.

»Was wünschen Sie also, was ich tun soll?« fragte er.

»Irgendwie eingreifen ... dem armen Teufel helfen. Sie werden schon einen Weg finden.«

Doktor Lorenz legte eines der schlanken Beine über das andere. Gelbe Halbschuhe und schwarze Seidenstrümpfe wirkten niederschmetternd elegant. Morek erinnerte sich, daß er in seinem Fabrikrock losgefahren war, mit dem großen Ölfleck auf der linken Brustseite. Er schaute ein wenig unsicher auf den gelben Halbschuh, der auf- und niederwippte.

»Wie denken Sie sich das?« fragte der Abgeordnete wieder. »Die Justiz geht ihren Gang. Kann ich ihr in das Rad fallen? Ja, wenn man früher davon erfahren hätte, bevor die Sache offiziell geworden ist. Da hätte man noch beschönigen und vertuschen können. Aber jetzt ... Untersuchungsrichter ... Staatsanwalt und so weiter ... haben Sie eine Ahnung? Lassen sich die etwas dreinreden? Ich riskiere, wenn ich irgend etwas unternehme ... wissen Sie, was ich riskiere? daß man mir sagt: Herr Doktor, Sie als Advokat könnten wissen, daß wir unter Amtseid stehen, wir sind Beamte. Darauf reden sich die Herren immer aus, wenn sie etwas tun sollen, was ihnen nicht paßt ...«

Morek rückte so heftig in seinem Stuhl, daß man durch Krachen daran erinnert wurde, er sei nicht aus einer Stahlhütte hervorgegangen, sondern nur aus einer Tischlerwerkstatt.

»Ich verlange doch nicht von Ihnen, daß Sie die ganze Justiz bestechen sollen. Aber Sie sollen mit den Leuten sprechen. Ihr Einfluß reicht so weit, daß Sie ihnen eine mildere Auffassung beibringen können. Sie brauchen doch nicht geradezu zu reden, aber doch so, daß man merken kann, es wäre Ihnen sehr lieb, wenn die Sache im Sand verliefe. Jeder wird Ihnen zu Gefallen sein. Jeder hat doch irgend welche Anliegen und Wünsche an einen Abgeordneten und wird bereit sein, sich ihn zu verpflichten.«

»Nur Sie haben keine Anliegen,« lächelte Lorenz.

»Nein – Gott sei Dank!« Das war ganz überzeugend und herzhaft aus den Tiefen gehoben. »We-

nigstens nicht für mich ...,« setzte Morek dann leiser hinzu.

Lorenz sah ein, daß das Wetter Westnordwest stand. Er war ein kluger Seefahrer und richtete seine Segel nach dem Wind. »Sie haben recht! Es ist diese übertriebene deutsche Ängstlichkeit. Diese dumme Achtung vor fremdem Pflichtgefühl. Wir müssen unsere Gewissenhaftigkeit oblegen, wir müssen lernen, rücksichtslos zu sein, wie unsere Gegner. Sonst kommen wir nicht weiter. Wir kommen von einem Bedenken ins andere. Gut, ich verspreche Ihnen, daß ich mich für Ihren Schützling ... wie heißt er? ... Gruber! ... verwenden will.«

Ein Notizblock lag auf dem Schreibtisch. Der Abgeordnete trug mit seiner festen schönen Schrift den Namen Gruber ein.

Morek empfahl sich. Ein paar Bemerkungen über Theater und Sommerreisen flatterten als Ausklang des Gespräches hinterdrein. Was sollte man sich sagen, um den unangenehmen Eindruck zu verwischen? Jeder behielt eine Enttäuschung zurück. Morek fand, Lorenz habe sich ungebührlich lang zureden lassen. Und Lorenz hatte nicht gedacht, daß Morek so unbequem werden könne.

Ihm war die Sache sehr peinlich. Ja, wenn nicht gerade jetzt die Stelle im Vorstand der Landesbank zur Besetzung gekommen wäre. Das war die Stelle, auf die man schon lange gewartet hatte. Man hatte Anspruch darauf, man hatte sie fast so gut wie im Sack. Ein Übereinkommen war zwischen Deutschen und Tschechen geschlossen worden, und die Stelle sollte diesmal einem Deutschen zufallen. Wer da vor allen anderen in Betracht kam – das war der Doktor Lorenz. Man wollte einen ruhigen, vornehmen Politiker im Verwaltungsrat, keinen Radaubruder. Es war nur selbstverständlich, daß man diesen Aussichten durch ein gewisses Entgegenkommen entsprechen mußte. Und gerade jetzt, in diesem kritischen Augenblick, sollte man sich in eine Angelegenheit mischen, die von der anderen Seite offenbar für höchst bedeutsam angesehen wurde?

Lorenz mahnte sich selbst zur Vorsicht. Er war ein umsichtiger Seefahrer und lief nirgends ein, ohne sorgsam den Grund zu prüfen.

Am Abend gab es eine Sitzung in Sachen der Neubesetzung jener Stelle. Doktor Posolda war da.

Er nahm die Glückwünsche der Freunde und Kollegen zu seiner wunderbaren Rettung entgegen. Er machte ein tiefernstes Gesicht, voll Dankbarkeit gegen ein gütiges Schicksal. Man sah ihm an, daß er sich deutlich bewußt war, vom Hauch des Todes gestreift worden zu sein.

Lorenz kam und drückte ihm die Hand.

»Man könnte lernen, an Gott zu glauben!« sagte Posolda, indem er den Händedruck erwiderte.

»Ja ... es ist unheimlich, wenn man bedenkt, was so ein blödsinniger Bubenstreich für Folgen hätte haben können ...,« sagte Lorenz. Er sprach durch die Nase, das war der äußerste Grad von Gelassenheit.

Doktor Posolda funkelte ihn aus seinen kleinen Bauernaugen an. Die roten Wülste der fast haarlosen Augenbrauen zitterten über diesem Blick wie Sülze.

»Herr! Ein planvolles Attentat ... ein sorgfältig vorbereitetes Attentat nach russischem Muster. Ich hoffe, daß die Richter anders darüber denken wie Sie ...«

Oha – das Riff, auf das man beinahe aufgefahren wäre! Und Doktor Lorenz ließ schleunigst den Anker fallen.

*

»Sie waren also vor drei Jahren schon einmal auf dem Weg nach Südafrika?« fragte der Untersuchungsrichter.

»Ja!« sagte Gustav Gruber.

»Jetzt sind Sie achtzehn Jahre. Damals waren Sie also fünfzehn. Was haben Sie eigentlich in Südafrika tun wollen?«

Gruber schwieg. Er konnte doch dem Untersuchungsrichter nicht sagen, daß er hatte Gold graben und Diamanten finden wollen. Es schwebten ihm sehr undeutlich Steppen mit stachligen Gebüschen vor, nackte Felsen, ein Zug von schweren Wagen mit Dächern aus Segeltuch, Männer mit Patronengurten und breitkrämpigen Hüten, nackte Zulus mit ovalen Schilden aus Büffelhaut, Antilopen, Lagerfeuer. In seinem Kopf klopfte ein Wort: Assagai!!! Aber alles das, dieses Undeutliche und Verworrene, lebte von dem Hochgefühl einer schrankenlosen Freiheit. Die war jetzt ganz bis ans andere Ende der Welt gewichen. Hier stand man in vier kahlen, schmutzigen Wänden, an denen sich Aktenregale aufbauten, vor einem Schreibtisch, an dem ein Herr mit einem Zwicker saß, dem sehr viel Macht gegeben war. An einem Stehpult lehnte ein struppiger, sommersprossiger Mensch mit krummen Beinen, der Frage und Antwort in einem in der Mitte gefalteten Bogen eintrug. Vor den Fenstern war eine Hofmauer, deren oberer Teil von der Sonne beschienen war. Dann ein rotes Dach, auf dem ein Tauber einen Liebestanz rund um eine weiße Täubin aufführte. Aber die Täubin tat, als habe sie etwas unendlich Interessantes in der Dachrinne gefunden und als sei der schönste Liebestanz minder wichtig als dieses Ding in der Dachrinne.

Das sah man alles zwischen Frage und Antwort, während man den Strich überschritt, der zwischen beiden gezogen war.

Und noch etwas war in dem Raum. Ein milder, tröstender Blick, der ging von dem Bild eines alten Herrn in einem Goldrahmen aus. Ein alter Herr in Offiziersuniform, der vor einem grünen Vorhang stand, die Hand am Säbelgriff, leicht vornübergebeugt, und schaute geradeaus über die Aktenbündel und Schreibtische weg, und in seinem Gesicht war zu lesen, wie schweres Erleben zu schlicht menschlichem Verstehen geworden war.

»Na also, sehen Sie!« fuhr der Untersuchungsrichter fort, »Sie können mir selbst nicht sagen, was Sie in Südafrika tun wollten. Sie wissen also nicht immer über Ihre Handlungen Rechenschaft abzulegen.«

Gruber hatte Vertrauen zu dem Untersuchungsrichter Hollergschwandner. Schon deshalb, weil man, wenn er saß, sehen konnte, daß sein Schädel mit scharfem Eisen kreuz und quer zerpflügt war. Auf der Stirn hatte er einen halbkreisförmigen Lappen, der sah aus, als brauche man bloß einen Handgriff daran zu machen, um ihn nach Belieben aufklappen zu können. Gruber fühlte, daß ihm dieser Mann nicht übelwollte. Aber es war doch sozusagen kränkend, daß man seine Geisteskräfte herabsetzen mußte, wenn man ihm zu helfen gesonnen war.

Hollergschwandner steckte einen Bleistift in den Mund und trommelte mit dem Ende gegen die Zähne. Dann sagte er: »Frage: Waren Sie sich der Tragweite Ihres Tuns bewußt?«

Der krummbeinige, sommersprossige Mensch fuhr eifrig auf der Frageseite über den Protokollbogen.

»Na ... Herr Gruber ... ob Sie sich der Tragweite Ihres Tuns bewußt waren?«

»Welches Tuns?«

Hollergschwandner ließ die Faust ärgerlich auf den Tisch fallen. »Also schaun S', Gruber, so kommen wir nicht weiter. Warum wollen Sie denn noch immer nicht zugeben, daß Sie es gewesen sind. Sie haben sich einmal die Suppe eingebrockt, jetzt heißt's sie auslöffeln. Da kann Ihnen niemand helfen. Höchstens kommen mildernde Umständ' in Betracht. Freimütiges Geständnis, Ihre Jugend ... und so. Na also ... sehen Sie, gerade Sie ... gerade von Ihnen hätt' ich mehr Selbstbewußtsein erwartet ... Sagen Sie aufrichtig: ja, ich bin es gewesen!«

Gruber fühlte etwas in sich aufs äußerste angespannt. Sein Ehrgefühl wollte sich aufrichten. Aber da war etwas Geducktes, Scheues, das in der dumpfen Stube neben der Gemischtwarenhandlung der Frau Anastasia Gruber herangewachsen sein mochte und das flüsterte: Nur kein Geständnis ... nur kein Geständnis! Er sah an dem Untersuchungsrichter vorbei, auf das rote Ziegeldach und den unermüdlichen Tauber.

»Na also,« sagte Hollergschwandner, »dann müssen wir halt weiter inquirieren. Frage: Kennen Sie den ›Kyffhäuser‹?«

»Ja!«

»Was ist das?«

»Das ist ein engerer Verband im Jugendbund.«

»Welche Zwecke verfolgt der?«

»Zwecke? Keine ... es sind die älteren Mitglieder aus dem Jugendbund.«

»Wozu brauchen Sie denn da einen engeren Verband, wenn Sie keine besonderen Zwecke haben? Sie sind auch dabei ... bei den älteren Mitgliedern?«

»Ja!«

»Sie kommen immer im Domkeller zusammen. Nicht wahr? Wo sitzen Sie denn da?«

»Im hinteren Zimmer!«

»Das ist durch eine Glaswand vom vorderen getrennt, nicht wahr? Und was tun Sie denn hinter dieser Glaswand?«

»Es wird Bier getrunken ... gesprochen ... manchmal gesungen.«

»Es wird natürlich auch von politischen Dingen gesprochen?«

»Ja!«

»Glauben Sie nicht, daß es sehr unvorsichtig ist, von gewissen politischen Dingen zu sprechen ... hinter einer Glaswand ... in einem Raum, der nicht ganz abgeschlossen ist, in dem zum Beispiel die Kellner hin und her gehen ...?«

Gruber gab keine Antwort. In seinem Kopf klopfte es: Assagai! Sein Herz war so groß und schwer, daß es die ganze Brust erfüllte. Er faßte seine linke Hand mit der rechten und erschrak über die Berührung. Diese Hände waren kalt und feucht. Da war der Emil, dieser grinsende Kellner, der so überaus höflich und dienstwillig war, daß Viktorin vor ihm gewarnt hatte.

Der Untersuchungsrichter war aufgestanden und ging zweimal durch das Zimmer. Dann blieb er hinter dem Protokollführer stehen und schaute ihm über die Schulter: »Sie ... Netopil,« sagte er, »das hab' ich Ihnen auch schon gesagt, daß man Wand mit W schreibt und nicht mit V. Und Keller schreibt man nicht mit einem l sondern mit zweien. Ja, das geht nicht, Sie müssen Deutsch lernen. Herrgott ... ist das ein konfuses Geschreibe!«

Der krummbeinige, sommersprossige Mensch steckte seine Nase noch tiefer ins Protokoll und erwiderte nichts. Seine Beine wurden noch krummer, als habe man ihm eine schwere Last auf die Schultern gelegt.

»Na ... weiter,« sagte der Untersuchungsrichter, »also die politischen Gespräche hinter der Glaswand. Sie wissen natürlich davon, daß der Doktor Posolda in der Schulfrage einen großen Sieg über die Deutschen errungen hat?«

»Ja!«

»Sie haben auch davon gesprochen, nicht wahr? Und wie haben Sie diesen bedeutenden Sieg aufgenommen? Es war doch damals eine große Empörung in der Stadt.«

»Wir haben uns nicht darüber gefreut!«

»Können Sie mir vielleicht sagen, wer das war, der damals auf den Tisch geschlagen und gesagt hat: man sollte dem Kerl einen Denkzettel geben!?«

Gruber zögerte einen Augenblick. Dann sagte er leise: »Das habe ich gesagt!«

Der Untersuchungsrichter war vor Gruber stehengeblieben. Er sah ihm fest in die Augen. »Gruber ... Sie sehen, es hilft Ihnen nichts. Wollen Sie sich nicht befreien? Sie sind doch nicht feig. Ich halte Sie nicht für feig. Sie haben eine unbesonnen« Tat begangen. Aber ein Mann steht für seine Taten ein. Ein Mann hat auch den Mut des Bekenntnisses. Ich erwarte von Ihnen, daß Sie sich nicht länger aufs Leugnen verlegen.«

Die Spannung in Grubers Kopf war unerträglich geworden. Assagai ... Assagai ... Assagai ... klopfte es in seinen Schläfen. Sein Herz war schmerzhaft ausgedehnt und drückte gegen seine Kehle. Jetzt mußte es sich entscheiden, wer er war. Er schaute hilflos um sich. Da war ein milder Blick menschlichen Verstehens und Verzeihens im Raum, und der kam von einem leicht vornübergebeugten alten Herrn in Offiziersuniform vor einem grünen Vorhang. Dieser Blick war keine Lüge. Und es war keine Lüge, daß von dem Mann vor ihm ein warmer Strom ausging. Zu dem gehörte er, der wußte das Wort, das seine Ehre und seinen Mut rettete.

»Ja!« sagte er und erwiderte den Blick des Mannes, »ich habe es getan.«

Berge stürzten von seiner Brust, ein Gefühl unendlichen Glückes war plötzlich da, machte ihn frei und löste die Spannung. Er war gerettet, er hatte sich gefunden und sein Schicksal auf sich genommen.

Und etwas höchst Merkwürdiges ereignete sich. Der Untersuchungsrichter Hollergschwandner gab dem Untersuchungshäftling Gruber die Hand, und so etwas hatte dieser Raum nicht gesehen, seit hier der ersten Frage auf der linken die erste Antwort auf der rechten Protokollseite gegenübergestellt worden war. Und dazu sagte der Untersuchungsrichter Hollergschwandner: »Sehr brav!«

In diesem Augenblick ging es wie etwas Trübes, ein Schatten, ein Mißton durch Grubers Freudigkeit. Irgend etwas Arges und Tückisches war plötzlich emporgewachsen und kauerte ihm gegenüber im Zimmer. Er sah an dem Untersuchungsrichter vorbei und gerade in das Gesicht des Protokollführers. Der hatte die Nase vom Protokoll erhoben und schaute ihn an. Die Lippen waren von den breiten, weißen Zähnen zurückgezogen und ein Grinsen ging von einem Ohr zum anderen. In den grauen, schillernden Augen saß dieses Arge und Tückische. Aber das war nur ein einziger Augenblick. Im nächsten war das sommersprossige Gesicht schon wieder hinter dem Stehpult verschwunden, und die krummen Beine zwischen den dünnen, geraden Stelzen des Pultes wurden noch krümmer.

Grubers Bekennerfreudigkeit war wieder stolz und aufrecht.

Hollergschwandner begann im Zimmer zu wandern. Aber nicht mehr stampfend und hart wie vorhin; sondern auf weichen, sanften Sohlen, als liege ein Teppich unter seinen Füßen. Es war aber nur Freude und Rührung, die da hingebreitet waren.

»Sie geben also zu,« sagte er, »daß Sie es waren, der das Bombenattentat auf den Doktor Posolda ausgeführt hat.«

»Es war keine Bombe, es war eine Höllenmaschine. Eine Bombe wird geschleudert, eine Höllenmaschine wird auf Zeit gerichtet.«

Hollergschwandner lächelte: »Es war eine alte Sardinenbüchse mit Tapezierernägeln, mein Lieber. Wo haben Sie das Pulver dazu hergenommen?«

»Ich – ich habe auf dem Exerzierplatz unausgeschossene Patronen gefunden.«

»Gut. Aber sagen Sie, wie sind gerade Sie dazu gekommen, die Sache auszuführen? Sie waren wütend, daß dieser Herr Doktor Posolda in der Schulangelegenheit über die Deutschen gesiegt hat. Sie haben gesagt, man sollte ihm einen Denkzettel geben. Aber zwischen Zorn und Drohung einerseits und der Ausführung einer Tat andererseits liegt noch etwas: der Entschluß zur Tat. Sind Sie vielleicht in diesem Entschluß von irgend jemandem bestärkt worden?«

»Nein! Es ist gelost worden und das Los hat mich getroffen!«

»So? Also Sie sind ausgelost worden und haben sich nicht etwa freiwillig angeboten?«

»Zuerst habe ich mich freiwillig angeboten.«

Der Untersuchungsrichter räusperte sich. Ein kurzes Knattern kam vom offenen Fenster her. Die beiden Tauben waren von dem roten Ziegeldach aufgeflogen, in den blauen, sonnigen Nachmittag hinein. Der Schatten war aus dem Schacht des Hofes emporgewachsen und langte mit grauen Fingern über das Dach.

»Sie haben also hinter der Glaswand im Domkeller gelost,« sagte der Untersuchungsrichter nach einer Weile des Nachdenkens. Dann trat er zu dem Protokollführer und sah ihm über die Schulter: »Netopil, ich bitt' Sie um Gotteswillen, Keller mit zwei l! Und das brauchen S' doch überhaupt nicht zu schreiben. Das ist doch nur die Einleitung zu einer Frage. Frage: Sind Sie allein ausgelost worden?«

»Ja!« sagte Gruber.

»So? Es hat Ihnen also niemand dabei geholfen?«

»Nein!«

»Sagen Sie die Wahrheit, Gruber. Es nützt Ihnen ja doch nichts. Es ist ja sehr schön, daß Sie die anderen nicht verraten wollen. Aber Sie sehen, wir wissen alles. Es nützt Ihnen nichts.«

Gruber stand aufrecht da, er nahm die Unterlippe zwischen die Zähne. »Ich habe es allein getan, Herr Untersuchungsrichter.«

Die Sonne war von dem Ziegeldach fort. Aber sie durchleuchtete noch den klaren Septembernachmittag über allen Dächern und Schornsteinen der Stadt mit dem Duft ihres flüssigen Goldes.

Hollergschwandner drückte auf den Knopf einer elektrischen Klingel, die auf seinem Schreibtisch lag. Draußen in den öden, kalten Gängen des riesenhaften Steinblockes läutete es irgendwo.

Schrill.

Ein Gefangenenwärter trat ein. Hollergschwandner gab ihm ein Zeichen mit dem Kopf, ohne ein Wort zu sagen. Dann ging er schweigend auf und ab.

Gustav Gruber war sehr glücklich und zufrieden gewesen. Aber nun brannte eine Unruhe in ihm. Welche fürchterliche Maschine war das, in die er da geraten war! Wenn sie eine Hand erfaßt hatte, so zog sie den ganzen Menschen nach. Wo war da die Freiheit einer großen Entschließung? Wo war die Selbstherrlichkeit eines heroischen Willens? Der Freund vor ihm verharrte in ernstem Schweigen.

Füße scharrten draußen auf dem Gang. Die Türe ging auf. Mehrere Menschen traten ins Zimmer. Ein plumpes Stampfen, wie von einem Klumpfuß ...

Gruber wandte sich zögernd um.

Da standen seine Bundesbrüder Parsifal und Hildebrand. Aber hier waren sie nur der Schriftsetzer Hükkel und der Photographengehilfe Standera.

Gruber wurde ganz blaß, und unwillkürlich fuhr ihm die Hand zum Herzen, das ihm auf einmal wieder schwer und groß in der Brust lag. Die Maschine ... die den ganzen Menschen ergriff, wirbelte ihn herum.

Hollergschwandner sah von einem zum anderen. Hükkels Gesicht war aschgrau, sein Blick schlich auf dem Boden hin. Standera trug eine krampfhafte Zuversicht in den Augen. Aber die Topfgriffohren waren dünn und durchscheinend und standen noch mehr ab als sonst.

»Ich habe Sie holen lassen,« sagte der Untersuchungsrichter, »um Ihnen mitzuteilen, daß Gruber gestanden hat. Zunächst für sich allein,« setzte er rasch hinzu, »aber ich möchte Ihnen ernstlich empfehlen, seinem Beispiel zu folgen. Das ist ein freundschaftlicher Rat, den ich Ihnen gebe.«

Standera knurrte etwas vor sich hin.

»Was sagen Sie?« fragte der Untersuchungsrichter.

»Ich weiß von nichts.«

»Überlegen Sie sich's, Standera! Sie haben die ganze Sache mit einer geradezu kindlichen Unvorsichtigkeit betrieben. Ich habe Ihnen die Zeugenaussagen vorgehalten. Na ... und Sie, Hükkel?«

Parsifal fuhr zusammen, als hätte er einen Stoß erhalten. Das Bein, an dem der Klumpfuß hing, knickte ein. Er mußte einen raschen Schritt machen, um das Gleichgewicht zu bewahren.

Er blickte auf und sah um sich, wie ein Kranker, der das Auge des Arztes sucht.

»Ich weiß doch, daß Sie drei ausgelost worden sind. Wenn Sie gestehen, so haben Sie einen Milderungsgrund mehr zu dem Leichtsinn und Unverstand, den Sie geltend machen dürfen.«

Gruber wollte etwas einwerfen.

»Schweigen Sie jetzt!« fuhr ihn der Untersuchungsrichter an.

Parsifal senkte den Kopf. Sein krummer Rücken war höher als der Hals.

»Geben Sie also zu, daß Sie an der Sache beteiligt waren?«

Der Bucklige bewegte den Kopf hin und her, wie ein Tier, das nicht aus noch ein weiß.

»Soll ich Ihr Schweigen als Geständnis nehmen? Sie müssen es mir aber deutlich und ausdrücklich sagen.«

»Ja!« murmelte der Schriftsetzer.

»Na ... also sehen Sie. Gott sei Dank! Na und Sie, Standera? Haben Sie sich's überlegt?«

Standera hatte inzwischen das Gesicht Grubers mit wütenden Blicken zerfetzt. Jetzt nahm er seinen Zorn von ihm, wandelte ihn in gekränkte Unschuld und richtete seine Augen auf den Untersuchungsrichter. Es zuckte unter der Haut seines Gesichtes, daß alle Mitesser und Wimmerln in Bewegung waren.

»Ich weiß von nichts!« sagte er weinerlich.

Der Untersuchungsrichter ließ die Faust schwer auf den Schreibtisch fallen. »Wie Sie wollen, Standera ... wie Sie wollen.« Er überlegte noch einen Augenblick. Dann sagte er: »Abführen!«

Der Gefangenwärter öffnete die Türe. Aber während die drei Burschen sich aneinander vorbei und auf den Gang hinausschoben, nahm Standera die Gelegenheit wahr, Gruber etwas zuzuflüstern.

»Du bist ein Vieh!« zischte er ingrimmig an seinem Ohr.

* * *

Da war der Verteidiger in Strafsachen Doktor Karplus.

Er hatte einen Kopf, so viereckig wie ein Aktenschrank, und einen höchst merkwürdigen Schnurrbart, der ihm wie der eines Katers nach allen Seiten wegstand. Aber in diesem Schädel war alles nach dem System: Ein Griff, ein Paragraph! eingerichtet, und dieser merkwürdige Schnurrbart konnte sich im Kampf mit dem Staatsanwalt sträuben, wie die Spieße des verlorenen Haufens vor dem Sturm.

Auch hatte er die Gewohnheit, während des Gespräches die Hände zu reiben, als wasche er sie unaufhörlich in Unschuld. Das war eine fatale Gewohnheit und ihm selbst am fatalsten. Und wenn er sich dabei ertappte, so hielt er augenblicklich inne und ärgerte sich. Ein solches Händereiben und Waschen in Unschuld war eine ausgesprochen jesuitische Gepflogenheit. So schlichen die heiligen Väter im Roman und auf dem Theater herum. Und Doktor Karplus wollte durchaus nichts mit ihnen gemein haben, denn er war Obmann der Ortsgruppe der »Freien Schule«.

Eines Sonntags rückten Frau Anastasia Gruber und der Selchermeister Franz Kral bei ihm an. Frau Gruber war sehr verweint und aufgeregt, und entschuldigte sich, daß sie gerade Sonntags kämen, aber am Wochentag könnten sie eben nicht ihre Geschäfte sperren. Der Selchermeister fügte hinzu, er versäume auch so schon genug, denn er sei nebstbei noch Masseur und habe gerade am Sonntag seine besten Kunden. Da sah Doktor Karplus mit gemischten Gefühlen auf die dicken groben Selcherpranken, die so rot waren, man wußte nicht, von der Wurstküche oder von der Bauchmassage.

Und ob nicht der Herr Doktor die besondere Güte haben und die Verteidigung des Gustav Gruber übernehmen wolle, von dessen Fall er gewiß gehört habe?

Freilich hatte der Doktor von dem Fall des Gustav Gruber gehört. Er machte eine ernste Miene und sagte, seine Gewissenhaftigkeit erlaube ihm nicht, zu verschweigen, daß dies nach seiner Meinung ein sehr, sehr böser Fall sei.

Da sagte der Selchermeister Franz Kral, das habe er auch gesagt. Und er habe es schon immer gesagt, daß der Lausbub ihnen noch einmal etwas aufzulösen geben werde, sagte er. Denn der Selchermeister Franz Kral war der Vormund.

Doktor Karplus mußte immer die dicken roten Hände betrachten und fragte sich insgeheim, ob die wohl auch gründlich gewaschen würden, wenn sie von der Bauchmassage zum Schinkenschneiden übergingen. Und Frau Gruber tat ihm so leid, daß er halb und halb entschlossen war, die Verteidigung des jungen Menschen auf alle Fälle zu übernehmen.

Zur Vorsicht aber sagte er doch noch vorerst, daß er leider so beschäftigt sei, daß er sich in einen so verwickelten Fall durchaus nicht ohne entsprechende Vergütung einlassen könne.

Da wurde Frau Gruber sehr rot. Dann sagte sie, daß der Chef ihres Sohnes, Herr von Morek, erklärt habe, die Kosten der Verteidigung zu tragen.

Der Selchermeister Franz Kral setzte hinzu, der Lausbub habe ohnehin mehr Glück als Verstand. Der Doktor Karplus war nahe daran, dem Mann etwas sehr Unhöfliches zu sagen. Er wußte nicht daß Franz Kral zwei Söhne hatte, aus denen durchaus nichts Rechtes werden wollte. Und daß sich in seiner Masseurseele nun endlich ein jahrelang angesammelter Groll über einen jungen Menschen, der Geld verdiente und es nicht vertrank, sondern zum größten Teil der Mutter abführte, in Genugtuung gewandelt hatte.

Der Doktor war zornig. Er rieb sich die Hände und ertappte sich dabei, und da ärgerte er sich noch mehr. Und da sagte er, der Fall interessiere ihn doch so sehr, daß er ihn trotz seines Mangels an Zeit unentgeltlich übernehmen wolle.

Frau Gruber wollte ihm die Hand küssen und der Doktor hatte Mühe, sich dagegen zu wehren.

So übernahm Doktor Karplus die Verteidigung, und er übernahm sie mit Eifer und gutem Willen. Er hatte auch eine Unterredung mit Gruber. Aber von der kehrte er mit Kopfschütteln und bedenklichem Gesicht zurück, denn der Angeklagte war durchaus nicht geneigt gewesen, sich als geistig minderwertig hinstellen zu lassen.

*

An einem Freitag kam das Bombenattentat gegen Doktor Posolda vor den Geschworenen zur Verhandlung.

An diesem Tag wollte Frau Anastasia Gruber ihre Gemischtwarenhandlung sperren. Aber die Frau Breitnickel hatte sich bereit erklärt, für sie im Laden zu bleiben, denn Frau Gruber war in der letzten Zeit bei allen Streitfällen betreffs der Butter und der Eier so nachgiebig gewesen, daß man schon etwas für sie tun mußte.

»Ein Mensch muß dem anderen helfen,« sagte sie, »wenn mein Mann auch nichts Warmes kriegt. Denn die Steffi is auch bei der Verhandlung.«

»Wenn heut' nur nicht Freitag wär',« jammerte Frau Gruber.

»Geh'n S' zu den Kapuzinern,« riet die Nachbarin, »und opfern S' ein Herz. Wie ich voriges Jahr den bösen Fuß gehabt hab', hab' ich ihn aufgeopfert und in drei Wochen war er gesund.«

Frau Gruber ging zu den Kapuzinern und legte alle ihre mütterliche Angst in ein wächsernes Herz, über dem sie unzählige Vaterunser und Ave-Maria sprach. Und dann trug sie es in einen dunkeln Winkel hinter dem Aloisiusaltar, wo schon eine Menge in Wachs gebannter Kümmernisse und Krankheiten und Kränkungen lagen.

Als sie in den Sitzungssaal kam, war er schon so voll, daß sie nur mehr einen Platz ganz hinten an der Wand fand. Zu ihrem Unstern neben dem Vormund Franz Kral. Der hatte heute das Geschäft seinem Ältesten überlassen. Obzwar er wußte, daß es das Geldladel grausam zu büßen haben werde. »Schauen S' Ihnen den Staatsanwalt an,« flüsterte er, »der is ein Scharfer. Und der Vorsitzende, das is der Suchomel, der verkehrt nur in der Beseda.«

Obzwar das Mutterherz seine Angst in ein Wachsgebilde getan und sie hinter dem Aloisiusaltar aufgeopfert hatte, schlug es doch so unbändig wild, als sei ihm daraus wenig Hoffnung geworden. Ein Gedanke drängte sich immer wieder heran: so hatte es kommen müssen, weil der Gustav keine Religion hatte. Was hatte er gesagt? Er hatte den Wotansglauben. Und von den alten Germanen hatte er gesprochen und von Götterhainen und den Donnereichen, an die der heilige Bonifazius seine frevlerischen Hände gelegt hatte. So war er, so gottverlassen und ungläubig. Und jetzt, in der Stunde des Unglücks, erhob sich der Wotansglauben des Sohnes und stand wie eine Wand zwischen dem Mutterherzen und der Jungfrau Maria.

Gleich darauf begann die Auslosung der Geschworenen. Namen wurden aufgerufen. Ab und zu murmelte der Staatsanwalt etwas dazwischen.

»O je!« sagte der Selchermeister, »der Staatsanwalt lehnt alle Deutschen ab.« Die Geschworenenbank füllte sich. Es waren lauter fremde Menschen. Frau Gruber kannte nicht einen einzigen von ihnen. Sie las in ihren Mienen eine fürchterliche Entschlossenheit, sich ihrer Macht unnachsichtlich zu bedienen.

Hälse streckten sich und Köpfe bewegten sich hin und her. Zwischen einem schmutzigen Hemdkragen und einem blauen Federhut bekam Frau Gruber einen kurzen Blick auf den Saal. Die Angeklagten wurden vorgeführt. Der erste war Gustav. Sie schluchzte auf, es war fast wie ein Schrei, daß sich einige Leute nach ihr umwandten und der Selchermeister Franz Kral seine große rote Masseurpfote auf ihren Arm legte.

Gustav hatte, als er den Saal betrat, einen hellen stolzen Blick auf das Publikum geworfen. War er eines schimpflichen Verbrechens angeklagt? Was er begangen hatte, war eine ehrenvolle Tat. Und ein Mann steht für seine Taten ein. Seltsam zwiespältig hauchte es ihn aus dem gefüllten Zuschauerraum an. Sein gesteigertes Empfinden unterschied deutlich die Zweiteilung der Menge. Da saßen der Haß und die Zuneigung nebeneinander. Da wünschten ihm die einen den Untergang und die anderen die Rettung. Er lächelte, er fühlte sich allen bösen Wünschen überlegen, und wenn er auch für seine Tat bestraft wurde – seinen inneren Menschen konnte doch niemand vernichten.

Die Geschworenen sahen ihn lächeln und faßten sogleich die Meinung, daß dieser Mensch ein frecher Patron sei, der vor ihnen nicht die mindeste Ehrerbietung habe.

Da hörte Gustav Gruber einen unterdrückten Schrei, und als er in der Richtung hinsah, erblickte er einen Hut mit blauen Federn und ein blasses Mädelgesicht. Sie war da. Sie war gekommen, wie er es von ihr erwartet hatte, und es war die Angst um ihn, die in dem leisen Schrei gewesen war. Gustav hatte ganz vergessen, daß er eine Mutter besaß.

Der Präsident stellte die Personalien fest.

Der Schriftsetzer Hükkel stand neben Gruber. Oder vielmehr, er hing auf unbegreifliche Weise in der Luft. Er war nichts als Heulen und Zähneklappen, ein Anblick zum Erbarmen.

»Halt' dich, Parsifal!« flüsterte Gustav, »nimm dich zusammen! Mach' ihnen nicht die Freude!«

Auf Parsifals anderer Seite wackelte der Photographengehilfe Standera von einem Fuß auf den anderen. Er ließ seinen Blick bald über die Decke, bald über den Fußboden laufen und schielte vor lauter Unschuld.

Ein krummbeiniger, sommersprossiger Mensch erhob sich auf den Wink des Präsidenten. Es war der Schriftführer aus dem Untersuchungsgefängnis. Er begann die Anklageschrift zu verlesen, und die schaudernde Menge vernahm, welch erschreckliches Verbrechen die drei jungen Leute begangen hatten. Sie erfuhr es freilich mit Hindernissen. Denn der Auskultant Netopil las nicht besser als er schrieb. Es klang, als habe man Erbsen in einen Blechtopf getan und rolle ihn eine Kellerstiege hinunter. Große Schweißtropfen traten auf die Stirne des Lesenden. Und um nicht ganz unterzugehen, schob er nach jedem dritten Wort ein »also« ein.

Als er zu Ende war, ging ein Aufatmen durch den Saal. Man hatte das Gefühl gehabt, ein Mensch habe eine Schlinge um den Hals und ziehe sie mit jeder Bewegung fester zu.

Der Präsident räusperte sich und fragte, ob die Angeklagten gehört hätten, wessen sie bezichtigt wurden und ob sie sich schuldig bekannten, das Bombenattentat gegen Doktor Posolda verübt zu haben?

Gruber antwortete zuerst. Seine Stimme war hell, nur vielleicht etwas dünn, so daß sie wie von einer Höhe herunterkam. Er sagte: »Ja! Aber es war keine Bombe, es war eine Höllenmaschine. Eine Bombe wird geworfen, eine Höllenmaschine aber wird auf die Zeit gerichtet.«

Hükkel hing so schief um seine Achse, daß es aussah, er müsse an sich selbst herunterrutschen. Er sagte nichts und zitterte nur.

Standera aber schielte den Vorsitzenden an und sagte vorwurfsvoll: »Ich weiß von nichts.« Dann wurden er und Hükkel wieder abgeführt.

Und nun gab Gustav auf die Fragen des Vorsitzenden seine Antworten. Sie waren knapp und fest in gutsitzende Worte gekleidet, als sei ihm nichts mehr am Herzen gelegen, als dem Hörer ein recht anschauliches Bild der Tat zu geben. Aber sie betrafen nur seinen und Hükkels Anteil. Standera blieb ausgeschaltet, als sei er nicht beteiligt gewesen. Es gelang dem Vorsitzenden nicht, Gruber zu einer Aussage zu bringen, die dem Leugnenden verderblich geworden wäre. In großen Engen rettete er sich durch ein Achselzucken: »Darüber darf ich nichts sagen!«

Hükkel kam und bestätigte widerstandslos alles, was Gruber gesagt hatte.

Nur Standera blieb noch immer dabei, daß er von nichts wisse. Das logische Schamgefühl ging ihm ab, das sich überwältigenden Beweisen unterwirft und vor Widersprüchen zum Bekenntnis zwingt.

Schwer und groß saß der Vorsitzende in seinem Stuhl, einen Kopf höher als die Beisitzer des Gerichtshofes. Seine Wangen waren von einer bläulichen Röte überhaucht, in die kleine purpurne Äderchen durcheinanderliefen. Seine große feste Nase stand besonnen und selbstbewußt über dem Mund. Es war ein Anschein von Gesundheit und Wohlwollen über seinen äußeren Menschen gebreitet und man hätte ihn vielleicht für gutmütig halten können. Aber da war dieser harte Mund, der dagegen sprach, und die hohe, kantige Stirn, die seltsam blaß mit den weinfreudigen Wangen im Gegensatz stand. Und er war einäugig wie Wotan oder wie Zischka. Aber man merkte an seiner Aussprache, daß er sich zu Zischka bekannte.

Eine Unterredung mit dem Staatsanwalt war der Verhandlung vorhergegangen. Der Staatsanwalt hatte sich darüber beschwert, daß die Untersuchung sehr gemütlich geführt worden sei. Gerade als ob es dem Untersuchungsrichter darum zu tun gewesen sei, alle mildernden Umstände ins Licht zu setzen und die Sache recht harmlos darzustellen. Übrigens sei ihm als eine höchst merkwürdige Tatsache zu Ohren gekommen, daß Hollergschwandner dem Angeklagten Gruber die Hand gereicht habe. Man könne daraus gewisse Schlüsse ziehen, und es sei vielleicht angebracht, den Herrn Präsidenten von alledem in Kenntnis zu setzen.

Es galt also einiges gutzumachen. Die Tatumstände waren klar genug, aber hier handelte es sich darum, ihre kriminalistische Wertung deutlich herauszuheben.

Der Vorsitzende ging zum Zeugenverhör über.

Zuerst wurde Herr Wenzel Lefenda, Hausmeister bei Doktor Posolda, einvernommen. Er gab eine Schilderung der Explosionskatastroph«. Es war ein Krach gewesen wie von einer Haubitze, das Haus hätte in seinen Grundfesten gebebt, und der Mörtel hatte sich von den Wänden losgelöst. Wenzel Lefenda log nicht, in seinem Gedächtnis hatte das Ereignis inzwischen ungeheuerliche Maße angenommen.

Doktor Posolda selbst war auch vorgeladen worden. Aber er war verreist, hatte sich entschuldigt und gebeten, auf sein Erscheinen zu verzichten. Seine Aussage sei unwesentlich und trage nichts zur Beurteilung des Attentates bei. übrigens widerstrebe es ihm, an einer Verhandlung teilzunehmen, bei der sein menschliches Empfinden auf Seite der irregeleiteten, verhetzten Jugend stünde.

Als der Vorsitzende den Brief zu den Akten legte, konnte man Beifallsgemurmel hören. Die Geschworenen nickten.

Suchomel stellte das sofort fest, indem er sein Auge auf die Zuhörer richtete und sagte: »Ich bitte sich jeder Beifalls- und Mißfallensäußerung zu enthalten.«

Das Verhör nahm seinen Fortgang., Der Kellner Emil aus dem Domkeller trat auf, verlegen und beflissen, und berichtete von der Verschwörung hinter der Glaswand. Und ein paar Stammgäste des Domkellers, die widerwillig bezeugen mußten, daß auch sie so was gehört hätten. Dann kam eine lange Reihe von ehemaligen Genossen aus dem »Kyffhäuser«. Die mußten alle zugeben, daß geschimpft und gelost worden war. Aber sie hatten samt und sonders nur geglaubt, daß man einen »Spaß« mache. Nie hätten sie für möglich gehalten, daß Gruber und die anderen wirklich das Attentat ausführen würden. Diesen Jünglingen erging es ziemlich übel. Der Vorsitzende bedrängte sie derart mit Fragen und Einwürfen, daß sie sich wanden, als würden sie über langsamem Feuer geröstet. Er gab ihnen zu verstehen, daß sie es nur einer fast nicht zu verantwortenden Milde und Gnade der Justiz zu verdanken hätten, daß sie nicht alle zusammen in Anklagezustand versetzt worden waren. Schweißtriefend, mit gebrochenem Seelenrückgrat, mit verrenktem Verstand und geräderten Nerven kamen sie aus der Folterung hervor.

Während dieses Verhöres wuchs in einem Mann ein schwerer Zorn. Herr Morek saß in der ersten Bank und sah, daß ein unzerreißbares Netz gesponnen wurde. Eine unsichtbare Macht stand hinter den äußeren Vorgängen der Verhandlung, sie lenkte die Fragen des Vorsitzenden, daß alles Belastende grell und wuchtig heraustrat und die eigentliche Farbe der Geschehnisse verfälscht wurde. Morek hatte in der Untersuchung seine Aussagen gemacht und seine Vorladung auch für die Hauptverhandlung erwartet. Man hatte ihn nicht vorgeladen. Nun saß er aber da, bebte vor Zorn und wollte zu Worte kommen.

Paul Karroh, Handlungsgehilfe, gewesener Obmann des »Jugendbundes«, stand vor den Schranken. Seine Würde als Obmann war in doppelter Weise und ausnehmend gründlich erloschen. Zwei Tage nach dem Attentat hatte er sie auf Wunsch seines Chefs zurückgelegt, und kurze Zeit darauf war der »Jugendbund« als Brutstätte politischer Umtriebe polizeilich aufgelöst worden. Biterolf wußte nichts; er hatte nichts gesagt; er war niemals Genosse im »Kyffhäuser« gewesen.

Morek hatte dem Verteidiger Doktor Karplus einen Wink gegeben. »Bestehen Sie auf meiner Einvernahme,« flüsterte er ihm zu.

Als der Vorsitzende das Zeugenverhör schließen wollte, beantragte der Verteidiger noch die Einvernahme des anwesenden Herrn Gießereibesitzers Morek. Der Vorsitzende blätterte in den Akten und sagte, Herr Morek habe in der Untersuchung nur so unwesentliche Aussagen gemacht, daß man ihn gar nicht vorgeladen habe. Auch der Staatsanwalt meinte, man könne verzichten. Aber Doktor Karplus bestand darauf, daß er gehört wurde, und endlich stimmte der Vorsitzende nach einer kurzen Anfrage bei den Beisitzern zu.

Morek erhob sich und trat vor das Tribunal.

Langsam und schwer begann er zu sprechen. Von dem sogenannten Verbrechen der jungen Leute wisse er nichts. Hükkel und Standera seien ihm gänzlich unbekannt. Was er zu sagen habe, betreffe Gustav Gruber. Er habe den jungen Mann als fleißigen und pünktlichen Arbeiter kennengelernt und könne ihm das beste Zeugnis ausstellen. Wenn man über eine solche Tat urteilen wolle, so müsse man vor allem fragen, wie der Mensch beschaffen sei, der sie verübt habe. Die vorbedachte Tötung eines Menschen sei ein Mord, wenn ein Mensch aber in einer momentanen Aufwallung der Leidenschaft erschlagen werde, so spreche man von einem Totschlag, und der werde vom Gesetz ganz anders beurteilt. Genau so müsse man hier unterscheiden. Der ganzen Anlage der Tat nach könne sie gar nicht in der Absicht unternommen worden sein, einen ernsthaften Schaden zuzufügen, alles sei so kindlich und unzulänglich gewesen, daß sie nur einen demonstrativen Zweck gehabt haben könne. Sie sei nichts als eine Art von Katzenmusik gewesen. Und das stimme auch zum Charakter des Angeklagten Gruber, der kein Radaubruder und kein verkommener Mensch sei. Nur eine irregeleitete Phantasie habe ihn verführt.

Der Vorsitzende hatte sich zurückgelehnt und sein Auge geschlossen. Aber nun, da der lebendige Blick weg war, war es fast schaurig zu sehen, wie die Höhle des ausgeronnenen Auges in den Saal starrte. Ein Lächeln lief irgendwie auf diesem Gesicht zusammen.

Suchomel unterbrach den Sprecher: »Wenn man die Augen zumacht, so könnte man glauben, daß der Herr Verteidiger redet.«

»Ich will dem Herrn Verteidiger nicht vorgreifen,« sagte Morek, »ich will nur den Charakter des Angeklagten Gruber beleuchten.«

Der Vorsitzende schlug sein Auge wieder auf: »Ich habe Sie nur sprechen lassen, um den Herrn Verteidiger zu überzeugen, daß Sie uns nichts zu sagen haben.«

Morek stand mit geballten Fäusten: »Ich muß sprechen, weil man hier darauf auszugehen scheint, diese lächerliche Attentatsgeschichte zu einem fürchterlichen Verbrechen aufzubauschen.«

Der Vorsitzende schlug mit der flachen Hand leicht auf den Tisch und sagte leise und durchdringend: »Nehmen Sie sich in acht, Herr Morek, noch eine solche Äußerung, und Sie werden es zu bereuen haben.«

Neben Steffi Breitnickel saß ein junger Mann, der trug eine weißrotblaue Rosette im Knopfloch. Während der Aussage Moreks unterhielt er sich mit seinem Nachbarn. Er machte halblaute, höhnische Bemerkungen. Steffi verstand genug, um sich darüber zu ärgern, daß er es versuchte, Morek lächerlich zu machen. Eine Weile trug sie es. Dann zischte sie scharf und zornig: »Ruhe!«

Der junge Mann wandte sich ihr überrascht zu. Er hatte ein hübsches, regelmäßiges Gesicht, frisch und kühn und lustig wie ein junger Ringkämpfer. Er lachte Steffi an. Er wagte es, sie anzulachen. Dann kehrte er sich wieder seinem Nachbarn zu und sagte: »Eine nette deutsche Maus!« Steffi war empört.

Man war zur Einvernahme der Sachverständigen übergegangen. Der Professor der deutschen Technik Karmasin erklärte, daß die sogenannte Bombe nicht viel mehr als ein Kinderspielzeug gewesen sei. Eine Sardinenbüchse, mit Tapezierernägeln und Glanzsplittern gefüllt! überdies habe sie viel zu wenig Explosivstoff enthalten und sei durchaus mangelhaft ausgeführt gewesen. Der Vorsitzende hatte den Sachverständigen viel zu fragen: wieviel Explosivstoff denn eigentlich nötig sei, um einen erheblichen Schaden anzurichten, und ob nicht auch Glassplitter geeignet wären, schwere Verletzungen herbeizuführen?

Dann wurde der Gerichtsarzt Doktor Borkovec befragt. Sein Deutsch erinnerte etwas an das des Schriftführers Netopil. Er führte sehr umständlich und mit großem Ernst aus, daß durch die bei der Explosion entstandenen feurigen Gase leicht ein Menschenleben hätte gefährdet werden können.

Der Selchermeister Franz Kral flüsterte Frau Anastasia Gruber zu: »Werden S' sehen, das geht nicht gut aus.« Sie hatte den Kopf an die Wand gelehnt und gab keine Antwort. Sie hörte jemanden lachen. Das war der Gießereibesitzer Morek, und er hörte auch nicht auf zu lachen, als ihm der Vorsitzende vom Fleck weg fünfzig Kronen Geldstrafe diktierte, und meinte, die bei der Explosion entstandenen feurigen Gase des Doktors Borkovec seien viel mehr wert als fünfzig Kronen. Darauf wurde Herr Morek mit sanfter Gewalt aus dem Saal entfernt.

In diesem Augenblick wurde Steffi heftig auf den Fuß getreten. Der hübsche, junge Mensch, der neben ihr saß, lächelte sie an, sagte »Pardon!« und lächelte weiter, mit seinen kühnen, großen Augen so nahe an den ihren, daß sie darin die Fenster des Saales gespiegelt sah. Sie war empört. Sie wäre ihm am liebsten mit den Nägeln ins Gesicht gefahren.

Für Frau Anastasia Gruber aber war dieses Lachen des Herrn Morek schrecklicher als die ingrimmigste Miene des Staatsanwaltes. Es war ihr, als sei mit diesem Lachen die Sache ihres Sohnes aufgegeben. Es schlug wie mit Hämmern gegen ihren Kopf, es stieß wie mit Fackeln gegen ihr Herz. Sie lehnte an der Wand mit zitternden Knien und hörte die helle Stimme Gustavs, der jetzt noch einmal vernommen wurde, wie hinter einer Türe. Der Vorsitzende, der Verteidiger, der Staatsanwalt befragten ihn. Auch ein dicker Bierbrauer von der Geschworenenbank glaubte seinen Scharfsinn dartun zu müssen. Gustav antwortete mit der Freudigkeit eines Bekenners, mit dem Mut eines Mannes, der die Folgen seiner Tat auf sich nimmt.

Warum er das getan habe, fragte der Vorsitzende.

»Für mein Volk habe ich es getan!« antwortete Gruber.

Ob er denn geglaubt habe, seinem Volk mit einer solchen Tat zu nützen?

»Ja!« antwortete Gruber, »damit man sieht, daß die Deutschen am Rand ihrer Geduld angelangt sind.«

Der Verteidiger erhob sich. Er beantragte, den Geisteszustand des Angeklagten Gruber untersuchen zu lassen. Da wandte sich Gruber blitzschnell um. Er wußte einen Hut mit blauen Federn im Saal. Schon vorhin, wie sein Chef gesprochen hatte, war er tief beschämt gewesen. Man sollte nicht von ihm meinen, daß er durch einen anderen um Gnade bitten lasse. Aber die Ehrerbietung und die Liebe schlossen ihm den Mund. Wie sollte er dem Wiking Morek widersprechen! Jetzt aber riß es Gustav herum. Dieses war zuviel.

Ein Hut mit blauen Federn war da irgendwo im Saal.

»Ich verwahre mich dagegen,« sagte er. Sein Gesicht war heiß und purpurn. »Ich verwahre mich dagegen. Ich habe ganz genau gewußt, was ich getan habe.«

Der Vorsitzende machte eine bedauernde Bewegung gegen den Verteidiger. Doktor Karplus stand und rieb sich die Hände. Er ertappte sich dabei, ließ die Arme sinken und ärgerte sich. Dann wandte er sich an die Kollegen ex offo, die Hükkel und Standera zu verteidigen hatten, und zuckte die Achseln. Es war das Achselzucken, mit dem man die Verantwortung von sich abschüttelt. Der Kollege sah Doktor Karplus an und schüttelte den Kopf. Es war das Kopfschütteln, mit dem man den Unbegreiflichkeiten dieser Welt begegnet.

»Lassen Sie mich hinaus,« sagte Frau Gruber zum Selchermeister Kral mit erlöschender Stimme.

»Was haben S' denn?« fragte er.

Sie gab keine Antwort und quetschte sich an ihm vorbei. Es war ihr unmöglich, länger zu bleiben. Ein Schrei formte sich in ihr, rang sich aus der Tiefe los. Er hätte den Saal erfüllt und die Wände zerrissen.

Franz Kral sah ihr nach. Er dachte einen Augenblick daran ihr zu folgen. Aber wie konnte man jetzt hinausgehen, jetzt, wo noch so viel Interessantes bevorstand? Man konnte nicht von ihm verlangen, daß er jetzt hinausging.

Der Gang vor dem Verhandlungssaal war kühl und leer. Nur ein Mann stand an einem der Fenster, das in den Hof hinausging. Ein Mann im Automobilmantel, Herr Morek, der wegen Ungebühr Entfernte. Frau Gruber trat zu ihm.

»Sie sind es!« sagte er.

Jenseits des Hofes, im gegenüberliegenden Flügel des Gerichtsgebäudes, war die Registratur. Man sah ihr von hier in die Fenster. Endlose Reihen von mit Akten angefüllten Gestellen verloren sich in Staub und Dämmern. Zusammengeschnürte Ballen beschriebenen Papieres waren übereinandergetürmt. An einem Vervielfältigungsapparat arbeitete ein Amtsdiener in einem schmutziggrünen Leinwandkittel. Er drehte an einer Kurbel, klappte einen Rahmen auf und zog ein Blatt Papier von einer Platte.

Dann legte er ein Blatt Papier ein, klappte den Rahmen zu und drehte an einer Kurbel.

Frau Gruber sah nichts davon. Sie sah etwas ganz anderes. Dort hinter den verschlossenen Türen ging die Verhandlung weiter. Vor einiger Zeit war sie in einem Wachsfigurenkabinett gewesen. Da hatte es neben anderen Scheußlichkeiten auch den Zaren Alexander gegeben. Den Zaren Alexander von Rußland auf dem Totenbett. Er lag in Lebensgröße, mit der russischen Uniform angetan, ausgestreckt, die wachsbleichen Hände und das Gesicht von Bombensplittern zerrissen. Er atmete noch, wie Wachsfiguren atmen, die ein Uhrwerk und einen kleinen Blasebalg in der Brust haben. Das sah Frau Gruber. Und der ausgestreckte Mensch trug zuerst die Züge des Doktors Posolda. Dann aber wandelte sich das Gesicht, und der da lag, war nicht mehr der Doktor Posolda, sondern Gustav Gruber. Sie fühlte wieder den Schrei in sich und erfaßte Moreks Arm.

»Na, na!« sagte er, »den Kopf können sie ihm nicht abreißen.«

Lange ... lange ... lange stand man an diesem Fenster. Die Zeit war fort. Es rieselte in den Mauern.

Dann wurde plötzlich die Türe des Verhandlungssaales aufgerissen. Sie schlug mit einem Knall gegen die Wand. Füßescharren und Stimmengemurmel quoll über die Stille. Die Geschworenen hatten sich zur Beratung zurückgezogen.

Franz Kral trat zu Frau Gruber. »Schön hat er gesprochen, der Doktor Karplus. Aber helfen wird's nichts. Der Staatsanwalt hat Messer geredet. ›Wohin soll es kommen, wenn der nationale Kampf solche Formen annimmt?‹ hat er g'sagt. ›Es ist Ihre Pflicht, meine Herren Geschworenen, einer weiteren Verhetzung der Jugend entgegenzuwirken,‹ hat er g'sagt. ›Wenn Sie dieses eine Mal die Strenge des Gesetzes walten lassen,‹ hat er g'sagt, ›so retten Sie unzählige andere junge Leute vor ähnlichen Verbrechen.‹ Sakra, scharf war er!«

Jetzt, wo man gewünscht hätte, daß die Zeit in den rieselnden Mauern bleibe, war sie da und schritt kräftig aus. Hatte es wirklich nur wenige Minuten gedauert, bis die Geschworenen zu ihrem Beschluß gekommen waren?

Die Menge drängte in den Saal zurück.

Morek faßte Frau Gruber unter dem Arm und führte sie mit sich. Niemand hinderte ihn daran, wieder den Saal zu betreten. Er stand mit der zitternden Frau ganz hinten an der Wand.

Die Geschworenen nahmen ihre Plätze ein, und der dicke Bierbrauer, der ihr Obmann war, las etwas von einem Papier ab. Frau Gruber hörte ein Gewirr von Worten, die wie an einer Kette hintereinander hergingen. Eines davon fiel ihr auf: es lautete »schuldig!« Dann war wieder eine fließende Dunkelheit und ein Murmeln darin, und dann hob sich neben einem blauen Federhut ein Mann empor, der ein schwarzes Barett aufsetzte. Und der nannte den Namen Gustav Gruber und schlug ihn an ein Brett, auf dem stand in großen Buchstaben: Zwei Jahre schweren Kerker ...

Ein Schrei drang aus der Menge.

Gustav Gruber wandte sich um. Diesmal sah er es ... nicht das Mädel mit dem blauen Federhut war es gewesen, sondern eine alte Frau, ganz hinten an der Wand ...

Als die drei Verurteilten in ihrer Begleitung von Gefangenwärtern und Justizsoldaten das Gerichtsgebäude verließen, stand eine dichte Menschenmenge vor dem Tor. Der Haß und das Bedauern waren ineinandergekeilt und gewirrt. Plötzlich schrie eine helle Jungenstimme ganz hoch am Rande des Umkippens: »Heil Gruber!«

Einen Augenblick sah Gustav das frische, begeisterte Bubengesicht Wielands. Aber, als hätten der Haß und das Bedauern nur auf dieses Wort gelauert, fielen sie übereinander her. Ein Wirbel entstand in der Menge, Arme flogen hoch, Gebrüll quoll auf. Gruber sah vor seinen Augen eine Ohrfeige von wahrhaft ungeheuerlicher Güte auf einem Gesicht, das sogleich auf die Schulter gewendet war. Ein steifer Hut wurde durch einen Stockhieb bis über die Ohren eingetrieben.

Die Gefangenwärter und Justizsoldaten, die glauben mochten, daß man die Gefangenen befreien wolle, warfen sich mit geballten Fäusten auf die Menge. Langsam, Schritt für Schritt, bahnten sie durch den Knäuel der Kämpfenden für die drei Verurteilten den Weg ins Gefängnis ...

*

Auch über der Strafanstalt Pankraz bei Prag ist derselbe Himmel wie anderswo, ein Himmel mit Wolken und Sonnenschein und Regen und den Wundern der Dämmerungen des Abends und des Morgens. Auch bei der Strafanstalt Pankraz werden Felder bestellt, gehen dampfende Pferde vor Pflügen, keimen Sommer- und Wintersaaten, halten im Herbst gebückte Weiber zwischen den Stoppeln Nachlese, knallen im Buschwald die Schüsse unter das Geschrei der Treiber.

Aber unter dem freien Himmel und zwischen den lebendigen Feldern wächst der Stein aus dem Boden. Gegliederter Stein mit Toren und vergitterter Fenstern. Mit Kanzleien und Zellen und Arbeitssälen und einer Kapelle und einer Leichenkammer. Wo der Stein beginnt, da enden die Mächte des wechselnden Himmels und der wechselnden Erde. Aus den Mächten des Himmels und der belebten Erde haben die Menschen ihre Freiheit abgeleitet, dem Stein haben sie das Gesetz nachgebildet.

Hier im Reich des Steines wird das Jahr nur in zwei Abteilungen geschieden: in die »Heizperiode« und in die Zeit, wo man nicht zu Heizen braucht. Das ist der Kalender des heiligen Bureaukratius.

Das Gesetz ist ein urgewaltiger Geist, es dringt aus den Abgründen des Seins, es ist der Träger des Lebens, wie der Stein das Gerüst der Erde ist. Aber sein Bote bei den Menschen ist der heilige Bureaukratius; das ist ein sehr kleinlicher Heiliger, sein Gewand besteht aus Kleinkonzept Lagernumero 8, seine Flügel sind aus Aktenrektifikaten gewoben, sein Heiligenschein ist eine tabellarische Übersicht. Er hat eine Dienerin und einen Diener: die Vollzugsvorschrift und den Normalerlaß.

Hinter den vergitterten Fenstern wohnt eine Menge von Geistern: der zähneknirschende Trotz, der hohläugige Haß, die blindgeborene Verzweiflung, die Heuchelei mit der glatten Haut, die Gleichgültigkeit mit den hängenden Armen und den leeren Augen und die sanfte, ruhige Besinnung, die nur wenige Anhänger hat. Draußen auf den freien Feldern, unter den Wolken des Himmels sind diese Geister sehr mächtig. Hinter den vergitterten Fenstern aber ist ihnen der heilige Bureaukratius über. Er bändigt sie mit Hieben oder mit Nadelstichen, oder er schnürt ihnen mit den Stricken der Aktenbündel den Hals zu.

Er ist ein sehr kalter Heiliger, noch kälter als Pankratius, Servatius und Bonifazius, die im Mai die Fröste bringen. Man friert in seiner Nähe, wenn man siebzehn Jahre alt ist, einerlei ob die Heizperiode oder die Zeit, wo man nicht zu Heizen braucht, in seinem Kalender steht.

Das waren so die Gedanken Sofkas über das Haus, in dem ihr Vater eine Amtswohnung innehatte. Und die kamen vielleicht davon, weil sie alle die melancholischen tschechischen Dichter gelesen hatte und weil sie einmal bei der Tante in Wien gewesen war. Sie fühlte selbst, daß diese Gedanken für die Tochter eines Strafanstaltskontrollors unpassend waren. Aber man mußte sich gegen die Kälte wehren, die vom heiligen Bureaukratius ausging, man durfte nicht warten, bis sie einem zum Herzen reichte. Oder bis sich die Gleichgültigkeit einnistete und die Arme mutlos herabhingen und die Augen leer wurden.

Es war nicht ganz ohne Grund, wenn sie der Vater früher manchmal in einer behaglicheren Stunde seine Philosofka genannt hatte.

Früher, bevor der kleine Lada gekommen war. Da hatte es manchmal solche behagliche Stunden gegeben. Aber seit der kleine Bruder da war, zeigte es sich, daß der heilige Bureaukratius das Herz der Mutter arm gemacht hatte. Wie wenig Liebe und Wärme hatte er übriggelassen! Alles, was davon noch vorhanden war, hatte sich dem Spätgeborenen zugewendet, und für Sofka war nichts geblieben. Zuerst schrie der kleine Lada vier Monate Tag und Nacht. Dann wuchs er langsam aus den Kissen zu einem kleinen Rechthaber auf. So wacklig seine Beinchen waren, so starr war sein Kopf. Wenn auch die Schädelknochen noch nicht zusammengewachsen waren, so saß hinter ihnen doch schon ein unbeugsamer Wille, den die Mutter in allen Stücken erfüllte.

Sofka stand in der Küche und rührte bittere Gedanken in die Einbrenn.

Licht brach ein, eine Türe ging hinter ihr. Der Sträfling war da, der junge Mensch, der in der Kanzlei arbeitete. Er stand vorschriftsmäßig neben der Türe, die Hände an der Leinenhose, und wartete, bis er gefragt wurde. Sofka fand, daß er übertrieb. Andere machten sich's leichter. Eine Falte entstand zwischen ihren Augenbrauen.

»Was wollen Sie?« fragte sie ungnädig. Es verdroß sie auch, daß sie da am Herd stand und den Kragen der Bluse eingeschlagen hatte, so daß der Hals im spitzen Ausschnitt schimmerte. Sie war noch nicht so weit wie die Mutter, die sich auch im Hemd und Unterrock sehen ließ, weil sie der Meinung war, die Sträflinge kamen nicht als Männer in Betracht.

»Der Herr Kontrollor läßt sagen, daß er heute auf der Kanzlei essen will und daß ihm das Fräulein das Essen hinüberbringen soll.«

Sofka mußte lächeln. Sie hatte gewußt, daß der Vater heute auf der Kanzlei essen würde. Es hatte heute morgen einen kleinen Krach gegeben. Der Vater war schlechter Laune gewesen, weil der Aufseher Sukal dreiundzwanzig Schürhaken verlangt hatte. Dieser Aufseher Sukal war ganz gewiß nicht bei Verstand. Einmal verlangte er plötzlich elf Nachtgeschirre, am nächsten Tag ein Brett aus Lindenholz, um Pantoffel daraus schnitzen zu lassen, dann fehlten wieder acht Kotzen. Jeden Tag hatte er andere Schmerzen. Er dachte offenbar bei Nacht darüber nach, womit er am Morgen den Kontrollor Wawretschka ärgern könne. Aber heute hatte er noch vor dem Frühstück, auf den nüchternen Magen hinauf, dreiundzwanzig neue Schürhaken verlangt. Jetzt mußte man die Menschheit fragen, wozu brauchte der schreckliche Kerl auf einmal dreiundzwanzig Schürhaken? Jetzt im Frühling? Waren auf einmal dreiundzwanzig Schürhaken hingeworden? Und während der Kontrollor sich diese Fragen vorlegte, hatte es auf einmal einen Krach getan. Der kleine Lada war auf den Sessel neben dem Speiseschrank geklettert und hatte etwas hinuntergeschmissen. Das war die Flasche mit den Mariazeller Magentropfen gewesen. Und das war eine himmelschreiende Missetat. Denn erstens waren diese Magentropfen gut, zweitens kamen sie aus Mariazell, hatten also etwas von der Heiligkeit des Ortes an sich, und drittens war das Unglück genau in dem Augenblick geschehen, in dem sich der Kontrollor darüber klar geworden war, daß ein Ärger auf den nüchternen Magen am besten durch Mariazeller Magentropfen bekämpft werden dürfte. Er hatte also in einem gerechten Zornmut den Lada beim Kragen gepackt, aber die Mutter hatte sich dazwischengeworfen. Da hatte es dann eine kleine Auseinandersetzung über Kindererziehung gegeben. Solche Auseinandersetzungen endeten stets damit, daß der Vater die Wahlstatt räumte. Aber er pflegte dann auch nicht so bald zurückzukehren und mittags auf der Kanzlei zu essen.

Obzwar Sofka also ganz genau wußte, warum der Vater nicht zum Essen kam, fragte sie: »Hat der Vater viel zu tun?«

Der Sträfling stand steif neben der Türe, die Hände an der Leinenhose: »Ich glaube!« sagte er.

»Sagen Sie, warum stehen Sie so vor mir,« fuhr Sofia auf, »bin ich ein Aufseher? Glauben Sie, daß ich Sie beiße?«

Der junge Mensch machte große Augen. Das Erstaunen war so groß, daß die Schatten in diesen Augen zurückwichen.

»Sie sind doch ein intelligenter Mensch ...,« fuhr Sofia fort, »warum sind Sie so ...?«

Der Sträfling wich an die Wand zurück. Was hatte er dem Mädel getan, daß es ihn verhöhnte?

Sofia zog den Blusenkragen aus dem Ausschnitt und legte ihn um den Hals. Während sie ihn hinten festhakte, standen die Arme im spitzen Winkel ab, ihre ganze Gestalt war straff und angespannt. »Ich habe mich nach Ihnen erkundigt,« sagte sie, »ich weiß, wie Sie heißen. Ich weiß, warum Sie hier sind!«

Der junge Mensch zuckte die Achseln. Was sollte man sagen? Gut – nun wußte das Mädel, warum er hier war.

»Sie hassen also das ganze tschechische Volk?« fragte sie.

Die Augen des Sträflings wurden wieder dunkel. Das Erstaunen wich und die Schatten krochen hervor. Es war eine seltsame Frage, die zu denken gab. Wie lange hatte er sie wohl schon nicht an sich gerichtet? Er wußte keine Antwort.

»Kennen Sie unsere Dichter – Herr Gruber?«

Er schüttelte den Kopf. »Nein!«

Es war hohe Zeit, an die Einbrenn zu denken. Wahrhaftig, die klebte schon am Boden der Kasserolle. Sofka rührte in fanatischem Küchentempo. Er sollte aber noch nicht gehen. Der Bureaukratius war ein kalter Heiliger, aber selbst in seinem steinernen Bereich blühten Menschenherzen.

»Ich hasse die Deutschen nicht,« sagte Sofka, »... ich war einmal in Wien ...«

Das war wie eine Zauberkunst. Mauern wichen auseinander, der Küchenherd versank, die Welt war nicht mehr hinter Gittern, das Leben war nicht mehr in tabellarische Übersichten gezwängt. Breite, helle Straßen mit Baumreihen und Kieswegen und kleinen kurzen Eisentürmen, die rundherum mit Plakaten beklebt waren, und etwas Buntes, Lautes, Fröhliches mit vielen Menschen hinter Glasscheiben schob sich unaufhörlich vorbei. Ganz laut sagte jemand: »Bellaria, Umsteig!« Und dann etwas Gewaltiges, Übermächtiges mit Säulen und einem Giebel und einer aufgereckten Gestalt. Aber da strömte es über alles her, eine klingende Flut, die alles auflöste, daß es nur ein einziges Wogen war. Die Seele der Stadt sang. Sie sang den Leichtsinn und die Schönheit.

Und mitten drin stand ein tschechisches Mädel und sagte: »Ich hasse die Deutschen nicht!« Das war das reinste Weltwunder.

»Ich war bei der Tante. Wir waren im Burgtheater und auf dem Kahlenberg und im Prater. Ich möcht' in Wien leben. Waren Sie auch schon in Wien?«

O ja, man war in Wien gewesen. Einmal, auf der Osterfahrt des Gewerbevereins. Mit Herrn Breitnickel und Frau Breitnickel und Steffi. Zwei Tage Glanz und Glück.

Was denn dem Herrn Gruber am besten gefallen habe?

Ach Gott, da war ja so viel unsäglich Schönes. Der Stephansdom mit den steinernen Bäumen seiner Türme. Da war einmal einer außen hinaufgestiegen und hatte oben eine Fahne angebracht. Sollte man das für möglich halten? Und dann war eine Kanzel da, von der begriff man nicht, wie ein Mensch das aus dem Stein hatte herausarbeiten können. Und unter der Kanzel öffnete sich ein Fenster, und ein Kopf sah heraus.

Und der Stephansdom sei das Schönste gewesen?

Ach nein, da war ja noch so viel, daß man es gar nicht einmal aufzählen konnte. Schönbrunn! Und der Prater natürlich! Und abends spielte auf dem Schwarzenbergplatz eine leuchtende Fontäne! Das war wohl so ziemlich das Hübscheste, was es am Abend in Wien gab.

Ja, ja, die leuchtenden Wasserkünste hatte sie auch gesehen.

Sie hatten wahrhaftig den heiligen Bureaukratius ganz und gar vergessen. Aber er hatte sie nicht aus den Augen gelassen, fuhr jetzt in den Aufseher Sukal und kam in dessen Gestalt am Küchenfenster vorbei. Und der Aufseher Sukal hob sich auf die Zehenspitzen, schaute beim Küchenfenster hinein und sah den Sträfling Gruber in bestem Gespräch mit der Sofka vom Kontrollor. Es ging dem Aufseher Sukal zwar nichts an, was dem Sträfling Gruber in der Wohnung des Herrn Kontrollors erlaubt und was ihm nicht erlaubt war. Aber immerhin waren solche Kleinigkeiten ganz gut zu wissen ... wenn man bedachte, wie man heute morgen wegen der dreiundzwanzig Schürhaken angebrüllt worden war.

Sofia und Gruber aber sprachen weiter von Wien, und das war die Welt. Die Worte gingen Hand in Hand wie artige Nachbarskinder.

»Ich möchte in Wien leben ...,« sagte Sofka. Wie oft hatte sie den Vater schon gebeten, sie nach Wien in Stellung gehen zu lassen! Wozu hatte sie den Handelskurs gemacht? Sie wußte, sie könne das Leben zwingen. Aber jetzt war an kein Fortkommen zu denken, seit Lada da war, dieses böse Kind, um das sich alles drehte.

»Wie lange ... wie lange sind Sie schon hier?« fragte Sofka.

»Ein Jahr und sieben Monate,« sagte Gruber, und sein Blick war wieder voll schwerer Schatten. Jetzt trugen die Worte Ketten.

»Was wollen Sie? In ein paar Monaten sind Sie frei. Aber ich! Wofür bin ich verurteilt. Ich sehe kein Ende.«

Ein Kinderwagen quiekte draußen auf dem Hof. Sofka erschrak. Die Mutter! Lada schrie durchdringend.

»Adieu, Herr Gruber!«

Die Einbrenn war endgültig angebrannt und stank wild zur Küchendecke. Gruber machte, daß er hinauskam. Die Frau Kontrollor schob den Kinderwagen, in dem Lada saß, herausgeputzt wie ein Prinz und unter Gebrüll mit den Armen fuchtelnd. Sie dankte seinem Gruß nicht.

Als Gruber in die Kanzlei trat, fuhr ihm der Kontrollor entgegen, ob er denn meine, er habe ihn in seine Wohnung geschickt, um sich mit Sofka zu unterhalten. Wenn so etwas noch einmal vorkomme, so werde er ihn aus der Kanzlei hinausfeuern und wieder unter die Schlosser stecken.

In einer Ecke stand der Aufseher Sukal und grinste. Er grinste im Namen des heiligen Bureaukratius und der dreiundzwanzig verweigerten Schürhaken.

Nach einer Weile kam Sofka und brachte das Essen. Der Kontrollor Wawretschka schnupperte. Die Einbrenn stank ihm verräterisch entgegen. Er brummte etwas, das klang wie: »Schöner Fraß!«

Sofka suchte Grubers Blick, ehe sie ging. Aber er schaute nicht von seiner Arbeit auf, sonst hätte er sehen müssen, daß der Blick sagte: Auch ich ... auch ich! Und daß er Band und Brücke war ...

Abends, als er in die Zelle kam, waren die anderen schon da, wie gewöhnlich. Am längsten arbeitete man in der Kanzlei.

Hükkel lag auf dem Bett ausgestreckt und hatte die Augen geschlossen. Das Abendessen stand auf dem Stuhl neben ihm.

»Wie geht's?« fragte Gruber.

Parsifal öffnete die Augen und bewegte matt die Hand. Eine überflüssige Frage! Wie sollte es einem gehen, der bei den Schustern war und eine schlechte Lunge hatte? Den ganzen Tag gebückt sitzen und auf die Sohlen hämmern. Es war immer noch besser als spinnen. Für einen Schriftsetzer gab es in Pankraz keine Beschäftigung.

»Du solltest dich wieder krank melden!« sagte Gruber.

Parsifals Augen baten: Nein! Er hatte ein paar Tage im Gefängnisspital gelegen und hatte dann selbst wieder hinausverlangt. Es war ihm gewesen, als gebe es von dort nur einen Weg: in die Leichenkammer. Die Wände waren steil und kalt, in den Nächten senkte sich die Decke wie ein schwerer Stein. Die schwarze Tafel am Kopfende des Bettes trug die Hieroglyphen des Todes. Hier in der Zelle konnte man sich vorstellen, daß es einen Tag geben würde, an dem man wieder seine Kleider bekam, und an dem man durch das Torgewölbe gehen würde, an den Wächtern vorbei ...

Parsifal dachte an seine gestreifte Hose, deren rechter Sack ein Loch hatte, durch das man den Finger hindurchstecken konnte. Er freute sich auf den Augenblick, wo er dieses Loch fühlen würde und lächelte.

Wolf Schmelkes ging in der Zelle auf und ab. »Kunst,« sagte er, »zu lachen, wenn ma a Dichter is. Ma stellt sich was vor und lacht.«

Sie wußten, daß Parsifal ein Dichter war. Standera hatte ihn um das Linsengericht eines Gelächters verraten. Jetzt trug er zum Buckel und zum Klumpfuß noch ein drittes Mal. Im Arbeitssaal und auf dem Gefängnishof lachte die Stärke und die Roheit hinter und neben ihm. Was für ein dreifach verunglücktes Stück Mensch war das doch!

Aber Wolf Schmelkes meinte es im Ernst. Irgendwie hatte sich in diesem Kopf die Ahnung einer höheren Berufung festgesetzt. »Hab' ich recht? Ich kenn mir vorstellen, was ich will – is des Wirklichkeit? Wenn ich mir a Brod vorstell, kenn ma's essen? Wenn ich mir vorstell', den Sukal trefft der Schlag – trefft er ihn wirklich? Mich läßt die Wirklichkeit nicht los. Aber a Dichter – wenn er sich a Champagner vorstellt, do steht er. Wenn er will, daß den Sukal der Schlag trefft, fallt der Sukal um und is maustot. Braucht a Dichter a Wirklichkeit? Was er will – dos is. Kenn ma an Dichter einsperren? Mich kenn ma einsperren, den Gruber kenn ma einsperren, den Zucconi kenn ma einsperren ... aber der Hükkel? Er stellt sich den großen Schlüssel vor, nemmt ihn von der Wand, sperrt sich das Tor auf und geht hinaus ...«

Hükkel starrte zur Decke, das Lächeln lag noch auf seinen Lippen und in seinen Augen. Gruber sah Wolf Schmelkes an. Der hatte einen so seltsamen Blick. Gustav verstand: Wolf Schmelkes hatte wenig Hoffnung mehr.

Zucconi, der vierte, saß auf seinem Bett, hatte den Kopf in die Hände gestützt und kratzte im dichten, krausen, schwarzen Schopf. Der war hier, weil er seinen Freund bei einer Messerstecherei übel zugerichtet hatte. Wenn er so saß und nichts sehen und hören wollte, dann wußte man, das Weib war da. Dann stand sie bei ihm, wiegte sich in den Hüften, und ihre weißen Zähne blitzten. Man ließ ihn in Ruhe.

Gruber hatte heute im Hof einen Karren mit Setzlingen gesehen. »Der Frühling ist da, Parsifal,« sagte er, »du solltest dich zur Gartenarbeit melden.«

Hükkel wandte den Kopf. Eine leise Hoffnung war da, ein zärtliches Verlangen nach Sonnenschein über schwarzen Beeten, aus denen spitze, grüne Blättchen dringen. Aber dann versank der Schimmer wieder: »Sie können mich nicht brauchen. Ich bin zu schwach.«

»Nicht werst du schwach sein,« meinte Wolf Schmelkes, »wenn das Essen immer stehenbleibt. Von lauter Vorstellungen kenn nicht amol a Dichter leben. Der Magen hat 'ka Phantasie!«

»Ich kann nichts essen,« sagte Hükkel und schüttelte sich.

»Da seht ma, der Hunger kommt von Gott. Und wenn ma nix zu essen hat, so glaubt ma, der Teufel hat ihn erfunden.« Wolf Schmelkes ging wieder auf und ab. Er sprach von den weißen, staubigen Landstraßen, die er gewandert war. Landstraßen durchs Hungerland, mit einem Bündel auf dem Rücken. Einen gefräßigen Wolf in sich, der ihm die Eingeweide zerriß. Böse, harte Bauerngesichter, Schimpfworte und Flüche auf seinem Weg. Bis ihm der große Gedanke gekommen war, dem Überfluß zu nehmen, was ihm fehlte. Und nun war seine glorreiche Zeit gekommen. Von Kulturgemeinde zu Kultusgemeinde, mit einem wunderschönen rührenden Schreiben in der Tasche, von der Leitung eines Taubstummenheims und der Vollmacht zum Einsammeln von milden Gaben. Mit rührenden Gebärden und stammelndem Mund, Wolf Schmelkes als Taubstummer.

»Is dos Betrug? ... ich frag: is dos Betrug? Wer is nicht taubstumm? Welcher Mensch hört, was um ihn vorgeht? Wer kenn sagen, wie ihm is? Niemand! Taubstumm sind mer alle. Ich hab' nur den Menschen vorgestellt, den Menschen, wie er is.«

Er war ein seltsamer Philosoph aus dem Osten, der rothaarige Wolf Schmelkes.

»Vielleicht hätt' ich a großer Schauspieler werden können!« meinte er. Man hatte ihm seinen Taubstummen vollkommen geglaubt. Und er wäre niemals erwischt worden, wenn er nicht den Dori Federbusch mitgenommen hätte. Aus Erbarmen, aus lauter Erbarmen, auch von der Landstraße weg, wo der Federbusch am Verhungern gewesen war. Niemals hätte man ihn erwischt, wenn der Federbusch nicht frech geworden wäre. Und wenn der Wirt in Jenikau nicht gehört hätte, wie die beiden Taubstummen auf ihrem Zimmer miteinander stritten. Niemals! Wolf Schmelkes war stolz auf seinen Erfolg. Fünf Monate als Taubstummer durch Böhmen, Mähren und Schlesien. Der Sonnenthal sollte das nachmachen. Na vielleicht, wer konnte es wissen? Man war noch nicht zu alt. Achtundzwanzig Jahre.

Wolf Schmelkes blinzelte nach dem Bett, auf dem Hükkel lag.

Und wenn der Hükkel wieder draußen war, so mußte er ein Stück schreiben, mit einem Taubstummen als Helden, den wollte Wolf Schmelkes spielen. So daß es alle verstehen mußten, dies sei der Mensch. Darin seien sie alle gleich. Juden und Deutsche und Tschechen und Italiener. Taubstumme Brüder. Und wenn sie einander hören und miteinander sprechen könnten, so würden sie nicht mit Messern stechen und nicht Bomben werfen.

Es war sehr merkwürdig. Gustav fühlte einen milden, ruhigen Blick ... eine leichte vornübergebeugte Gestalt in Generaluniform, vor einem grünen Vorhang, von einem breiten goldenen Rahmen umfaßt. Etwas Vergessenes, eine Botschaft aus der Tiefe der Jahrtausende.

Er sah Wolf Schmelkes wieder an. Der stand hinter dem Kopfende des Bettes, auf dem Hükkel lag. Dort stand er, eine schwere Trauer war um ihn und sein Blick tastete ratlos auf dem dünnbehaarten Scheitel des Bucklingen. Aber seinen Worten merkte man nichts an. Die kamen wehmütig und ein wenig spöttisch, voll Einsicht und voll Zuversicht und hielten sich so wacker, daß man nicht sagen konnte, welches von ihnen längst gedacht und welches erst zum Zweck des Trostes erfunden war.

Und da kam ein warmes Heimatgefühl über Gruber. Er war nicht ausgeschlossen, es war nicht nötig, sich in seinem Trotz zu verhärten, man brauchte nur hinzugehen und leise in den Kreis zu treten. Er rührte den Wolf Schmelkes leicht am Arm. Der wandte den rothaarigen Kopf.

»Glaubst du, daß er gehen muß?« fragte der stumme Blick.

Wolf Schmelkes nickte. Er hatte schon viele Menschen sterben sehen, drüben, in Galizien, wo der Tod im Wasser der Brunnen hockte. Die trugen solche Zeichen auf der Stirne.

Marco Zacconi erwachte mit einem Stöhnen. Er starrte um sich. Das Weib war fort, in der Dämmerung aufgelöst, von den weißgetünchten Wänden verschlungen. Seine Hände ballten sich und wurden zu Hämmern.

Gustav ging in der Zelle auf und nieder. Herz und Kopf waren voll einer unerträglichen Trauer, die war irgendwie aus dem Heimatgefühl entstanden. Und vielleicht war sie im Grund dasselbe.

Hükkel wandte den Kopf: »Was ist denn heute? Ich höre Euch so gern zu!« Ja – es sollte alles sein wie sonst.

Gruber setzte sich auf das Bett zu Zacconi. Sie nickten einander zu. Und dann wurden sie Lehrer und Schüler, und Gruber nahm von Zacconis Lippen die Sprache Italiens. Rein und wohlklingend floß sie durch die Zelle, und Hükkel empfand sie wie Musik ...

Der heilige Bureaukratius und seine Gehilfen, die Vollzugsvorschrift und der Normalerlaß, vermögen viel über allerlei sonst mächtige Geister, den Trotz, den Haß, die Verzweiflung, die Heuchelei, die Gleichgültigkeit und die Besinnung. Aber einem kommen sie nicht auf, das ist der Geist, der den härtesten Stein durchdringt, der am Ende der Tage noch im Leeren flüstern wird, der imstande ist, das Ding an sich und die Vorstellung gegeneinander aufzuhetzen, den Klatsch.

Eines Tages, als die Buchbinder und die Kanzleiarbeiter zusammen spazierengingen, paarweise, in einem Abstand von drei Schritten, wußte es Standera einzurichten, daß er mit Gustav ging.

»Du bist ein verfluchter Kerl!« sagte er.

Gustav staunte ihn an. Standeras Blick hatte Häkchen und Saugnäpfe. »Na!« lachte er schleimig, »tu nicht so! Glück bei Weibern! Das Mädel vom Kontrollor mein' ich.«

Da wurde Gustav Gruber ungemütlich. »Halts Maul!« sagte er. Das schlug wie eine Keule nieder. Standera duckte sich, schwieg und grinste unter der Haut, daß die Wimmerln und Mitesser seines Gesichtes zuckten.

Aber Gustav hatte es längst selbst gemerkt. Der Kontrollor schickte ihn nicht mehr in seine Wohnung. Wenn Sofka manchmal das Essen brachte, dann wischte ihr Blick über Fußboden und Decke, als sei zwischen beiden nichts, woran er haften könne.

Gustav tat seine Arbeit. Es bedrückte ihn, daß dieses Mädchen um seinetwillen leiden sollte.

Aber einmal kam etwas Seltsames über ihn. Das volle Leben warf den heiligen Bureaukratius zur Seite und griff mitten in das Reich des Steines nach ihm.

Es begab sich, daß Sofka zu ganz ungewöhnlicher Stunde in die Kanzlei trat, hastig und mit flatternden Mienen.

Der Kontrollor sah erschrocken auf: »Was ist denn?«

»Du sollst sofort herüberkommen, läßt die Mutter sagen.«

»Was ist denn?«

»Der Lada ist gefallen und hat sich die Hand zerschnitten.«

Der Kontrollor warf die Feder und das Lineal hin, mit denen er an einer tabellarischen Übersicht gearbeitet hatte, und lief hinaus. Sofka fegte hinter ihm drein.

Gustav Gruber blieb allein. Die Uhr tickte mühsam durch die staubige Luft. Auch im Vorzimmer war niemand. So still war es, daß sich jeder Federstrich in die Tafel der Zeit einzugraben schien.

Da ging die Türe wieder auf. Sofka stand da, an den Rahmen gedrückt, ein Zittern rann über sie.

»Ich muß fort,« sagte sie gehetzt, »morgen abend gehe ich fort.«

Gustav hob es vom Sessel. Fort? Von hier? Fort? An dem Schreibtisch gab es eine böse, scharfe Kante. Ein wüster Schmerz sank das Schienbein hinab.

Sofka griff vor sich hin. Die heftige Gebärde stand einen Augenblick in der Luft. »Ja, ja, ja ... ich muß fort. Soll ich hier umkommen?«

Da war es Gustav Gruber ganz selbstverständlich, daß Sofka fortgehen mußte. Das war, wie wenn jemand gesagt hätte, morgen müsse es wieder einen Tag geben. Es erfüllte sich einfach ein Naturgesetz. Das warme, blühende Leben entzog sich dem Stein.

»Und Sie,« sagte Sofka plötzlich wild und haßerfüllt, »kommen Sie mit mir, Gruber!«

Gustav taumelte, lächelte wesenlos, fühlte wieder den Schmerz im Schienbein. Es knirschte in seinem Kopf, das Gehirn lag prall und schwer in seinem Schädel, fühlbar wie eine bleierne Last.

»Ja ... ja,« sagte Sofka, »ich meine es im Ernst. Ich habe mir einen Plan ausgedacht. Es geht ganz gut. Ich kann mir den Schlüssel zur Werkzeugkammer verschaffen, da ist ein gedeckter Karren darin ...«

Ach mein Gott, das war ja eine ganze Räubergeschichte, die sich dies Mädel da ausgedacht hatte. Etwas ganz Verwegenes und Unwahrscheinliches. Aber es hörte sich gut an, die Worte sprangen so rasch und lebendig dahin wie Wasser über die Felsen. Es war ein wundervoller, erfrischender Dunst, der aus diesen Worten aufzusteigen schien, der kühle, erfrischende Duft der Unbesonnenheit.

»Stehen Sie nicht so da, Gruber ...,« keuchte Sofka, »so ... dumm! Jeden Augenblick kann jemand kommen. Sie haben mich zur Schwester um Verbandzeug geschickt ...«

Ein Kind blutete für Gustav. Aber das war nichts. Gruber schloß die Augen. Die sprühende Unbesonnenheit drang in sein Blut, machte es rasend und trieb es durch seinen Körper. Ein Rad war in ihm, das schwang und sang und sauste. Licht und Wärme und Kraft. Seine Jugend lachte und schüttelte die Locken.

Aber auf einmal war es aus. Eine Faust griff ins Licht und zerdrückte es. Ganz plötzlich stand das Rad still und sang nicht mehr. Etwas eben ganz neu Erstandenes zerbröckelte wie morsches Holz. Asche sank und sank.

»Ach Gott, Fräulein Sofka,« sagte er, »was fällt Ihnen ein? Wie kann denn das sein? Das geht ja nicht. Das ist ja ganz unmöglich.«

Da war wieder diese hastige, greifende Geste. »Sie sind ein Feigling. Sie getrauen sich nicht ...«

Etwas Schweres war ganz tief unten. Gustav versuchte es zu heben. Aber seine Kräfte reichten nicht aus, seine Seele war lahm und kraftlos geworden. »Ja ... vielleicht. Sie müssen fort, sehen Sie. Aber – wenn ich mitgehe, dann ist es schlimm für Sie. Dann wird man ganz anders suchen, als wenn Sie allein verschwinden. Und man wird viel leichter finden.«

Nun hätte ja Sofka sagen können, daß sie sich trennen müßten, wenn sie erst draußen waren. So wie sie es ja in ihrem Plan vorgedacht hatte. Aber sie sagte es nicht. Sie stand geduckt, mit angespannten Muskeln und wartete. Jede Sekunde war eine Gefahr. Aber sie wartete.

Gustav zerdehnte ein trübes Lächeln. Und dann war noch etwas, das gesagt werden mußte. Gestern hatte ein Freund einen Blutsturz bekommen und war in die Krankenabteilung geschafft worden. Es ging mit dem armen Teufel zu Ende. Sollte man ihm die Hände entziehen, an die er sich klammerte? Auch, wenn das Gelingen gewiß und der Weg glatt und eben wäre, jetzt konnte Gustav nicht fort.

»Ja – so!« sagte Sofka. Ihre Augen waren starr, mit großen Pupillen, die Wimpern standen wie dunkle Kränze um das bläuliche Weiß. Der Blick war wie klingendes Glas.

»Aber ich ... ich gehe!«

Sie war fort, wie ein gleitender Lichtschimmer, wie der spielende Sonnenreflex eines Spiegelglases, der ins Zimmer kommt, man weiß nicht woher, und wieder hinauswischt.

Gustav sah sie über den Hof laufen ...

Man erzählte sich beim Spaziergang, daß die Sofka vom Kontrollor durchgegangen sei. Alle Sträflinge wußten es gleich am nächsten Morgen. Das Gerücht mußte durch die Steine gedrungen sein und in den Zellen um sich gegriffen haben, wie eine Wucherung. Sie war schlecht behandelt worden, das wußte man. Die Mutter hatte sie an den Haaren durch das Zimmer gezogen. Sofka hatte den kleinen Lada hinfallen lassen, daß er sich die Hand zerschnitt. Auf ihren Wangen hatten manchmal die Male von fünf Fingern gestanden.

Eine dunkle Freude war in den Sträflingen, ein inniges Verständnis verband sie miteinander. Es war, als wäre einer von ihnen selbst entwichen.

Der Kontrollor Wawretschka saß an seinem Schreibtisch und stützte den Kopf in die Hände. Die tabellarischen Übersichten nahmen schweren Schaden. Es kam vor, daß er Spalte 5 und 6 miteinander verwechselte und daß die Hülsenfrüchte unter die Bettwäsche gerieten.

Als ihn Gustav um Erlaubnis bat, Hükkel drüben in der Krankenabteilung besuchen zu dürfen, machte er keine Schwierigkeiten. Er erlaubte es, obwohl der heilige Bureaukratius doch ganz gewiß für diesen Fall irgend welche besonderen Vorschriften und Einschränkungen vorgesehen hatte. Aber der Kontrollor sah so aus, als ob er sich jetzt gar nichts aus dem heiligen Bureaukratius mache. Als er Gustav Grubers Frage beantwortete, hatte er den Kopf zur Seite gewandt. Ganz so, als drücke ihn eine Schuld, um die auch Gustav wisse.

Hükkel freute sich sehr, daß Gustav zu ihm kommen durfte. Er hielt seine Hand mit schweißigen, fieberheißen Fingern. Die Fenster standen offen und man hörte, wie die Sträflinge die Schaufeln und Spaten, mit denen sie im Garten gearbeitet hatten, auf einen Haufen zusammenwarfen. Das Klirren des Eisens war so ein kurzer fester Ton, der nichts von Müdigkeit hatte. Die Sehnen der Menschen waren erschlafft. Aber das Eisen sagte: Morgen wieder, morgen wieder. Es freute sich darauf, in die Erde zu beißen, Schollen aufzuwerfen, dem wilden ungeregelten Drang des Wachsens seine Bahnen anzuweisen.

Die Schwester wehte unhörbar durchs Zimmer.

Im Fensterhimmel hing eine Lerche, unbeweglich. Es schien, als sei sie mit den silbernen Ketten ihres Jubels zwischen den Himmel und die Frühlingserde festgespannt.

Hükkel hielt Gustavs Hand.

»Sie haben sie noch nicht wieder zurückgebracht?« fragte er.

Gustav konnte ihm die Freude bereiten, nein zu sagen. Da atmete der Kranke auf. Es war ganz seltsam zugegangen. Er hatte Sofka hie und da gesehen und seinem Herzen hatte sich ihre Mädchenfrische eingeprägt. Er trug ihr Schreiten in sich und die stolze Haltung des Kopfes und die leichten, überraschenden Gebärden, die man manchmal an ihr wahrnehmen konnte. Das waren seine Schätze, die er im grünen Gewölbe seiner Phantasie bewahrte. Nun war sie fort. Aber aus der wehen Gewißheit, daß er sie nicht mehr sehen würde, hob sie sich in neuer verklärter Gestalt. Nun war sie ihm die lichte Prophetin seines Lebens. Seine Zukunft hing irgendwie geheimnisvoll an ihrem Geschick. Wenn man sie nicht zurückbrachte, so würde auch sein Weg ins Freie führen, durch das gewölbte Tor, und er würde seine gestreifte Hose wieder tragen. Wenn man sie aber einfing, dann war ihm die Seligkeit des Wiedersehens, aber auch der Tod bereitet.

Eines Nachts träumte er von ihr: sie stand mitten auf einer blumigen Wiese. Die Wiese war so bunt und blumig, wie er noch nie etwas gesehen hatte. Er hätte sich eigentlich freuen sollen. Aber auf einmal tauchte er in einen eiskalten Schrecken. Irgend etwas sagte sehr klar und deutlich: So bunt und selig ist nichts auf dieser Erde. Nicht von dieser Erde! klang es in ihm nach, wie polternde Steine in einem Schacht.

Als er erwachte, war er sehr traurig. Sie konnte ja auch tot sein. Dann würde sie freilich nicht mehr zurückgebracht werden. Aber sie hatte dann seine Gesundheit und Freiheit mit ihrem Tod erkauft.

Schatten lagen auf seinem Gesicht. Gustav brachte eine frohe Nachricht. Der Direktor sollte nächste Woche sein Jubiläum feiern. Man plante allerlei Festliches: Gottesdienst, Ansprachen, ein besonderes, gutes Essen für alle Sträflinge. Der Kontrollor Wawretschka ließ Hükkel fragen, ob er nicht das Festgedicht machen wolle.

»Ich?« fragte Hükkel, und das Wort wagte sich kaum über die Lippen hinaus.

»Ja! Sie wissen doch, daß du ein Dichter bist!« Wolf Schmelkes hatte das so ausgedacht, um ihm eine Freude zu machen. Gustav stand am Fenster. Er fürchtete, Hükkel könnte die Lüge in seinen Augen sehen. Unten im Hof stand ein breites, flaches Gebäude quer vor, die Leichenkammer. Sie drängte sich unangenehm auf, man mußte sie sehen, wenn man hier oben stand. Sie zwang den Blick in die engen Fenster hinein. Ein feuchter Fleck reichte außen bis zur halben Höhe der Mauer. Er sah aus, wie eine Landkarte.

Hükkel war glücklich und lag verklärt in seinem Bett. Unter der Decke konnte man deutlich den Klumpfuß von dem gesunden unterscheiden.

Zwei Tage später sagte Hükkel, er habe die ersten drei Strophen schon im Kopf.

Er sann lächelnd vor sich hin: »Ich fühle mich sehr wohl ... vielleicht kann ich nächste Woche schon dabei sein ... Und wenn ich dann ganz gesund bin, so melde ich mich zur Gartenarbeit ... da werde ich wieder zu Kräften kommen ...«

Er hatte die Vorstellung von etwas sehr Buntem, Blumigem, Duftendem, das weithin gebreitet war. Das Eisen klirrte fröhlich und verheißungsvoll.

»Sie haben sie noch nicht zurückgebracht?« fragte er.

Nein – sie war noch immer frei und draußen in der Welt. Hükkel faßte Gustavs Hand mit schweißigen, fieberheißen Fingern.

Am nächsten Morgen waren diese Finger kalt und starr.

Hükkel lag unten in der Leichenkammer und trug seine gestreifte Hose. Der Klumpfuß stak unförmig im weißen Socken.

Durch die engen, verstaubten Fenster kam schweres, schleichendes Licht, in dem kein Atem zu tanzen wagte.

An der Wand reckte sich die dunkle Landkarte eines unbekannten Reiches, dessen Grenze mit bläulich-weißen Schimmelpilzen bezeichnet war.

* * *

Auch die Kühe haben ihr Innenleben, selbst wenn sie nur aus Papiermaché sind.

Man hätte es wenigstens glauben können, denn seit die rotbraune Kuh das Fenster unter dem Schild der Gemischtwarenhandlung der Anastasia Gruber hatte räumen müssen, merkte man ihr Mißvergnügen an der Milch, für deren Echtheit sie früher gebürgt hatte. Sie befand sich jetzt in einem Laden, der ihrer früheren Heimat auf der anderen Seite der Straße schräg gegenüberlag, an der Ecke einer Armeleutegasse, die ein kleines Stück bergan lief und dann plötzlich vor den Feldern erschrak und sich nicht weiter getraute. Der große Strom der Mittags- und Abendwanderung der Vorstadtfabriken ging drüben vorbei, und hier war ein einsamer Strand. Wie versteckt vor den Menschen lag der Laden.

Er sah aus wie eine Zwangsvorstellung. Alles war gedrückt und eng und lustlos. Da stand das Wandregal und da der Eiskasten und dazwischen der Ladentisch. Wenn sich drei Menschen zugleich im Laden befanden, so konnte man Angstgefühle bekommen, wie in einem mörderischen Volksgetümmel. Es kam aber selten genug vor, daß ein solcher Andrang stattfand.

Das Fenster neben der Eingangstüre war so schmal, daß eine ausgewachsene Kuh aus Papiermache darin gar nicht Platz hatte. Sie stand nun oben auf dem Wandregal, und auf ihrem rotbraunen Rücken sammelte sich der Staub. Sehnsuchtsvoll reckte sie den Kopf nach ihrem früheren Heim, das nur zweihundert Schritte entfernt, drüben an der anderen Straßenecke lag und dennoch unerreichbar war. Sie konnte es durch den schmalen Fensterschlitz gerade noch erblicken. Wenn sie hätte brüllen können, so hätte sie den ganzen Tag über wehmütig und klagend gebrüllt.

Auch dem tiroler Moidl war ein Unglück widerfahren. Noch immer saß es zwischen den Beinen der Kuh mit den Händen an den straffen Eutern, aber es hatte keinen Kopf mehr. Der war bei der Übersiedlung verlorengegangen, als das Moidl den Händen der Frau Anastasia entglitten, auf die Straße gefallen und im selben Augenblick ein Lastwagen darüber gefahren war.

So saß das Moidl jetzt kopflos zwischen den Beinen der Kuh. Es war eine gespensterhafte Melkerei.

Vielleicht waren die Kunden der Frau Gruber die rotbraune Kuh als Beglaubigung der Güte der Milch so gewöhnt, daß sie nun behaupteten, sie sei schlecht geworden, weil die Kuh nicht mehr im Fenster stand. Und weil der Zweifel sich einmal eingenistet hatte, erstreckte er sich auch bald auf die Butter und die Würste und das Bier.

Vielleicht aber kam das einfach auch daher, weil sich drüben, wo früher die Gemischtwarenhandlung der Anastasia Gruber gewesen war, jetzt der blitzblanke und funkelnagelneue Laden des Swatopluk Kožoušek befand. Das war ein Laden mit einem Marmortisch und mit einem Eiskasten, der vernickelte Griffe und Pipen hatte, nicht solche aus Messing, wie der der Anastasia Gruber.

Und das war einfach so gekommen, daß der Hausherr seine alte Mieterin, die Frau Anastasia Gruber, kündigte und an ihre Stelle den Herrn Swatopluk Kožoušek aufnahm, dem der tschechische Volksrat hier draußen ein Geschäft einrichten wollte.

»Das ist wegen der Geschichte mit ihrem Sohn,« sagten die alten Kunden, der Frau Gruber und hielten anfangs treu zu ihr. Aber nach und nach erlagen sie dem Zauber des Marmortisches, der Wurstschneidemaschine und der Registrierkasse. Der Frau Anastasia Gruber blieben die Bewohner der Armeleutegasse und andere Käufer, die das Zahlen nur vom Hörensagen kannten.

Und eines Abends war der Gustav Gruber wieder da. Stand in der schmalen Tür, schwer, gefesselt, konnte nicht weiter.

Die Mutter hatte eben ein Paket Kunerol aus dem obersten Regalfach holen wollen und stand mit dem Rücken gegen die Türe und mit erhobenen Armen. Sie wandte den Kopf über die Schulter zurück ... und da sanken die Arme langsam herab, glitten über die Fächer und fielen dann schwer ins Leere. Es war, als ströme die ganze Kraft des Körpers aus ihr durch die hängenden Hände zur Erde. Endlich kam ein Zittern in diese verdrehte Starrheit. Die linke Schulter schob sich vor und die rechte wich zurück, bis der Rücken an dem Regal lehnte.

»Jesus!« sagte die Mutter.

Gustav trug dieselben Kleider wie damals vor zwei Jahren. Die waren geschont worden, aber ihn hatte es mitgenommen. Auf einmal sah Frau Gruber wieder das vergitterte Fenster ihrer bösen Träume vor sich und das Gesicht ihres Jungen dahinter. So war es also gewesen ... ganz so ... man konnte nicht sagen, woran man das merkte, aber es war irgendwie, als sei das ganze Gesicht voll weißer Brandnarben.

»Ich bin zuerst drüben gewesen,« sagte Gustav und zerdrückte die Worte eigentümlich zwischen Zunge und Gaumen.

»Ja, ja ...« nickte die Mutter.

Gustav blickte sich in dem Laden um. »Ein bissel eng, aber freundlich ist's da ...« Nur sprechen, nur sprechen!

Die Mutter kam hinter dem Tisch hervor, auf Filzschuhen, wie immer. Aber Gustav kam das merkwürdig vor, er war das Klappern von derben Stiefeln und von Holzpantoffeln auf steinernem Boden gewöhnt. Sie war hervorgekommen und stand nun vor dem Sohn und wußte nicht, was sie wollte. Es wollte ihr die Arme heben, aber da war eine Scheu, die es nicht zuließ. Ihr Herz war ein einziges martervolles Schluchzen der Zärtlichkeit, aber da war eine Kruste, durch die nichts hindurch konnte.

»Du hast mich nicht erwartet?« sagte Gustav, und in seinen Augen wuchsen die Schatten.

»Ich hab' gewußt, daß du in diesen Tagen kommen mußt.«

Plötzlich wurde Frau Gruber vor ihrem Kind verlegen. Die ganze Armseligkeit dieses Ladens, die erniedrigende Enge ihres Lebens trafen sie wie ein erwachtes Schuldgefühl.

»Geh hinein,« sagte sie hastig und unsicher, »ich komme gleich.«

Das Wohnzimmer lag hinter dem Laden, genau so wie es drüben gewesen war. Es lag auf dem Grund eines Schachtes, in dem jetzt abends aus Hinterfenstern Lichtfetzen herabgeworfen wurden. Sie hockten im Dunkeln wie rötlich glimmende Kröten.

Als Frau Gruber das Zimmer betrat, hatte Gustav schon die Hängelampe angezündet. Er stand vor dem alten, vierschrötigen Wäscheschrank und hielt einen gläsernen Stiefel von Spannenlänge in der Hand. Vorn auf dem gläsernen Schaft stand »Gruß aus Olmütz«, darunter sah man eine Stadtansicht und über das Ganze waren ein Fichtenzweig und ein Weidenzweig mit Kätzchen malerisch im Halbkreis gebogen. Es war aber nicht die gläserne Herrlichkeit an sich oder eine besondere Liebe zu Olmütz, die Gustavs Hände zittern ließen. Dieser spannenlange Glasstiefel war mit dem Duft einer besonders süßen Erinnerung angefüllt. Ein Sommerkleid wehte, ein reisefrohes Gesicht nickte aus dem Wagenfenster, eine übermütige Stimme rief: »Was hab' ich mitgebracht?« Und dann drehte sich die ganze Welt im Kreise und ein gläsernes Ding blitzte in der Sonne.

Frau Gruber kannte die Geschichte des gläsernen Stiefels, und das Herz hing ihr schwer und schmerzhaft in der Brust. Sie stellte den Teller mit Wurst und die Bierflasche auf den Tisch, und es überkam sie, daß alle Scheu und Verlegenheit von ihr abfiel und das mütterliche Leid hervorbrach. Sie trat zu Gustav: »Armer Bub,« sagte sie, »zwei Jahre ...«

Gustav sah ihr ins Gesicht. Tief lächelnd. »Es war nicht so schlimm. Ich habe viele Menschen kennengelernt ... das macht etwas aus ... du darfst dir das Gefängnis nicht ganz so schrecklich vorstellen.«

Frau Gruber wußte nichts zu sagen. Jetzt hatte sie es nicht so gemeint.

Dann saßen sie am Tisch, und Gustav schlitzte seine Krakauer Wurst seitlich auf und zog ihr die knisternde Haut ab. Frau Gruber hatte den Laden gesperrt. Es kam jetzt ohnehin niemand mehr. Man brannte nur umsonst Licht. Das tiroler Moidl ohne Kopf brauchte keines, die molk ihre Kuh auch im Finstern weiter.

Frau Gruber hielt die Bierflasche zwischen den Beinen und zog aus Leibeskräften an dem Kork. Das war noch immer derselbe Patentkorkzieher, der niemals seine Pflicht erfüllte.

Gustav legte die Gabel hin, daß sie gegen den Tellerrand klirrte, und stand auf. Ein wahnsinniges Angstgefühl hatte ihn plötzlich ergriffen. Die Kehle war ganz eng und glühend heiß, die Stirne stand mit einem Schlag voll Schweiß. Er machte einen Schritt gegen das Fenster zu, um es aufzureißen. Aber was hätte das geholfen ... man war auf dem Grund eines

Schachtes ... Lichtfetzen lagen da zwischen alten Töpfen und Aschenkisten, die auf den Mistbauer warteten. Wo war da die Nacht, die freie, wundergewährende Nacht, die sternfunkelnd und raunend über den herbstlichen Feldern stand? Sich über die feuchten Schollen werfen, sich einwühlen, die harten Stoppeln an den Wangen fühlen und dann ruhig liegen bis zum Morgen, bis mit dem sinkenden Tau das Licht herabträufelte ...!

Es tat einen Knall, der Stöpsel fuhr aus dem Flaschenhals, weißer Schaum quoll nach. Frau Gruber hob den purpurroten Kopf: »Was hast du?«

Gustav sank zusammen, seine linke Hand tappte nach der Tischecke, um den Mund, in den herben Furchen, kroch ein Lächeln. »Nichts,« sagte er, »ich hab' dir helfen wollen.«

Sie saßen einander gegenüber und die Mutter sah immer auf die Hände des Sohnes, die über der Mahlzeit oft so seltsam zwecklose Bewegungen machten, als sei es ihnen gar nicht um Wurst und Brot und Bier zu tun. Sie wagte den Blick nicht zu seinem Gesicht zu heben.

»Der Herr Morek hat gemeint, daß du früher kommen wirst,« sagte sie, als es nicht länger zu ertragen war, »du kannst einen Teil in Einzelhaft verbüßen.«

Gustav gab eine ruhige Antwort. »Ich hab' ja drum angesucht. Aber die Kommission war dagegen. Der Gefängnisarzt hat gesagt, daß ich es nicht aushalten kann.«

»Wie waren sie gegen dich?«

»Mein Gott – der Arzt hat mich ja nicht leiden können. Deshalb war er auch dagegen. Ich hätte es ja ausgehalten. Aber er hat gemeint, er tut mir etwas an, wenn ich mit anderen beisammen sein muß. Ich hab' Glück gehabt. Den größten Teil der Zeit war ich mit anständigen Menschen in einer Zelle.«

»Mit anständigen Menschen?« fragte Frau Gruber, und der Ton ihrer Worte war wider ihren Willen rauh vor Staunen.

»Ja,« sagte Gruber, »mit einem Italiener, der seinen Kameraden gestochen hat. Und mit einem anderen, der sich taubstumm gestellt hat. Und mit Hükkel.«

Wie konnte Gustav sagen, daß das anständige Menschen waren?

»Hükkel ist gestorben?« fragte die Mutter.

»Ja!«

Hinten stand das schmale Bett Gustavs an der Wand. Die rote Decke mit dem breiten Rand blauer Blumen war darüber gebreitet. An der Wand war das dreieckige Schild aus schwarzem, rotem und gelbem Papier, in dessen rotem Balken der Name Hagen stand, mit Reißnägeln angeheftet. Genau so wie in der alten Wohnung. Und ein schwarz-rot-gelbes Band schlang sich herum – genau so, wie es drüben gewesen war.

Gustavs Blick ging sachte über diese Dinge.

»Du bist müde,« die Mutter erhob sich, ging zum Bett und nahm die Decke ab. Gustav sah, daß das Bettzeug frisch überzogen war. Sie hatte ihn doch erwartet.

Langsam legte er die Kleider ab. Er sah mit Erstaunen, das waren nicht die plumpen Sträflingskleider, sondern sein eigener Anzug.

Die Mutter hatte das rote Lämpchen unter dem Bild des heiligen Aloisius aus der eisernen Klammer gehoben und goß frisches Öl nach. Bild und Lämpchen waren neu zwischen den alten Dingen.

Sie fühlte den Sohn hinter sich und zitterte, denn sie erwartete, daß er jetzt von Wotan anfangen werde. Und sie war entschlossen, den heiligen Aloisius zu verteidigen, an den sie ihr Herz gehängt hatte. Er hätte ihr sicher geholfen, wenn ihr zu helfen gewesen wäre.

»Mutter,« sagte Gustav ... »Mutter ... ich habe nur zwei Briefe von ihr bekommen ... im ersten Jahr. Und seither nichts ... was ist mit ihr?«

Die Ölflasche klirrte ein wenig gegen den Rand des roten Glases. »Es geht ihr gut,« sagte Frau Gruber, ohne den Sohn anzusehen, »sie hat eine Stelle bei einem ... bei einem Advokaten ... seit einem halben Jahr ... sie verdient ... ich glaube, achtzig Kronen monatlich.«

Ein tiefes Atmen war hinter ihr. Dann knarrte das Bett, Hände strichen über frisches Leinen.

Die Mutter befestigte das rote Lämpchen, strich ein Zündholz an und entzündete den Schwimmdocht. Auf einmal war sie an Gustavs Bett und wußte gar nicht, wie sie hingekommen war. Sie saß auf dem Bettrand, strich über seine Wangen und sagte immer nur: »Mein Einziges ... mein Einziges ...!«

Gustav sog die Zärtlichkeit mit seiner ganzen lechzenden Seele ein und sah ihr mit hellen Augen ins Gesicht. Er hielt ihre harten, trockenen, faltigen Finger fest.

»Wir wollen schlafen gehen!« sagte er.

Als Frau Gruber im Bett lag, sah sie nach dem roten Lämpchen hinüber und betete. Sie hatte es doch nicht gewagt, wie sonst vor dem heiligen Aloisius niederzuknien, denn wer konnte wissen, ob dann nicht doch der Wotan irgendwie zum Vorschein kam. Sie betete also vom Bett aus, daß ihr Kind an seiner Seele keinen Schaden genommen haben möge. Denn daß er einen Messerstecher und einen Betrüger für anständige Menschen erklären konnte, das hatte sie in tiefe Bestürzung versetzt.

*

Am nächsten Morgen verwunderte sie sich sehr. Als sie erwachte, war Gustav, dem die Einteilung des Pankrazer Tages noch im Blut lag, schon auf und kniete auf dem Bett. Er war damit beschäftigt, mit seinem Taschenmesser die Reißnägel aus der Wand zu ziehen. Das schwarz-rotgelbe Band lag auf dem Kopfpolster, das Schild mit dem Namen Hagen pendelte am letzten Nagel. Dann glitt es herab. Gustav nahm Schild und Band und trug sie in die unterste Schublade der Kommode.

Frau Gruber fragte nicht ...

*

Gustav schien zuerst nicht zu wissen, was er mit dem neuen Leben beginnen sollte. Er saß tagsüber im Wohnzimmer und zählte, wie oft die Ladentüre ging. Es war ein betrübliches Zählen, und das Murmeln und Hantieren, das dann entstand, klang auch nicht nach großen Geschäften.

Erst in der Abenddämmerung ging Gustav auf die Gasse, lief den Feldern zu und rannte auf den verworrenen Wegen kreuz und quer, während die Schollen dampften und die Nebel dünn vor den glänzenden Sternbildern hinzogen. Ein Kreuz stand da in der Dunkelheit, durch einen Bahneinschnitt kam immer um dieselbe Zeit der Eisenbahnzug, neben der Ziegelei, die sich gierig immer weiter in den lehmigen Abhang hineinfraß, reckte sich das gespreizte Eisengerüst des Windmotors. Manchmal wurde das Stangenwerk von einem Feuerschein angeflogen. Der kam von den Flammen, die bisweilen aus den Essen und den Kaminen des Herrn Morek hochschlugen.

Das waren lauter längst bekannte Dinge. Aber es war Gustav, als seien sie wie mit einer neuen Haut überzogen, die man nicht anzufassen wagte. Wie Wunden, die sich eben erst geschlossen haben. Er vermied es, sich zu ihnen zu bekennen, als fürchte er, sie könnten ihn verleugnen. Und manchmal wollte es ihn überkommen, als sei diese unerklärliche Traurigkeit nur zu besiegen, wenn er in der Nacht davonginge, bis er zu ganz fremden und unbekannten Dingen und Menschen gelangt wäre.

Den Heimweg nahm er an dem Haustor zwischen dem Faßbinder und dem Wagenbauer vorbei. Ganz langsam, damit Steffi Zeit hätte, aus dem Schatten hervorzutreten und zu sagen: »Endlich bist du da! Ich warte schon lange.« Das Haustor blieb leer, der Schatten belebte sich nicht. Die bemalten leinenen Rollgardinen waren herabgelassen. Gustav sah hinter der grünen Frühlingslandschaft mit der Ritterburg und hinter dem herbstlichen Jagdstück mit dem springenden Hirschen das Licht des Wohnzimmers ausgegossen. Der Fischer im kleinen Nachen unterhalb der Ritterburg war etwas schadhaft. Er stand da und schwenkte den Hut gegen irgend jemanden, der ihn von der Burg herab grüßte. Aber den Hut mußte man sich hinzudenken, denn der war fort, und gerade an seiner Stelle befand sich eine kleine Lücke in der bemalten Leinwand, durch die das Licht in einem feinen, dünnen Strahl hindurchstach. Wenn Gustav vorüberging, traf ihn dieser Strahl wie ein Nadelstich.

Am vierten Abend riß es ihn plötzlich in das Haustor hinein. Gustav wurde von der Dunkelheit wie von einem saugenden Trichter eingeschluckt und tappte sich im Finstern zu der Wohnungstür Breitnickels.

Herr Breitnickel saß in der Arbeitsschürze unter der Lampe und las in der Zeitung. Seine Frau stand am Ofen und klapperte mit Tellern und Eßgeschirren im Wasserschaff, aus dem heißer Dampf aufstieg.

»Jessas,« sagte sie, »der Herr Gruber.«

Breitnickel legte die Zeitung auf den Tisch und schlug mit der flachen Hand auf das Blatt. »Da schaust her ... na also, haben Sie es doch überstanden.« Sein gutmütiges Handwerkergesicht war voll neugieriger Spannung.

Frau Breitnickel wischte mit der nassen Schürze über einen Sessel und lud Gustav zum Sitzen ein. Sie hätte schon gehört, sagte sie, daß Gustav zurückgekommen sei. Und sie wäre schon längst einmal drüben gewesen, wenn sie nicht gedacht hätte, daß man ihn die ersten Tage ganz seiner Mutter überlassen müsse. Ihr Zartgefühl wäre aber kaum so fein gewesen, wenn sie nicht seit einiger Zeit ganz zu Swatopluk Kožoušeks Gefolgschaft gehört hätte. Man konnte sich doch nicht der Gefahr aussetzen, von Frau Anastasia Gruber gefragt zu werden, warum man ausgeblieben sei.

Gustav Gruber saß auf dem Sesselrand, in seiner Kniekehle sprang und zuckte ein angespannter Sehnenstrang gegen die scharfe Kante. Er hatte Breitnickels neugierige Fragen zu beantworten. Der Meister hatte sonderbare Vorstellungen vom Gefängnisleben. Sie gründeten sich zumeist auf die Schilderungen des Romans: »Der Erbe der Millionen«, der in seinem Leibblatt erschienen war. Er hatte in seiner ungemein wohlgeordneten Seele ein geheimes Kabinett, das mit allem Unerklärlichen, Romantischen, Geheimnisvollen und Schauerlichen vollgestopft war. Was seinem biederen Handwerkerdasein und seinem arbeitsfrohen Alltag im Wege gestanden wäre, schleppte er in dieses Raritätenkabinett. Er sann diesen Dingen niemals nach, wenn er an der Arbeit war, sie störten ihn nicht einen Augenblick bei einer Verhandlung mit einem Holzhändler oder beim Hinmalen der großen Buchstaben auf ein Fakturenblankett. Aber wenn die Arbeit vorüber war, dann öffnete er sein Raritätenkabinett. Da waren die Bleikammern von Venedig und die Kasematten des Spielberges von Brünn und die Nonne von Krakau, Barbara Ubryk, und eine Menge anderer kettenrasselnder Merkwürdigkeiten.

Und Gustav Gruber kam nun nach zweijährigem Aufenthalt geradeswegs aus diesem Land zurück. Oh, Anton Breitnickel war nicht so ungebildet zu glauben, daß man heutzutage noch die Gefangenen an lange Ketten befestigte und alle zehn Minuten rüttelte, damit sie nicht einschlafen könnten. Oder, daß man sie in Abzugskanäle setzte, damit die Ratten an ihren Füßen nagten. Anton Breitnickel wußte, daß es in den modernen Gefängnissen Strafvollzugskommissionen gab, und daß die Gefängnishygiene erfunden war.

Aber es war doch noch genug Verbrecherromantik zurückgeblieben. Er fragte, ob es wahr sei, daß Verbrecher absichtlich etwas am Tatort zurücklassen, um nicht entdeckt zu werden? Einen blutigen Fingerabdruck? Oder gar ihre Exkremente? Und ob man diese Dinge »Wächter« nenne, oder »Schildwache« oder »Posten«? Und ob die Verbrecher besondere Talismane trügen: Diebskerzen oder Kaninchenpfoten oder Stechapfelsamen?

»Ja, ja,« sagte er, als Frau Breitnickel vor lauter Verwunderung über diese Geheimwissenschaft ihres Mannes das Abwaschwasser kalt werden ließ, »es ist allerlei Aberglauben unter diesen Leuten. Sie halten zum Beispiel etwas auf das sechste und siebente Buch Moses. Eines von diesen Zauberbüchern heißt das ›Romanusbüchlein‹ und ein anderes: ›Die geistliche Schildwacht.‹ An gewissen Tagen darf man nicht stehlen, sonst wird man sicher erwischt. Gewisse Sachen andererseits müssen gestohlen werden, wenn sie wirksam sein sollen. Zum Beispiel die Windeln von einem neugeborenen Kind. Wenn man die mit Hundefett bestreicht und um den Hals legt, so kann einem nichts geschehen.«

Aber Gustav enttäuschte den eifrigen Forscher. Er wußte von allen diesen Dingen nichts.

Herr Breitnickel schüttelte den Kopf und sah Gustav mißtrauisch und verdrießlich an. Der war am Ende gar nicht richtig eingesperrt gewesen, wie sich's gehörte.

Die Kuckucksuhr schlug neun. In dem aufgesprungenen Türchen stand das kleine hölzerne Vogelvieh und verbeugte sich neunmal vor der Gesellschaft.

Da fragte Gustav, wo denn Steffi sei?

Der Bindermeister sah seine Frau an. Die fuhr wieder bis an die Ellenbogen ins Geschirrschaff und vollführte ein grausames Geklapper.

»Ja,« sagte Breitnickel endlich ... »die Steffi ...« Die Steffi sei sehr beschäftigt. Sie habe in der Kanzlei sehr viel zu tun. Es komme sehr häufig vor, daß sie Überstunden machen müsse. Dann komme sie spät nach Haus. Aber Doktor Posolda habe versprochen, daß er ihr vom ersten Jänner an zwanzig Kronen zugeben werde.

Gustav faßte seinen Sessel mit beiden Händen. Doktor Posolda?« fragte er.

Na ja ... ob denn Gustav das nicht wisse? Breitnickel sah an Gustav vorüber nach seiner Gattin, die gebückt über dem Geschirrschaff stand. Die geröteten Arme zuckten links und rechts in zackigen Bewegungen aus der gewölbten Hüftengegend. Es wäre ihm ja auch lieber gewesen, meinte Breitnickel, wenn Steffi bei einem deutschen Advokaten untergekommen wäre. Aber davon sei keine Rede gewesen. Lauter Protektion, nichts als Protektion. Schließlich sei die Steffi alt genug, daß sie verdienen müsse. Die Lernerei müsse sich endlich rentieren. Und das bißchen Tschechisch habe sie rasch weggehabt. Der Doktor Posolda sei mit ihr sehr zufrieden. Und vom ersten Jänner an bekomme sie hundert Kronen.

»Hundert Kronen sind ein hübsches Geld,« sagte Gustav.

Breitnickel atmete auf. Eine Frage lag ihm am Herzen. Ob Gustav einen solchen elektrischen Bohrer gesehen habe, wie ihn die modernen Einbrecher zur Öffnung eiserner Kassen verwenden.

Nein, Gustav hatte auch keinen solchen Bohrer gesehen.

Da wurde Breitnickel sehr zornig auf diesen jungen Menschen, der die Gelegenheit, die allerinteressantesten Dinge kennenzulernen, so schmählich versäumt hatte. Er hielt ihn mit keinem Wort zurück, als er sagte, es sei spät geworden und er müsse nach Haus gehen.

Frau Breitnickel wischte die Hand in den Rock und reichte Gustav die nassen, aufgequollenen Finger. »Grüßen S' die Mutterl!« sagte sie.

In diesem Augenblick überfiel Gustav eine Angst, er könnte mit Steffi doch noch zusammentreffen. Er machte rasch einige Schritte auf die Türe zu. Aber es war, als sei diese plötzliche Angst die Ankündigung von Steffis Kommen gewesen.

Die Türe ging auf, und sie stand im Zimmer, zwei Schritte vor Gustav. Zuerst machte sie eine Bewegung, als wolle sie umkehren und wieder in die Finsternis hinauslaufen. Dann schoben sich die vier Wände des Zimmers zusammen. Sie fühlte sich qualvoll festgehalten. Es mußte einmal durchgemacht werden.

»Guten Abend, Gustav ... daß Sie wieder da sind.«

Sie trug eine schwarze Tuchjacke mit seidenem Vorstoß und seidener Einfassung, um den Hals schmeichelte sich eine kurze, graue Boa. Der weiche Velourhut saß ihr tief im Gesicht. Alles an ihr war glatt und weich, so wie ein Teppich oder ein Tierfell. Auch ihr Gesicht war glatt und weich, von einer fremdartigen Anmut, die zusammenstoßenden Brauen, die ein wenig schiefgestellten Augen, die leicht geschürzten Lippen ... die Japanerin hatten sie die Studenten der Frau Newrkla genannt, die das Waschwasser auf Breitnickels Dach zu gießen pflegten.

Da war eine Arbeitsschürze und ein nasses großkarriertes Kattunkleid mit einem dunkeln, nassen Fleck. Und dazwischen stand dieses warme und weiche Ding, daß man sich wundern mußte, wie es hierherkam.

Wo war der Männerzorn? Wo war die Entrüstung über Volksverrat und Lauheit? Wo waren Wotan und Hagen und die anderen großen und einfachen Entscheidungen? Ein Trümmerberg, eine zusammengesunkene Welt, über der die Lohe der Götterdämmerung zuckte.

»Wie geht es Ihnen?« fragte Gustav.

»Oh ... wir haben viel zu tun ... aber, wenn man gesund ist ...«

»Gehen Sie ... gehen Sie noch oft ins Theater?«

Steffi stand wieder fest im Zusammenhang des Lebens. »O ja ...« sie begann sich auszukleiden. Eine schottisch-karrierte, blaue und grüne Seidenbluse ... eine Seidenbluse ...! »wenn wir einmal weniger zu tun haben ... wir haben heuer eine sehr gute Operette.«

Gustav streckte eine zögernde Hand vor. »Gute Nacht, Fräulein Steffi ... meine Mutter wartet auf mich ...«

»Gute Nacht ... Gustav! Lassen Sie sich bald wieder sehen.« Sie zog einen hellbraunen Handschuh ab. Gustav hielt einen seligen Augenblick lang die Hand in der seinigen. Sie war warm und weich und ein ganz klein wenig feucht. Über den Daumenballen zog sich eine leichte rötliche Furche, die vergängliche Spur der Handschuhnaht.

»Es paßt mir aber durchaus nicht,« sagte Breitnickel, als Gruber draußen war, »daß du jeden Abend bis nach Neun in der Finsternis herumziehst.«

»Du hörst doch,« fuhr seine Gattin stachelig gegen ihn los, »daß er sie heiraten wird, wenn er Ingenieur ist.«

Da sagte der Meister nichts mehr und nahm wieder seine Zeitung vor. Steffi aber, die schon begonnen hatte, ihre Seidenbluse aufzuknöpfen, ließ mitten in der Arbeit die Hände sinken und starrte mit großen Augen, verlorenen Blickes, in die Seltsamkeit dieses Lebens.

* * *

»Du hast mehr Glück als Verstand, du Lausbub!« sagte der Vormund Franz Kral.

Gustav Gruber erwiderte nichts; er war ja zu einer neuen Weisheit gekommen: daß jeder Mensch von seinem Standpunkt aus recht hatte. Hatte keiner von den anderen etwas voraus und keiner war dem anderen von vornherein überlegen.

Franz Kral nahm es als sein selbstverständliches vormundschaftliches Recht in Anspruch, gegen Gustav grob zu sein. Gustav trug es ihm nicht nach. Er hatte gehört, daß des Vormunds älterer Sohn zum Militär eingerückt war und wegen eines Kameradschaftsdiebstahles in Garnisonsarrest saß. Franz Krals Masseurgemüt war vom Unglück ganz verquollen und konnte sich der Gerechtigkeit nicht öffnen.

Er verstand nicht, wie es möglich war, daß Gustav Gruber gleich nach seiner Rückkehr aus dem Gefängnis wieder sein guter Posten bei Morek zufiel — während der Ludwig im Garnisonsarrest saß.

Gustav war glücklich über den toten Punkt hinweggelangt. Es ging nicht an, im Wohnzimmer zu sitzen und zu zählen, wie oft die Ladentüre geöffnet wurde. Er wußte jetzt, wie es kam, daß er so wenig zu zählen hatte. Und außerdem wohnte dort drüben ein junges Mädel, das monatlich achtzig Kronen verdiente und vom ersten Jänner hundert Kronen verdienen würde.

Als er der Mutter seinen Entschluß mitteilte, sich wieder um eine Arbeit umzusehen, kamen der alten Frau die Tränen in die Augen. Der Herr Morek war dagewesen, lange ehe Gustav zurückgekommen sei, und habe sie gebeten ... gebeten! ... Gustav nur gleich zu ihm zu senden, wenn er frei sei. Er könne sogleich wieder bei ihm eintreten. Aber sie habe bisher nichts gesagt. Es sollte nicht so aussehen, als wolle sie ihn sogleich wieder in eine Arbeit drängen.

Gustav stand vor seiner Mutter in tiefer Scham. Er hätte ihr die Hände küssen mögen. Wie weich die harte Frau geworden war. Er hatte ein ganz qualvolles Verlangen, diese alten, welken Hände zu küssen. Aber er biß die Zähne zusammen und ging hinaus.

Herr Morek empfing Gustav auf eine seltsame Art. Genau als ob der junge Mann von einem achttägigen Urlaub zurückkehre und sich zum Dienstantritt melde. Er stellte keine Fragen und machte kein Wesen. Gustav möge nur hineingehen und sich beim Kanzleileiter vorstellen. Der wisse schon davon und werde ihm seine Arbeit zuweisen.

So saß Gustav wieder an seinem alten Schreibtisch, tat seine Arbeit, aß zur selben Zeit wie früher sein Gabelfrühstück aus der mütterlichen Gemischtwarenhandlung und meinte manchmal, das Leben lasse sich an, als wolle es dort fortfahren, wo es unterbrochen worden war.

Die Bureaukollegen benahmen sich anständig. Der Kanzleivorstand hatte strenge Weisung darüber zu wachen, daß Gustav nicht behelligt würde. Nur Wenngraf — wenn das Wenn nicht wäre, so wäre der Wenngraf ein Graf! — machte manchmal taktlose Witze. Er meinte, er sei der nächste dazu. Gustav ließ sie über sich ergehen, weil jeder Mensch von seinem Standpunkt aus recht hatte.

Übrigens war ein Bekannter aus dem germanischen Heldenzeitalter da. Viktorin, der Saxone, Viktorin, der Volkstümliche, Viktorin, der Einflußreiche. Über der roten Mütze lag die erste leichte

Staubschicht des Philistertums, dafür war ein blank-geputztes Doktorat der Chemie da. Es war so fun-kelnagelneu, daß es noch dringend nach Bewunde-rung und Hochachtung verlangte.

Viktorins Kenntnisse entfalteten sich in Herrn Moreks Laboratorium. Sie entfalteten sich mit solch ungeahnter Ausdehnungskraft, daß Viktorin schon jetzt voraussah, dieser Wirkungskreis hier würde ihm bald zu klein werden. Das war nur ein Anfang, ein Sprungbrett. Hier war die Chemie dem Stahl un-tergeordnet. Aber Viktorin fühlte die Kraft in sich, irgendwo zu wirken, wo sie ganz obenauf war. Eine selige Morgentraumdeutweise sang ihm manchmal vor, die Welt werde noch einmal voll sein von ir-gend einem unentbehrlichen Ding, das Viktorin hieß, so wie es ein Vaselin gab und ein Aspirin.

Als Gustav zum erstenmal in das Laboratorium kam, traf es ihn schwer. Auf einmal stand es vor ihm: was doch alles in zwei Zähre hineinging, wel-cher Zeitraum dies war.

Er hielt sich verlegen in der Nähe der Türe ... die Hände an der Hosennaht.

Viktorin war gnädig. »Sie sind ein armer Teufel, Herr Gruber ... Sie haben es schwer büßen müssen. Na, Sie sind ja noch jung ...«

Viktorin bestand aus einem grünen Arbeitskittel und aus einem roten großen Kopf, die voneinander durch einen engen hohen Hemdkragen getrennt wa-ren, das war eine besorgniserregende Erscheinung. Es sah aus, als werde das Wohlwollen durch diese dünne Röhre nur mühsam hervorgequetscht.

Gustav beging den Fehler, an Gemeinsamkeiten zu erinnern. »Sie sind uns ein Vorbild gewesen, Herr Viktorin!« Das war nur aus schwerer Verlegen-heit herausgewachsen.

Aber Viktorin wurde zusehends noch länger, als solle sich der ganze Körper durch die Kragenröhre hindurchziehen. Erstens vergaß dieser Jüngling das blanke blitzende Doktorat. Und zweitens bis zehn-tens war überhaupt doch ein Abstand da. Viktorin äußerte also, er habe wenig Zeit und Gustav solle endlich seinen Auftrag ausrichten.

Auch die Arbeiter nahmen in ihrer Art Kenntnis von der Rückkehr Gustavs. Für sie war er der Atten-täter, dessen Anschlag dem verehrten Doktor Posol-

da beinahe das Leben gekostet hätte. Sie kannten die Geschichte nur in der Darstellung ihrer tschechi-schen Zeitungen, und da hatte sie fürchterlich genug ausgesehen.

»Er ist wieder da. Der Alte hat ihn wieder aufge-nommen!«

Sie waren nicht damit zufrieden, daß Gustav nur zwei Jahre bekommen hatte.

»Wenn das einer von uns gewesen wäre!«

»Da hätten sie anders zugepackt ...«

»Man sollte ihm einmal eins auswischen ...«

Und wenn Gustav vorüberging, da flog ein Mur-meln hinter ihm drein, die entzündeten Augen fun-kelten in den rußigen Gesichtern, die Fäuste ballten sich. Aber sie wußten, der Alte hielt seine Hand über dem Menschen, und vor dem Wiking duckten sie sich, wenn sie seinen blonden Bart und seine breiten Schultern nur von weitem sahen.

Auch noch anders drängte sich die Vergangenheit an ihn heran. Zwei abstehende Ohren und ein süß-saures Wimmerlgesicht ... Hildebrand, der Finnen-könig, erwartete ihn vor dem Tor der Fabrik.

»Servus, Hagen!«

Die Hände staken in den Säcken eines Winter-rocks, der einen sanften Spiegelglanz besaß. Um die Knopflöcher war dieser Glanz zu kleinen Monden zusammengeronnen. Aus allen Poren von Standeras Wesenheit hauchte der Geruch eines Morgengu-lasch', wie man es nach Nächten mit sehr vielem Bier in Kellerlokalen bereitet findet.

Da verwunderte sich Gustav darüber, daß er ste-henblieb, trotzdem ihn etwas weitertrieb. Es war vielleicht auch bloß die Angst vor dem Aussehen. Standera würde hinter ihm herlaufen und schreien ... übrigens war es doch eine seltsame Sache mit dem Menschen und dem Menschlichen, daß sich schließ-lich, wenn aller Schmutz und alle Verwirrung abge-tan war, doch ein Leuchtendes zeigte, eine Flamme, eine feurige Schrift auf dem Hintergrund des Ewi-gen.

»Dir geht's gut!« sagte Standera mit schiefem Mund und einem verbogenen Blick.

»Mein Gott ... wenn man seine Arbeit hat!« Kaum war das gesagt, so kam sich Gustav unsäglich blöd-

51

sinnig und pastorenhaft vor. Das war wie aus einem moralischen. Traktätlein geredet. Und außerdem war es gar nicht wahr.

»Ja ... ja ...« sagte Standera und verdrehte die Augen, »du bist untergekommen ... das mein' ich ja eben. Aber ich ... ich bin unter die Räder geraten. Ich kann keine Arbeit finden. Für mich gibt's in der ganzen Stadt keine Arbeit.«

Standeras ganzes System war irgendwie windschief, mit wackligen Achsen. Er klappte plötzlich mit den Schuhsohlen auf und stand einen Moment lang auf den Absätzen. Dann war wieder alles in Ordnung. Nur der Gulaschduft wehte herüber.

»Geh' zur deutschen Stellenvermittlung oder zum Volksrat. Die werden doch wissen, wo du eine Arbeit bekommen kannst.«

Standera winkte ab, von oben herunter, mit schaufelförmigen Händen: »Keine Spur. Nicht zu machen. Ist alles nur wieder Protektion. Ja – Mädchen für alles werden sehr gesucht. Kann ich als Mädchen für alles gehen? Was möcht' denn da die gnädige Frau sagen?« Er sah vor sich hin, gramumwölkt, in seinem linken Mundwinkel stieg eine kleine Speichelblase auf.

Gustav umfing ihn mit aufrichtiger Betrübnis. Irgendwie trug auch er die Verantwortung für dieses Schicksal. Ein schneller, schielender Blick entging ihm.

»Wie ich schon ausschau',« sagte Standera, fuhr in die Taschen und zog zwei zerlumpte, schmutzige Säcke hervor. »Das ist die Innenseite! Wenn das noch lang so dauert, so kann ich mich gar nicht mehr vorstellen.«

Es war ein Mensch in der Welt, der war die Güte und die Stärke. »Warte,« sagte Gustav, »ich werde mit Herrn Morek sprechen. Der wird dir helfen.«

Wieder schnellte der krumme Blick. »Das wär' schön ... aber es müßt' gleich sein, Hagen. Denn ich bin in Not ... ich hab' gar kein Geld.«

Der Gulaschduft wehte wieder. Der ganze Mensch war in diesem Augenblick eine Mischung von gutem Magen und schlechtem Gewissen.

Gustav sann nach, wie es zu machen sei, daß Standera möglichst rasch zu Geld käme. Vielleicht gab Herr Morek einen Vorschuß.

Unter der Wimmerlhaut lief eine Gemütsbewegung dahin. Standera trat dicht unter Gustavs Blick: »Weißt du ... du könntest mir vielleicht fünf Kronen geben. Ich geb' dir's dann zurück, wenn ich einen Posten habe.«

Da war Gustav erlöst, daß es darauf hinauslief. Er gab Standera ein blankes, schweres Fünfkronenstück, das rund und wertbewußt einen Augenblick in seiner Hand lag. Er hätte sagen können, es ist mein letztes, aber er sagte nichts.

Nachmittag erschien Gustav bei Herrn Morek und bat für Standera. Der Chef versprach, etwas für ihn zu tun. Aber Standera kam nicht.

*

Gustav versuchte es, sich in der Arbeit festzuankern.

Aber manchmal war es wie Sturmflut und Seebeben, daß alle Anker rissen. Dann mußte er aufspringen und hinauslaufen. Er trieb sich auf den winterlichen Feldern herum. Da lag die Welt mit tausend Wegen, deren jeder zu seltsamen Fernen führte. Er war hier festgebannt und doch wurzellos.

Er kam abends oft zu Breitnickels und wollte sich die Freude an stetiger Arbeit – Spatenstich um Spatenstich – holen. Wollte wieder einen Sinn für seine Tage. Er wartete geduldig, bis die Türe aufging und Steffi kam. Bis sie den Schnee von den Füßen stampfte und den Velourhut gegen den Ofen hin schwenkte.

Es wurde oft sehr spät, bis sie kam. Sie hatten viel Arbeit in der Kanzlei. Es ging gegen Weihnachten, und man konnte durch Überstunden verdienen.

Gustav hatte wenig Freude an diesen Besuchen. Die Alten saßen mürrisch und verschlossen. Steffi war seltsam fremd und traurig. Manchmal schlug sie ihm mit einer unbekannten Lustigkeit schmerzhaft ins Gesicht.

Gustav hatte gelernt, Unausgesprochenes lange in sich zu tragen. Er wartete, bis es sich von selbst zum Wort drängen würde. Aber es kam nichts. Einmal begleitete ihn Steffi hinaus. Es war ihm, wie sie da in der Finsternis atmend neben ihm stand, als ob sie ihm etwas sagen wolle. Sein Herz hämmerte ungefüge, in einem überstürzten Takt.

Leise rührte er ihre Hand. Er hätte hinsinken mögen, alle Sehnsucht ausströmen, ihr sagen, daß alle Tage, alle Stunden von zwei vergeudeten Jahren an sie festgesaugt waren, daß sie ihr gehörten, daß alles Leid auf einem großen Opferstoß lag, den ein Wort von ihr hätte entzünden können. Jetzt war es ja noch anders als früher. Jetzt war sie nicht das Selbstverständliche mehr, sondern das Geheimnis und die Rechtfertigung.

Einen Augenblick lang lagen ihre Finger verschränkt. Da entzog sie sich ihm, da unterbrach sie den Strom. Die Hand glitt in die Finsternis zurück. »Gute Nacht,« sagte sie leise. Ein Lichtwürfel stand im dunkeln Vorhaus. Die Türe ging wieder zu ... die Nacht sank wie schwarze Wolle um ihn.

Oft kam eine Kindheitserinnerung. Da war ein Teich, der sich aus Weidengestrüpp in die Unendlichkeit dehnte. Vielleicht bis nach Amerika. Am Ufer lagen schwarze, algenüberzogene Muscheln. Sie fühlten sich glatt und schleimig an. Irgend jemand hatte gesagt, in diesen Muscheln sei das Perlmutter; das Glimmernde, Gleißende, Regenbogenfarbige, in dem die Sonnenstrahlen durcheinanderflirrten. Wenn man die Schalen auseinanderbrach, so lag die Herrlichkeit am Tage und das Licht tanzte darüber hin. Aber die Schalen hielten fest, ein geheimnisvoller Zug war stärker als Kinderfinger. Dann kam der Freudentag des ersten Taschenmessers. Und nun war das Geheimnis der schwarzen Muscheln geliefert. Die Klinge blitzte, schob sich, senkte sich in den haarfeinen Spalt. Ein Kinderatem ging rasch, die Finger entfalteten Hebelkräfte – ein rascher dünner Knacks und die Klinge war entzwei. Geheul zitterte über den blauen Teich – vielleicht bis nach Amerika. Irgend jemand sagte, man sei ein dummer Bub und solle einfach warten, bis das Muscheltier gestorben sei und die Schalen von selber klafften. Von solchen offenen Muscheln lägen genug herum, um hundert zweireihige Damenmäntel mit Knöpfen zu versehen. Aber war denn das dasselbe? ...

Irgendwie hing das alles mit Steffi zusammen ...

Unrast war in Gustav. Es litt ihn nicht an seinem Schreibtisch im Bureau. Alles, Papier und Tinte und Worte und Zahlen, war voll geheimer, boshafter Widerstände gegen ihn. Plötzlich nahm er den Winterrock und rannte hinaus, ohne jemandem zu sagen, wohin und warum.

Der Kanzleivorstand mußte sich endlich beschweren. Gustav Gruber vernachlässige seine Arbeit und gehe aus dem Bureau, ohne um Erlaubnis zu fragen.

»Lassen Sie ihn nur,« sagte Herr Morek, »es wird schon wieder werden. Er hat etwas Schweres mit sich abzumachen.« Und er ordnete an, daß Gustav am Samstag die Auszahlung an die Arbeiter vorzunehmen habe.

Da standen sie vor ihm, drängten sich vor dem Pult, eine wüste Masse, voll gespannter Feindseligkeit, obzwar sie aus seinen Händen Geld empfingen. Sie schoben ihm die Lohnzettel hin wie Beleidigungen, sie schrien plötzlich ingrimmig los, wenn sie glaubten verkürzt zu sein. Ihre Zeitungen hatten Gustav Gruber in ihre Spalten gespannt wie auf die Streckfolter. Herr Morek hatte also die Unverschämtheit gehabt, den abgestraften Verbrecher wieder in seinen Dienst zu nehmen!

Das widerhallte in ihren dumpfen, enggebauten Seelen.

Wenn Gustav zwischen ihnen hindurchschritt, dann brannten im Schimpfworte in den Nacken: »Du Elefant!« »Du Stier!« »Du Gestank!« Er hörte sie, aber er tat, als höre er nichts, denn er wußte, ein Wort von ihm, und Herr Morek beförderte sie hinaus, daß sie die Absätze verloren.

Einmal flog ihm auf den Hof eine schwere Schraubenmutter nach und schlug ein Stück des Bewurfes aus einer Wand. Gustav wandte sich nicht um, denn wenn er den Täter gesehen hätte, so hätte er ihn anzeigen müssen.

Da merkten sie, daß er sich alles gefallen ließ, und Wut und Übermut wuchsen miteinander. –

Und eines Abends war Hildebrand, der Finnenkönig, wieder da.

Gustav kam als letzter aus dem Bureau, die Kassaschlüssel klirrten in seinem Sack.

Standera trug ein gönnerhaftes Angesicht im Laternenschein und hatte in den Taschen festgewachsene Hände. Er ging ohne weiteres neben Gustav her. »Oh, du hast eine Schlüsselgewalt,« lachte er.

Gustav rückte seinen Bund zurecht, so daß er nicht mehr klirrte. »Warum bist du damals nicht gekommen? Herr Morek hätte dir eine Stelle verschafft.«

»Soll ich ihnen hier den Narren abgeben? Da weiß ich etwas Besseres, mein Lieber. Ich pfeif' ihnen drauf. Jawohl.«

Nach tagelangem Regen war die pflasterlose Seitengasse weich und tief wie ein melancholisches Gemüt und braun wie ein Tortenüberguß. Jetzt aber war der Frost gekommen, und die braune Sumpfschicht war von hellen Kristallen überkrustet. Die Laternen freuten sich und streuten silberne Funken. Die letzten Wagenspuren und Menschentritte erstarrten zu geheimnisvollen Zeichen, Bruchstücken einer Schrift, die aus dem Dunkel kam und ins Dunkel leitete.

Ein schmaler Übergang führte von einer Seite der Straße zur anderen. Standera ging voran, und zwischen Rockkragen und Hut standen die Topfhenkelohren. Als sie drüben angelangt waren, drehte er sich um: »Jawohl, mein Lieber! Nach Südafrika!«

Da war es immerhin merkwürdig, daß da, jenseits des Weges über den mit Frostkristallen bestreuten Tortenüberguß Südafrika lag. Eine Steppenlandschaft reichte plötzlich aus Jugendtagen herüber, traumhaft absonderliche Kakteen reihten böse Stacheln um kleine rote Blüten, in der Ferne ein träger Zug von Wagen mit braunen Leinendächern, über dem Geier flogen. Im Vordergrund ein Wasserloch, in dem ein Büffel steckte, daß nur das Maul und die breite Stirn mit den tückischen Augen hervorsahen. Und daneben hockte ein Zulu mit einem ovalen Schild und Büscheln von Schilfgras an den Hand- und Fußgelenken. Plötzlich zischte ein Wort mit einer breiten Klinge vorbei: Assagai!

Assagai! Das zischte und sang.

Alle die verworrenen Fernen hatten plötzlich einen Sinn und waren weit geöffnet. Ein dunkles Sehnen hatte auf einmal einen Namen.

Inzwischen hatte Standera eine der festgewachsenen Hände losgerissen und den Arm Grubers erfaßt. Ja, er sei entschlossen, von hier wegzugehen, es sei einfach lächerlich, hier in irgend einem Beruf unterzukriechen und sich zu schinden. Wo doch die Welt so weit sei und ein gesunder kräftiger Mensch überall seinen Platz finde. Da sei einer in Pankraz gewesen, der habe Turkestan gesehen und die Mandschurei und alles zu Fuß. Nach Südafrika sei es aber zu Fuß doch etwas weit. Bis Znaim gehe es ja, aber dann ziehe sich der Weg. Man müsse sich doch, ob man wolle oder nicht, einem Schiff anvertrauen. Das sei nun freilich der Haken bei der Geschichte, denn dazu brauche man Geld ... wenn man nicht etwa unten im Schiffsraum als blinder Passagier bei den Ratten hausen wolle.

Langsam verblaßte das Gelb und Rot der glühenden Steppenlandschaft, durch das buntgestreifte Fell eines Zebras schimmerte schon wieder eine Straßenlaterne und der Zulu hockte nicht mehr neben einem Eukalyptusbaum, sondern vor einer Plakattafel auf gefrorenem Straßenkot. Ein Wort war gesprochen worden, vor dem Südafrika versank: Geld!

Auf einmal klingelte ein Wagen der Straßenbahn vorbei und es roch nach vielen Menschen, die den Atem von Fabriken nach Haus trugen. Sie waren in der Hauptstraße und im Strom der Heimkehrenden.

»Ich wär' schon längst nicht mehr hier, wenn ich Geld hätt',« sagte Standera, »wenn ich wär' wie du ... wo wär' ich da schon ...?«

Jetzt fühlte Gustav einen schnellen, krummen Blick auf seinem Gesicht. Was denn Standera für dummes Zeug rede, ob er denn nicht wisse, daß man mit einem ganzen Monatsgehalt höchstens bis Triest komme.

Natürlich wußte Standera das. Aber man müsse sich eben besser versehen. Einmal ins Volle greifen.

»Du glaubst vielleicht, daß meine Mutter ein Guthaben bei der österreichisch-ungarischen Bank hat, aus dem sie mir die Reise bezahlen kann? Nein ... der geht es schlecht genug, seitdem sie vom alten Posten weg ist. Die hat Sorgen von einem Tag zum andern.«

»Deine Mutter! Wer spricht denn von deiner Mutter?«

»Na also!«

Da zog Standera die Hand aus Gustavs Arm und gab ihm einen Klaps gegen die Tasche, daß der Schlüsselbund klirrte. Der Mund zog sich im Halbkreis bis in die Nähe der Topfhenkelohren. »Wenn man die Schlüsselgewalt hat! Ich weiß doch, daß du die Arbeiter auszahlst!«

Jäh stieg eine dunkelrote Flut aus Tiefen bis in Gustavs Gehirn. »Ich soll stehlen?«

»Schrei nicht so! Wer sagt das? Verlang' ich das von dir? Du nimmst dir, so viel wir brauchen. Spürt das der Morek? Es ist ausgeborgtes Geld. Wenn du unten zu etwas gekommen bist, so schickst du es ihm wieder. Mit Zinsen meinetwegen, damit der Morek keinen Schaden hat. Du kannst ihm ja einen Brief zurücklassen. Und nach einem halben Jahr kriegt er eine Geldanweisung und wieder einen Brief. Er wird sich freuen, daß er dir zu einer Existenz verholfen hat.«

Es wurde manchmal schwer, daran zu glauben, daß jeder Mensch von seinem Standpunkt aus im Recht sei. Wie einfach war das früher gewesen, das Unbedingte, der Wotansglaube, das feste Gefühl, hier ist Recht und da ist Unrecht, wo Zustimmung und Entrüstung so leicht zu scheiden waren! Wie sollte man sich da darein finden, nach Erklärungen zu suchen?

Gustav schritt rascher aus und Standera baumelte neben ihm her. Ab und zu schnellte ein krummer Blick über Gustavs Stirn. Auf der Welt sei es schon so eingerichtet, daß der eine Geld hätte und der andere keines. Und alle großen Unternehmungen hätten damit begonnen, daß irgend jemand sich irgendwoher Geld verschafft habe. Was sei ein Aktienunternehmen? Die Gründer nähmen von anderen Leuten Geld und gäben ihnen dafür ein Versprechen. Das sei genau dasselbe wie hier. Nur sei der Erfolg viel sicherer als bei einem Aktienunternehmen.

Standera entfaltete die Beredsamkeit eines Versicherungsagenten. Er sprach mit dem ganzen Körper. Die festgewachsenen Hände waren endgültig aus den Taschen gelöst und holten die Gründe aus der Luft, als tanzten sie wie Mücken vor ihnen, sie ballten sich zu Fäusten, als wollten sie die neuen Erkenntnisse wie Keile zwischen Gustavs Überzeugungen eintreiben.

Sie kamen in einen grellen Lichtschein, der breit aus Swatopluk Kožoušeks Laden über die ganze Straße gemauert war. Drinnen drängten sich Frauen in Umschlagtüchern, Frauen in Hüten und Dienstmädchen vor dem Marmortisch. Die Kurbel der Wurstschneidemaschine knatterte, die Registrierkasse klinkte zweimal nacheinander hell auf. Das lachende Gesicht eines Kommis im Hintergrund des Ladens schwamm einen Augenblick lang über der Menge.

»Ich hab' eine alte Mutter, Standera,« sagte Gustav.

»Und glaubst du, die wird sich nicht freuen, wenn du ihr in einem halben Jahr so viel Geld schicken kannst, wie sie noch nie beisammen gesehen hat? Na also ... damit du nicht sagst, ich schneid' auf ... aber in einem Jahr gewiß!«

Sie gingen schief über die Straße. Aus einer schmalen Tür und einem Fensterschlitz kroch ein armseliges, mühsames Licht, als ob es sich kaum auf die Straße traue. Es war nur der arme Verwandte der strahlenden Herrlichkeit von drüben.

»Gute Nacht!« sagte Gustav.

»Na ... was is also? Du willst nicht?«

»Wie kannst du das von mir verlangen, Standera? Soll ich sein Vertrauen so täuschen?«

Standeras Hände wuchsen wieder in den Taschen fest. Er trat einen Schritt zurück und sein Blick kroch schleimig über Gustavs Gesicht. Und plötzlich brach es aus ihm hervor wie eine Eiterbeule aufplatzt: »Ich hab' es ja schon immer gesagt, daß du ein Schlappschwanz bist.«

»Standera!«

»Ich weiß gar nicht, woher du den Mut genommen hast ... damals zu der Geschichte.«

Gustav senkte den Kopf. Er war das ja gar nicht gewesen. Das hatte ein anderer getan, in dessen Seele die »Wacht am Rhein« klang, der sich beim Sonnwendfeuer als Nachkomme Dietrichs von Bern fühlte und Alarichs, der Rom zerstörte.

»Aber ich weiß, warum du nicht mitgehen willst! Deine Mutter – lachhaft! Die Steffi Breitnickel ist das süße Geheimnis. Na ... ein guter Kerl bist du ja, aber daß du der nicht einen Tritt gibst ... das hab' ich doch nicht gedacht, daß du dir so was gefallen läßt.«

Es war plötzlich ganz sonderbar anders um Gustav. Die Laternen und Häuser waren fort. Er und Standera schwebten in einem leeren Raum, aber auch die Körper waren nicht da. Nur Gehirn und Herz lebten.

»Was ... was?«

»Na ... es muß ja eine nette Bescherung für dich gewesen sein, wie du zurückgekommen bist. Aber du verträgst dich ja recht gut mit dem Herrn Vozihnoj oder wie der Halawachel heißt. Es ist eine ehrliche Teilung. Die Leut' sagen, daß euer deutsch-tschechischer Ausgleich ...«

Eine stählerne Sehne klang in Gustav. Plötzlich fühlte er seinen Körper wieder, und da war ein anderer Körper, der sich unter seinen Fäusten wand.

»Laß aus! Auslassen!«

»Was sagst du? Wer soll das sein?«

»Laß aus ... ich hab' gemeint, du weißt es ...«

Gustavs Fäuste wurden schwer und sanken. Standera hob seinen Hut auf, ein scheuer, krummer Blick schnellte von unten auf. »Ich hab 'wirklich gemeint, daß du es weißt ...«

»Wer ist es ...?«

»Ein tschechischer Techniker ... Vozihnoj oder wie er heißt ... Sie geht doch schon lange mit ihm ...« Standera kroch wieder langsam heran.

Gustav hob die Fäuste: »Geh' fort, du Schuft!«

Da säumte Standera nicht länger. Machte nur eine Grimasse von fratzenhafter Abscheulichkeit und ging. Aber aus fünfzehn Schritt Entfernung rief er noch: »Du Schlappschwanz!«

Gustav ging über die Straße und saß in der kalten Verdrossenheit und dem mürrischen Schwingen der Breitnickelschen Stube, bis Steffi kam. Er mußte bis halb zehn warten.

Als sie ihm die Hand reichte, ließ er sie nicht sogleich und sagte mit einer zitternden und demütigen Stimme, er habe eine große, große Bitte. Eine so unendliche Zärtlichkeit quoll aus seinen Worten, daß ihn Steffi fast erschrocken ansah.

Ob sie nicht morgen nachmittag mit ihm ausgehen wolle? Morgen sei Sonntag. Und Steffi sei noch nicht ein einziges Mal mit ihm ausgewesen.

Steffi entzog ihm die Hand und sah von ihm fort. Das sei leider unmöglich. Sie habe bereits einer Freundin ihren Besuch versprochen.

*

Der Sonntag ist ein Tag, in den viel hineingeht, wenn man nicht ein leichtes Gemüt hat.

Wenn man morgens aufwacht und die Freude steht am Bett und lacht aus blauen Augen, dann sind die Morgenwolken mit Gold verbrämt und die Stadt hat lauter blankgeputzte Fenster. Man hat Sonnenschein und Wind in den Segeln, und die Stunden gleiten und tanzen, und auf einmal ist der Abend da, und man weiß gar nicht wie.

Aber wenn man etwas Schweres in sich hat, dann sind die Sonntagsglocken wie böse erzene Vögel, die mit krummen Schnäbeln nach dem Herzen zielen. Man sinkt und sinkt bis auf den Grund des Sonntags und sieht, daß er eigentlich ein nasser, kahler und kalter Raum ist, ein endlos hingedehntes Kellergewölbe, angefüllt mit Bangigkeit und traurigen Gedanken. Es ist abscheulich, wieviel Bangigkeit und traurige Gedanken in einen solchen Sonntag gehen.

Gustav sah auf den Grund des Sonntags, und alles ringsum war Trübsal. Er fühlte etwas Unabwendbares, dem er keinen Namen geben konnte. Alles Tun war sinnlos. Man hätte in den Wintertag hinauslaufen können, um am kurzen Faden wieder zurückzukehren. Aber auch das Stillsitzen war unerträglich.

Die Mutter rechnete in den Geschäftsbüchern, in denen ungefüge Zahlen über die langen, schmalen Seiten hinabrutschten. Und ihr Seufzen zeigte, wie wenig die Rechnung stimmte. Sie schien ganz vergessen zu haben, daß Gustav dasaß.

Die Stunden rollten holpernd vorwärts, in den Achsen knarrend und ächzend, wie die plumpen Räder eines Ochsenwagens.

Plötzlich tat sich im Kellergewölbe des Sonntags eine Türe auf. Standera kam daher, heiter und unbefangen, als ob gestern gar nichts gewesen wäre, als ob sie einander nicht Schlappschwanz und Schuft genannt hätten.

Er sei im Begriff, einen Spaziergang zu machen, und dabei sei ihm eingefallen, er sollte doch einmal nachsehen, ob der Gustav vielleicht zu Hause sei. Tat wie der allerbeste Freund.

Fern am Ende gewölbter Gänge, zwischen steinernen Wänden schimmerte noch ein Stück blauen Himmels.

Die Mutter hatte das schmale Geschäftsbuch zugeklappt, ganz erschrocken, weil sie nicht sicher war, ob man ihr das grausame Urteil der Zahlen nicht auf dem Gesichte lese. Jetzt zog sie noch ein Stück Flickwäsche über das schwarz und grün gestreifte Buch, damit es ganz verborgen sei.

»Ja, Gustav ... du solltest hinausgehen ... ein bissel Luft schnappen.«

»Ein bürgerlicher Ausgang,« meinte Standera, »vielleicht mit einem Topf Bier am Ende.«

Gustav war wie erlöst, weil ihm jemand gesagt hatte, was er zu tun habe. Er zog sich an und ging mit Standera. Denn man soll dem Menschen Irrtümer und Versuchungen nicht nachtragen, und echtes Menschentum ist ständiges Vergeben.

Noch schleifte der Sonntag ein Stück seines blauen Herrschermantels über die leicht beschneiten Felder. Ganz ruhig lag die gewellte Ferne mit rostbraunen, schwarzgrün gefleckten Wäldern und roten Ziegeldächern und blauem Herdrauch. Zwischen der Ferne und den Feldern, auf denen kleine Menschengruppen zerstreut waren, lag eine langgestreckte Vorstadt, wie eine Zunge, mit der die Stadt weit ins Land hinaus leckte. Sonst hatte sie ein heftig pulsendes Leben von Hämmern und Schlägen von Eisen gegen Eisen, heute brachen sich nur vereinzelte blecherne Töne von ihr los. Ein Gurren und Grunzen wildvergnügter, taktfester Tanzmusik. Es war, als wolle sie den ganzen Abend in ihren Polkarhythmus zwingen.

Das einsame Kreuz stand da, nicht weit von dem Bahneinschnitt, durch den jetzt ein Zug kam, von einer schnaufenden Lokomotive gezogen, die recht grimmig dreinsah, damit man nicht merke, wie gutmütig sie im Grunde sei, und daß alle Witze wahr seien, die man sich von ihr erzählte. Auf dem kleinen überfrorenen Wassertümpel unten in der Ziegelei hatten die Buben eine Schleifbahn. Sie fegten nach kurzem Anlauf hintereinander her, mit ausgebreiteten Armen balancierend. Einer, der einen Schlittschuh hatte, war der König. Er gesellte sich nicht zu den übrigen und übte für sich seine einseitigen Künste.

Standera sprach von politischen Dingen. Ging neben Gustav her, mit festgewachsenen Händen, und stürzte die Regierung. Der Staat Österreich wackelte, und der ganzen tschechischen Nation waren die Hosen angespannt und wurden gründlich durchgeledert.

Gustav hörte ihm kaum zu. Er war an die Landschaft festgesogen und trank die Zuversicht und Ruhe, die aus ihr strömte. Es war ihm, als müsse ferne, irgendwo am Ende der Welt, doch auch für ihn ein wenig Glück sein.

Sie waren sachte von den Feldern herabgeschritten, der langgestreckten Vorstadt zu, und kamen über ein glattes, schwarzes, nasses Bahngeleise zwischen niedrige Häuschen. Auf einmal standen sie vor dem Wirtshaus, von dem aus der Polkarhythmus den ganzen Abend unterwerfen wollte.

Es war die richtige Strampelmusik. Das wichtigste waren die Baßposaune und die Pauken. Die waren die Grundfesten und hielten die ganze musikalische Sonntagsherrlichkeit zusammen. Sie zerfurchten Weltall und Menschheit und säten in die zerrissenen Eingeweide des Kosmos die raschwüchsigen Oberstimmen. Denn was sich da oberhalb der Baßposaune und Pauke bewegte, war nur ein ungegliedertes Geranke, ein Tondickicht, aus dem manchmal ein unvermuteter Klarinettentriller hervorbrach, wie Ziethen aus dem Busch.

Das Tongeranke wucherte üppig aus den rotverhangenen Fenstern des Tanzsaales. Der Polkarhythmus aber sprang herausfordernd aus der Türe, nahm den vornehmen alten Herrn, den Abend, um die Hüften und hopste mit ihm in der Dorfstraße herum.

Gruppen von jungen Burschen und kurzröckigen Mädchen standen draußen, ließen sich den Rhythmus in Blut und Füße strömen und starrten neiderfüllt auf das verwunschene Schloß der Freuden.

Gustav sah auf und las die tschechische Aufschrift über der Türe. Sie lautete »Restauration zum Hadschi Loja«. Das sah in der berühmten tschechischen

Rechtschreibung so wunderlich aus, daß sich jeder Seelenzustand in ein Lachen lösen mußte. Aus dem Namen des Bosniaken war ein System von Haken und Strichen geworden.

Das war also der musikerfüllte Tempel der bereitwilligen Vorstadtvenus, in dem die Dienstmädchen mit der bewaffneten Macht zusammentrafen. Hierher flogen die Sehnsüchte des Wochentages. Hier lösten sich alle Unzufriedenheiten und alle Zwistigkeiten mit der Herrschaft in kleine, leichtgekräuselte Seufzer, in Kichern, in schweißtriefende Verklärtheit, in den feuchten Schimmer der Augen und die Hingebung an den Tanz. Die Restauration zum Hadschi Loja hatte einen gewissen Ruf und Namen auch unter den bürgerlichen Schichten der Tschechen. Wer fürs Volkstümliche war, kam hierher, um eine Stunde zuzusehen. Der Wirbel war bunt und lustig. Der unternehmende Jüngling aus dem Handelsstand hatte Aussicht, unter günstigen Umständen durch seine Eleganz ein rasch entflammtes Herz und eine Hand in feuchtem Zwirnhandschuh zu gewinnen.

Standera schritt die fünf Stufen hinan und legte die Hand auf die Türklinke. »Du willst hinein?« fragte Gustav.

»Komm nur ... so weit geht die Feindschaft nicht,« meinte Standera.

Zuerst sah man wenig mehr als einen Urnebel, in dem sich Formloses wälzte. Es war wie am Morgen der Zeiten. Nach und nach schob es sich aus Rauch und Staub: steif gestärkte Röcke, rund um festgefügte Waden, das Sonntagskleid der besseren Mädchen mit zwanzig Kronen Lohn und sechs Kronen Nachtmahlgeld, blauer Rock und weiße Battistbluse und ab und zu ein Stubenmädchen, das sich herabgelassen hatte, in pompöser Überlegenheit. Alles bunt mit Waffenröcken gemischt. Rote Gesichter quirlten durcheinander, schmiegten sich strahlend an breite Schultern.

Aus dem Polkarhythmus war ein Walzertakt geworden. Das Hopsen wandelte sich in Schleifen und Drehen. Die Welt der Zwirnhandschuhe und der Virginier bewegte sich nach neuen Gesetzen. Es schlürfte und surrte und wolkte dahin. Ganz in der Mitte des Saales tanzte ein langer Korporal mit einer hingegossenen Maid fast auf demselben Fleck.

Gustav und Standera hatten sich durch die drehende Welt gewunden und standen an der Wand.

Jetzt tat die Baßposaune noch einen mächtigen Schnarcher und die Klarinette endete erschrocken mitten in einem Triller, der auf mehr berechnet gewesen war. Der Walzer war zu Ende.

»Jetzt trinken wir ein Glas Bier,« sagte Standera, »da im Extrazimmer.« Ein krummer Blick schnellte über Gustavs Gesicht.

Das Extrazimmer lag mit weit geöffneten Flügeltüren neben dem Tanzsaal. Die Tische waren für die besseren Gäste weiß gedeckt. Man sah sogleich, daß es hier sogar eine Speisekarte gab.

Gustav tat einen Schritt voran und blieb plötzlich stehen. Es war auf einmal hartes, klingendes Glas um ihn ausgegossen, das Schritt und Atem festhielt. Nur sehen konnte man mit grausamer Deutlichkeit.

Da saß Steffi an einem kleinen Tisch. Und neben ihr ein junger Mensch mit einem hübschen, regelmäßigen Gesicht, frisch, kühn und lustig wie ein junger Ringkämpfer. Im Knopfloch trug er eine kleine weißblaurote Rosette. Er hatte die Hand auf Steffis Arm gelegt, war zu ihrer Schulter geneigt und flüsterte ihr lachend etwas zu. Und Steffi lachte zurück, mit geschürzten roten Lippen und matt schimmernden Zähnen. Tausend Vertraulichkeiten sprachen aus diesem Lachen. Seine Hand lag auf ihrem Arm mit dem Stolz und dem Übermut des Besitzers.

Ein Gefreiter stand plötzlich vor Gustav, grinste und reichte ihm einen blechernen Doppelliter. Hinter ihm stand ein anderer Krieger mit einem Teller, der mit einer Serviette überdeckt war. Es war eine freundschaftliche und volkstümliche Methode, das Bier im Tanzsaal nicht ausgehen zu lassen.

»Trink!« flüsterte Standera.

Gustav regte sich. Die gläserne Umhüllung zersprang klirrend. Gustav trank, über den Rand des Blechgefäßes sah er Steffi. Sie rückte unruhig, wandte den Kopf, und in ihre Augen kam ein jäher Schrecken. Es war, als wolle sie aufspringen. Der junge Mann neben ihr nahm langsam die Hand von ihrem Arm und sah sich um, sein Blick glitt gleichgültig über die Gruppe an der Türe und kehrte zu ihr zurück.

Gustav setzte ab und holte tief Atem. Der Soldat nahm den Doppelliter an sich und sagte, der Herr habe einen guten Zug, er sei sicher beim Militär gewesen. Gustav zog seine Börse hervor und schob eine Münze unter die Serviette des hingehaltenen Tellers.

»Gehen wir!« sagte er.

Steifgestärkte Röcke, Schweißgeruch und Staub – dann polterte und trampelte der Polkarhythmus hinter ihnen her in der Nacht.

Da war das Bahngeleise, das sie überschritten hatten. Vor wieviel Jahren doch? Gustav las auf einer Tafel, grell im Schein einer gegenüberstehenden Laterne: »Achtung auf den Zug!« Gut ... gut, dachte er, man wird schon Achtung geben, wenn man nicht geradezu lebensüberdrüssig ist.

Im Hohlweg war der dünne Schnee zertrampelt. Sie kletterten die Böschung hinauf und gingen oben auf den Rändern, jeder auf einer anderen Seite. Zwischen ihnen lag ein schwarzer Riß, ein Spalt, und wenn man nicht gewußt hätte, es sei nur ein Hohlweg, so hätte man glauben können, er gehe bis zum Mittelpunkt der Erde.

Aber dann verflachte der Einschnitt, der Hohlweg wurde wieder ein gewöhnlicher Feldweg, und sie gingen nebeneinander her. Es war dunkel um sie, nur über den Vorstädten hinter ihnen und vor ihnen hing rötlicher Schimmer. Das Gestänge des Windmotors war plötzlich vor diesem Schein gekreuzt, man ging am zackigen Bruch der Lehmgrube hin.

Das einsame Kreuz reckte sich aus dem Boden. Bis hierher reichten Baßposaune und Pauke mit ihrem Strampelrhythmus.

»Wann willst du fort ...?« fragte Gustav.

»Gleich! Ich bin fertig,« sagte Standera hastig, »meinetwegen morgen früh ...«

»Ja ... ja ... morgen früh ...«

»Willst du denn mitgehen?«

»Ja ... ich gehe mit.«

»Und wirst du –«

»Wo treffen wir uns? Hier oben ... bei dem Kreuz ...«

»Auf dem Bahnhof nicht?« Standera war atemlos.

»Nein! Nicht auf dem Bahnhof! Nicht mit der Eisenbahn! Wir wollen zuerst ein Stück laufen.«

Standera überlegte. Es war am Ende besser, wenn man nicht mit der Eisenbahn fuhr. Wenigstens im Anfang nicht – falls man etwa gesucht würde. Und die Hauptsache war, daß Gustav losgeeist wurde. »Gut,« sagte er, »also wir wollen laufen. Hier bei dem Kreuz treffen wir uns! Aber ganz zeitig früh!«

»Um fünf Uhr!«

»Gut – um fünf Uhr. Aber kommst du bestimmt?«

»Ich komme!« Gustav ließ Standera stehen und schritt querfeldein abwärts in die Finsternis, dem rötlichen Baldachin über schwarzem, gezacktem, von Lichtpunkten durchbohrtem Häuserwerk zu ...

Auf dem Tisch stand das unvermeidliche Nachtmahl: Wurst und Bier. Frau Gruber saß mit den Händen im Schoß. Sie hatte Angst vor der kommenden Woche. Das Bräuhaus würde pünktlich seine Rechnung schicken.

Gustav machte so seltsam sinnlose Handbewegungen über dem Nachtmahl, wie an jenem ersten Abend ...

Er ließ die Hände sinken. Dann hob er sie wieder und deckte das Gesicht mit ihnen.

»Was hast du?« fragte die Mutter.

»Hast du es gewußt?« Gustav nahm die Hände nicht vom Gesicht, aber die Mutter sah dennoch das nagende Leid. Also heute – heute hatte er es erfahren müssen.

»Was denn?« fragte sie. Ein törichter Gedanke: vielleicht meinte er etwas anderes.

»Warum hast du es mir denn nicht gesagt? Ich bin zum Gespött geworden ...« Alles zitterte und schwamm vor Frau Grubers Augen. Gustavs Kopf und Hände zuckten und zerflossen. »Schau, Gustav, ich hab' geglaubt ... mach' dir nichts daraus, wenn sie dich so bald vergessen hat ...« Dann schwieg sie. Auf der ganzen weiten Welt war kein Wort mehr, das man hätte sprechen können.

»Ja!« sagte Gustav, nahm die Hände vom Gesicht, das sehr seltsam ruhig war. Er stand auf und ging zur Kommode. »Du hast recht!« Er hob einen kleinen gläsernen Stiefel empor; auf dem ein von Fichtenzweigen und Weidenkätzchen umrahmtes Stadtbild war. »Gruß aus Olmütz« stand darunter. Gustav hielt das gläserne Ding gegen das Licht und steckte es dann in den Sack.

»Ich gehe noch aus!« sagte er.

Frau Gruber sah ihn flehend an. »Kommst du bald zurück?«

»Ja!« Er trat vor die Mutter, mit hängenden Armen und unsicherem Blick. Etwas Unbekanntes umgab ihn, etwas Angsterregendes. Seine Arme schienen sich heben zu wollen, sanken wieder.

»Gute Nacht!« sagte er.

Sie blieb allein mit dem heiligen Aloisius. Mit dem verstand sie jetzt schon zu sprechen, wie mit einem hohen Herrn, der einem viel Güte entgegenbringt. Man ging immer getröstet von ihm. Frau Gruber schlief zuerst sehr unruhig. Mitten in der Nacht war es ihr, als höre sie Gustav zurückkommen. Da gab sie sich erst an den Schlaf hin ... bis in den Montagmorgen hinein.

Aber, als sie erwachte, da sah sie, daß Gustavs Bett leer und unberührt war ...

* * *

Es hatte den ganzen Tag geschneit.

Jetzt war das rechte Winterwetter da, daß man keinen Weg mehr sah, und der Wald sich unter Schnee bog. Die Bauern zogen die Schlitten aus dem Wagenschuppen und hingen kleine Glocken an das Pferdegeschirr, damit man morgen zur Kirchfahrt das richtige Geläut hätte.

Der Sonnenwirt von Hochdorf im Waldviertel fegte einen Weg von der Türschwelle durch den Vorgarten bis auf die Straße. Die Weiberleut' hatten keine Zeit, die waren in der Küche und beim Baumputzen. Als der Wirt fertig war, wischte er die Stirne, stellte den Besen in die Ecke neben der Türe und stand auf seiner Schwelle. Er sah aus wie die gute, alte Zeit, und das war die Besonderheit, die sein Wirtshaus vor den anderen Wirtshäusern ringsum auszeichnete. Die nobeln Leute mochten in die Hotels laufen; ihm waren die Touristen lieber, die hatten Hunger und Durst und freuten sich, wenn man »Grüaß Gott« sagte.

Es hatte aufgehört zu schneien, und im Westen schob sich unter die Schneewolken ein schmaler grellroter Streif. Morgen würde es angehen mit Rodeln und mit Skiern. Sie mochten kommen, die Speisekammer war voll mit hausgemachten Leber- und Blutwürsten und mit wacholdergewürztem Selchfleisch, von denen er gestern ein kleines Wäglein voll aus der Stadt gebracht hatte.

Er trat ins Haus zurück und ging durch die leere Gaststube ins Nebenzimmer, wo die Marie und die Mily den Baum putzten.

»Seid's fertig?«

Sie waren fertig. Der Wirt stieg auf einen Sessel und begann die Kerzen anzuzünden. Die Fratzen warteten nebenan und trommelten jeden Augenblick an die Türe. Jetzt wurde es still. Hochleitner wußte, jetzt lagen sie auf dem Bauch und versuchten durch den Spalt unter der Türe zu sehen. Zärtliche Vatergefühle, ganz ungewöhnliche Seelenbesuche, tanzten einen schwebenden Weihnachtsreigen auf Wolken von Duft gebackener Karpfen. Die kamen aus der Küche und zogen selig verklärt durch das ganze Haus. Ein durch Fasten sehr erlösungsbedürftig gestimmter Magen sang: »Hosianna in der Höhe.«

Und nun war das Warten zu Ende.

Die Mutter kam aus der Küche, krebsrot, mit umgeschlagener Schürze, deren Zipfel vorn im Bund steckte. Hinter ihr quoll es braun und blau, Schwarzfisch und Backfisch, Gewürznelken und Zimt und Anis, hundert Versprechungen in gasförmigem Zustand.

Jetzt klingelte der Vater mit der Glocke, die man der Bleß abgenommen hatte, als sie vom Fleischhauer geholt worden war. Und das Fratzenwerk stürmte das Geheimnis.

Und stand ...

Wie alle Jahre! Als ob man einen Himmelsvorhang beiseite gezogen hätte, damit man einen Blick in die ewige Seligkeit werfen könne. Der eine Baum hatte sich vervielfacht in all' den Augen ringsum. In den Augen der Marie und der Mily brannte er ebenso hell wie in denen der Kinder, obzwar sie achtzehn und neunzehn waren und den Baum selbst aufgeputzt hatten.

Dann durften die Geschenke angesehen werden. Der Weihnachtsengel beim Sonnenwirt war ein naher Verwandter von Sankt Praktikus und brachte nichts Überflüssiges. Da hatte alles seine Beziehung zum Bedarf des Tages und der Arbeit. Die Wintersachen, die man sonst ohnehin hätte kaufen müssen, lagen als Geschenke unter dem Baum. Marie und Mily kriegten jede Leinwand auf sechs Hemden und ein Dutzend Sacktücher für die Ausstattung.

Und dann begannen die Schüsseln ihre Wanderung aus der Küche ins Gastzimmer. Unter der großen Hängelampe war der Tisch gedeckt. Heute war kein Gast zu erwarten.

Der eiserne Ofen mitten in der Stube spie Feuer. Sein langer, rechtwinklig gebogener Arm reichte durch das ganze Zimmer. Manchmal, wenn das Feuer gar zu gierig in seinen Eingeweiden tobte, knackte es wild elementarisch in seinem rotglühenden Panzer.

Der Sonnenwirt bekam den Rogen aus der Fischsuppe und alle Kopfstücke. Er stach bedächtig die aufgequollenen Augen heraus und freute sich, daß der Trockenrahmen über dem Ofen leer war.

Aber da tat sich die Türe auf, und es kamen zwei Kerle herein, die sahen gerade so aus, als wären sie aus einer Weihnachtskrippe ausgekommen. Zwei Gesellen vom Felde, die die Botschaft vernommen haben, zwei Gesellen im realistischen Stil. Sie brachten Schneegeruch und frische Luft von den Feldern, über denen die Engel jubilierten. Aber sie suchten nicht den neugeborenen König der Juden, sondern Abendessen und Nachtquartier. Mit ihren rotgebeizten Gesichtern und den Winterröcken, in deren Falten Schnee lag, sahen sie eigentlich aus wie Einkrügelgäste. Beim Sonnenwirt war der Sweater und die kurze Hose die richtige Empfehlung, nicht der Stadtwinterrock.

Aber als sie dann aus den Röcken geschält waren, zeigte es sich, daß sie guter Behandlung würdig schienen. Wenigstens der eine von ihnen. Der Sonnenwirt erinnerte sich, daß er die gute, alte Zeit vertrat. Warum denn die Herren abseits säßen, sie könnten doch auch ganz gut am großen Tisch Platz nehmen und ein Stück Fisch mitessen. Der Sonnenwirt überschlug dabei mit genialischer Geschwindigkeit, daß er für ein Stück Fisch, bei diesen teueren Zeiten und am Familientisch genossen, ganz gut eine Krone sechzig Heller rechnen dürfe.

Der eine, der Untersetzte, mit dem Wimmerlgesicht, machte nicht viel Umstände. Etwas zögernd folgte der andere mit dem schwarzen Haarbüschel in der Stirne.

»Dös tut halt wohl, wann mr unter lauter Deutschen is,« sagte der Untersetzte, »da g'freut an das Leben erst.« Er sprach eine Mundart, deren Farbe noch nicht ganz trocken war. Man hätte nicht viel hintupfen dürfen.

Als die Tischgesellschaft staunte, daß er aus einer Gegend käme, wo es auch andere Menschen gab als Deutsche, begann er zu erzählen. Wildbewegte Geschichten von Mord und Todschlag, von Brand und Plünderung, von reitender Polizei und scharfen Schüssen. Es war, als lese man in einer alten Chronik von Trenckhusaren oder Pappenheimischen Reitern. Die Luft um den Erzähler gerann fast und stockte vor dem Wirbel seiner Worte, wie die Milch gerinnt, wenn man darin herumbuttert. Jede dieser Geschichten hatte einen Helden, und das war der Erzähler.

Wie Othello saß er da, nur nicht ganz so schwarz, und Mily war die Desdemona, nur nicht ganz so weiß und zärtlich.

Marie aber hatte es der schwarze Haarschopf des anderen jungen Mannes angetan, und wenn sie sich auch von den Abenteuern des Erzählers gepackt fühlte, so gingen ihre Blicke und ihre Neigung doch unaufhaltsam zu seinem Nachbarn.

Weit erstaunlicher noch als die Geschichten aus dem europäischen Hinterland war aber, daß der Erzähler nicht an einer Fischgräte erstickte. Denn er aß und sprach zu gleicher Zeit und angelte mit den Fingern die Gräten aus seinem Mund, mit derselben Behendigkeit, mit der er etwa bei einem Kampf sieben Ohrfeigen austeilte, bevor der Feind hatte einen Finger rühren können.

»Ja, davon wiss'n mir halt nix,« sagte der Wirt, niedergedrückt davon, daß Hochdorf so ganz abseits von der Welt lag, wo die großen Dinge geschahen.

Später, als der kriegerische Geist erschöpft war und alle Gemüter voll Blut und Ohrfeigen und Stockprügeln und dem Geklirr eingeschlagener

Fenster, zog der Wirt das Grammophon hervor. Zuerst schnarchte ein berühmter Komiker einen humoristischen Vortrag aus dem Trichter. Da kam das Lachen als Balsam auf die Erschütterungen der Seelen.

Und dann kam die Musik.

Ein Walzer dudelte und krächzte um den rotglühenden Eisenofen und schlang seinen Rhythmus um den rechtwinklig abgebogenen schwarzen Eisenarm, um Tische und Bänke und Herzen.

Der Wimmerlothello sprang auf und zog Mily ins Gewoge.

Marie rückte dem schweigsamen jungen Mann näher, dem der schwarze Haarschopf in die Stirn hing.

»Sie tanzen nicht?« fragte sie.

Da stand der junge Mann auf, nahm das Mädel um die Hüften und tanzte wild und toll wie in einem Krampf, daß Marie der Atem ausging. Sie strömte ihre geheimsten Wünsche an seine Brust hin, sie war aufgelöst in bange Seligkeit. Dann saßen sie um den Tisch und tranken Unterretzbacher, der so hell und goldig war wie ein Kindergemüt, nur nicht ganz so harmlos.

Bis die Grammophonplatte wieder unter dem Stahlstift wirbelte und ein neuer Walzer aus dem Trichter stäubte.

Das war der Weihnachtsabend.

In der Nacht knarrte die Türe der Mädchenkammer. Der Sonnenwirt hörte es in halbem Schlaf. Aber er vertrat die gute, alte Zeit und die bäuerliche Einfalt und legte sich auf das andere Ohr ...

Als Standera und Gustav am Morgen eine halbe Stunde gewandert waren, wich der Wald links und rechts zurück und gab eine blaue und goldene und weiße Schneewelt frei, die von schwarzen, willkürlichen Ornamenten verziert war. Ganz unten auf dem Abhang, auf dessen Rand sich die Straße hinzog, krabbelte etwas auf langen Hölzern durch den Schnee.

Sie waren stehengeblieben und sahen hinaus.

Gustavs Lungen waren ganz von reiner Winterluft erfüllt. In seinen müden Augen lag großer Glanz, fast schmerzhaft. Er zog ein gläsernes Ding aus der Tasche hervor, das sah wie ein kleiner Stiefel aus.

Die Sonne goß es mit klarem Gold aus. Dann schleuderte er es in weitem Bogen von sich. Es flog in schöner Kurve gegen den Himmel, als wolle es an der kleinen weißen Wolke da oben im Blau hängenbleiben. Dann sank es der Erde zu, von der es stammte, und verschwand weit unten im Schnee.

Gustav dachte: wer es wohl im Frühjahr finden wird? Ein Hirtenjunge ... oder ein kleines Mädel, das es nach Haus nimmt und auf seiner Kommode aufstellt ... unter einem Heiligenbild?

Standera überflog mit einem krummen Blick Gustavs Gesicht, und unter den Wimmerln lief ein Grinsen hin. Aber er sagte nichts.

*

Gegen Ende des Jahres kamen sie nach Kaiserbrunn.

Wien lag hinter ihnen, in dem es einen heftigen Streit gegeben hatte. Standera hatte nicht übel Lust gehabt, sich zu erholen und wenigstens einen von den tausend Bechern zu leeren, die das Leben hier schäumend entgegenhielt. Aber für Gustav war Wien eine Stadt, die erfüllt war von den Gespenstern der Erinnerungen. Er bestand darauf, den Weg ohne Aufenthalt fortzusetzen.

Standera mußte sich fügen, denn Gustav hatte das Geld. Aber er tat es nicht ohne Widerstand und erst nach einem mächtigen Schimpfen über die blödsinnige Fußhatscherei mitten im Winter.

Jetzt waren sie zwischen Schneeberg und Rax. Die hatten prunkvolle Mäntel aus Schnee übergeworfen, daß nur an einzelnen Stellen die nackten Abstürze hindurchsahen, und die Schleppen reichten bis ins Tal. Zwischen den Schleppenenden lag ein Häuflein von Häusern.

Standeras zorniger Mißmut war an diesem Tag wüst ins Kraut geschossen.

»Jetzt hab' ich's satt ... schau dir meine Stiefeln an. Da rinnt's rein und da raus. Meine Füße sind wie Eiszapfen. Es ist eine Schinderei. Wenn ich mit einem Schnupfen davonkomm', so ist es das reine Wunder.«

Es war richtig, Standeras Schuhe klafften wie lechzende Entenschnäbel. Gut, meinte Gustav, sie würden hier über Nacht bleiben und die Stiefel sofort zum Schuster schicken. Morgen würden sie fertig sein und sie könnten weiterwandern.

»Wie weit denn noch?« jammerte Standera.

Wie sie es verabredet hatten, bis Mürzzuschlag. Dort wollten sie dann in die Eisenbahn steigen und bis Triest fahren. Jetzt würde es ja erst recht schön, hier zwischen den Bergen. Morgen würden sie bei der Singerin sein und abends ...

»So ein Blödsinn,« schnaufte Standera, »es fällt ihnen gar nicht ein, uns zu verfolgen. Hast du etwas in den Zeitungen gelesen? Nicht ein Wort. Es ist aufgelegte Narretei ... so eine überspannte Vorsicht.«

Gustav gab keine Antwort. Sollte er dem Genossen sagen, daß er wandern wollte und wandern mußte, um am Abend todmüde zu sein und das Grauen der Nächte nicht fürchten zu müssen?

Sie stiegen hinter dem Stubenmädchen her, das schlank und schnell über die düsteren, noch nicht erhellten Treppen lief. Am Ende eines Ganges schloß das Mädchen eine Türe auf. Das Zimmer sah sie an, fremd und kalt und nüchtern. Verdrossen und grau sank der Tag vor dem Hoffenster.

»Brauchen Sie etwas?« fragte das Mädchen aus kalter Dämmerung.

»Waschwasser, bitte,« sagte Gustav.

Sie stand einen Augenblick, wie horchend, als sei ihr etwas Seltsames befohlen worden. Dann schritt sie zum Waschtisch, nahm den Krug und ging hinaus.

»Du ... die ist fesch,« sagte Standera, »soviel man in der Finsternis sehen kann.« Er saß auf dem Bettrand und zwängte ächzend die Schuhe von den Füßen. »Geh', zünd' die Kerze an, damit man was sieht, wenn sie kommt.«

Die Kerze fraß ein kreisrundes Loch in die Dunkelheit, von dessen Rand ein gelbrötliches Flimmern über die Schatten bis in die Ecken lief. Dort krabbelte es noch wie feinste, goldene Pinselhärchen am Ufer der absoluten Finsternis.

Gustav trug das Licht in Händen und wollte es eben auf den Waschtisch setzen, als das Mädchen mit dem Waschwasser kam. Sie neigte den Krug über die Schüssel, das Wasser rann in breitem Bogen aus dem Schnabel. Eine Menge von Licht schwamm auf diesem Bogen mit.

Gustav hob die Kerze. »Sofka!« sagte er, das klang wie ein Streichen von rauhen Händen über Seide, rissig und weich zugleich.

Sie neigte den Krug zurück, daß der Wasserbogen brach, und hob langsam den Kopf. Langsam sank auch der Arm mit der emporgehobenen Kerze. In diesem Augenblick waren die Lippen der beiden Menschen nur um einer kleinen Regung Breite voneinander entfernt. Diese Stunde war ein Tor, das hatte Gustav gefühlt, als er in das Zimmer trat. Wohin führte das Tor dieser Stunde?

Standera war plötzlich da, aus Vergessenem emporgewachsen. Mit einem nassen, klaffenden Stiefel in der Hand stand er da und starrte dem Mädchen ins Gesicht.

»Meiner G'selcht's,« sagte er, »das Fräulein Sofka aus Pankrazien! Ah – da legst dich nieder.«

Sie wandte sich langsam und schwer zu ihm: »Ja – sehen Sie, was man nicht alles erlebt, nicht wahr?« Das waren ganz unbelebte Worte, aus einem Vorrat wahllos herausgegriffen.

Standera zog den schuhlosen Fuß in die Höhe. In seinen durchnäßten Strümpfen fror es ihn auf dem kalten Boden. Durch die abstehenden Ohren schimmerte das Licht der Kerze auf dem Waschtisch. In seiner grobschlächtigen Seele war keine Ahnung davon, daß er sich hier keineswegs auf der Höhe befand.

»Ja, Sie müssen uns erzählen ... alles,« sagte er mit schleimiger Begeisterung, »wir werden Sie verstehen. Wissen Sie, wir sind nämlich Globetrotter.«

Irgendwo, weit hinten im Weltall, klingelte es unangenehm schrill.

»Entschuldigen Sie,« sagte das Mädchen und schickte sich an zu gehen.

»Aber Sie kommen nachher hinunter, wenn Sie hier fertig sind. Wir warten auf Sie. Werden Sie kommen?«

»Ja,« sagte Sofka, nahm den Blick zurück, der mit dem Gustavs verschränkt gewesen war und ging.

»Das is ein Mädel, Sapperment,« staunte Standera hinter ihr drein. »So ... was ... so ein Mädel.« Er konte sich nicht beruhigen, fand den Zufall äußerst freundlich und meinte, es sei dem Mädel immer schon anzusehen gewesen, daß sie einmal durchgehen werde. Sie habe so etwas in ihrem Wesen gehabt ... so etwas Merkwürdiges ... aber er hätte nicht gedacht, daß er sie einmal als Stubenmädel finden würde. Dazwischen ächzte er vor Anstrengung, balgte sich mit dem zweiten Stiefel, und als er ihn endlich abgezogen hatte, schleuderte er ihn mit einem mit Türken und Kruzinesern gespickten Donnerwetter von sich.

Dann wurde der Hausknecht gerufen. Er übernahm die Stiefel und gab an Standera einstweilen ein Paar Schlapfen mit herabgetretenen Fersen ab.

»Wir müssen in die Schwemme gehen,« sagte Gustav, als sie unten im Hausflur standen, unschlüssig, ob sie sich nach links oder nach rechts wenden sollten.

Standera begriff, Sofka würde ins Extrazimmer nicht kommen können. Dort war alles Glanz und Gloria und weißgedeckte Herrlichkeit.

Auf der anderen Seite des Flures war der Bereich der grün gestrichenen Tische.

In einer Ecke saßen zwei Holzknechte und ein Heger.

Gustav und Standera setzten sich einander gegenüber, und der Platz zwischen ihnen, an der Schmalseite des Tisches, war für Sofka aufgehoben.

Standera rührte im trüben Brei seiner Pankrazer Erinnerungen. Er sprach von seinem Aufenthalt wie von einer hohen Schule des Lebens.

»Hast du damals wirklich nichts mit der Sofka gehabt?« fragte er.

»Nein!«

»Hast also keine Ansprüche auf sie?« drang Standera weiter vor. Ein krummer Blick klebte einen Moment auf Gustavs Gesicht. Gustav merkte, daß Standera der Hochdorfer Erfolg zu Kopf gestiegen war. Er wußte zuerst nicht, was er sagen sollte. Endlich zuckte er die Achseln: was für Ansprüche sollte er haben?

Nun saß Standera freudiger Erwartung voll bis zum Rand. Aber diese Erwartung wurde immer dünner und durchscheinender, je weiter der Stundenzeiger auf dem Zifferblatt der Schwarzwälder Uhr rückte.

Sofka kam nicht. Nur einmal, als die Türe aufging, war es wie ein flüchtiges Wehen eines Kleides draußen auf dem Flur. Die Zeit drang mit festen Schritten in die Nacht hinein.

Die beiden Holzknechte erhoben sich und gingen. Der Heger begann ein bierschweres Gespräch über drei Tische hinüber, mit woher und wohin und Betrachtungen über diesen und die vergangenen Winter, über Wildschäden und Touristenunfug, der Heger war einer von denen, die sich freuten, wenn sich jemand in den Looswänden den Hals brach.

Zuletzt aber wurde es auch ihm zu spät, und er tappte zur Tür hinaus.

Standera saß zusammengesunken und mürrisch. Die Erwartung war in Müdigkeit aufgelöst und seine Sinne schwammen haltlos. Ganz kleine, rotgeränderte Augen zwinkerten machtlos.

»Die Gans, die blöde,« sagte er, »was glaubt denn die von uns!«

Und nach einer Weile: »Gehen wir! Sie kommt ja nicht.«

»Geh' nur,« sagte Gustav, »ich möchte nur meiner Mutter einen Brief schreiben. Dann komm ich auch.«

Jetzt war es Standera, als sollte er vielleicht doch noch warten. Aber Gustav weckte den schlafenden Kellner und bat um Briefpapier und Feder.

Als Gustav zu schreiben begann, brummte Standera etwas, erhob sich und schlappte hinaus.

Nun ging die Feder langsam knirschend über das Papier. Das Ticken der Uhr war wie an Gustavs rechter Schulter. Es waren leere Worte, die sich da reihten, eines zog das andere wie an Händen aus dem Dunkel, aber sie hatten alle geschlossene Augen und blasse Stirnen.

Die Türe hinter Gustavs Rücken ging, Flurkälte wehte heran.

Jemand fragte: »Wem schreiben Sie da?«

Gustav sah über die Schulter in Sofkas Gesicht: »Meiner Mutter!«

Sie saß schwer auf den Platz nieder, der ihr bestimmt gewesen war. Legte die Arme weit über den Tisch und faltete die Finger ineinander.

»Warum kommen Sie so spät?« fragte er.

»Ich habe gewartet, bis der andere fort ist.«

Gustav schob den Briefbogen von sich. Die Feder rollte über den Tisch, bis vor Sofkas Finger. Sie besah sie, wie ein merkwürdiges Ding, von dem viel abhängt.

Fragen strömten ineinander, unausgesprochene Fragen. Sie stiegen wie Luftblasen aus dunkeln Gründen, und wenn sie an der Oberfläche angelangt waren, so zergingen sie ins Wesenlose. Aber noch standen ihre Schemen ringsum und starrten. Endlich begann Gustav zu sprechen. Daß Hükkel gestorben sei ... Er wunderte sich, daß er gerade damit begann. Und auf einmal fragte er doch: wie denn das gekommen sei?

Da war es, als wehrte Sofia mit verbissenem Trotz etwas von sich; nicht anders, als es eben immer zu kommen pflege! »Man läuft in die Welt hinein und glaubt, sie warten schon auf einen. Hinter jeder Ecke steht eine Tür und oben darauf ›Willkommen‹, und wenn man zu jemand kommt: ›ich bin die und die und empfehle mich gehorsamst zu Ihren Diensten‹, dann sagt er: ›Gott sei Dank und Sie kommen wie gerufen. Setzen Sie sich und fangen Sie nur gleich an!‹ Nein – mein Lieber. Es gibt zu viel Menschen auf der Welt. Und was ich kann, das können tausend andere auch. Da muß man nehmen, was kommt ... denn schließlich: man will leben.«

Sie sah Gustav an, feindselig, zornerfüllt, als trage er irgendwie die Schuld an alledem. Er wollte sagen, daß es doch nicht anders geworden wäre, wenn er ihr nachgegeben hätte. Im Gegenteil, noch viel schlimmer –

Da war aber auch schon der Grimm aus Sofkas Gesicht geglitten, und ihre verkrampften Finger lösten sich. Der Blick ihrer Augen war eine Bitte, es war, als lege sie einen weichen Mantel um sich und um Gustav zu gemeinsamer Umhüllung. Sie waren ganz enge beisammen.

Hinten im Haus rumorte es.

Der Kellner im Eck tat einen jähen Schnarcher, der plötzlich abbrach. Sie sahen sich um. Er saß da, ganz willenlos in Schlaf gelöst; der Kopf war auf die Brust gesunken, über der sich das fleckige Hemd bauschte, eine Hand lag auf der Tischplatte, die andere hing zwischen den weit geöffneten Knien herab. Die gekrümmten Finger auf dem Tisch zuckten in seltsamen Reflexen.

»Mein Gott, wie spät es geworden ist,« sagte Sofka. »Und Sie ...?« fragte sie nach einer Weile.

Gustav suchte in der Wirrnis. Und er? Nun – er habe Arbeit gefunden. Aber es habe ihn daheim nicht gelitten. Und nun habe er einen Posten in Graz bekommen ... ja, in Graz.

»Und dieser Mensch, mit dem Sie da sind ... ist das Ihr Freund?«

»Nein,« sagte Gustav hastig, »er wandert nur mit mir ... ein Stück ... er geht nach Cilli ... die Feiertage über ... mit dem neuen Jahr treten wir ein.«

Sofka erhob sich langsam. Sie müßte morgen bald aufstehen und sie sei müde. Aber in ihren Augen war ein Flackern.

Sie nahm eine Kerze aus der Küche und leuchtete die Stiegen hinan. Auf jeder Stufe drehten sich die Schatten seltsam um sie her. An ihren Füßen festgewachsen, strebten sie von ihnen fort zu grotesken Tänzen und Verschlingungen.

Vor einer schmalen Türe machte Sofka Halt.

»Hier schlafe ich!« sagte sie.

Beider Atem ging schnell. In Sofkas Augen war dieses Flackern, das sprühende Funken auszusenden schien. Die Finger ihrer Hand, die leicht in der Gustavs lag, bewegten sich.

In ihm war etwas Spitzes, Bohrendes. Es brach sich schmerzlich Bahn. »Sofka ... ich weiß ... Sie haben Unglück gehabt ... es ist Ihnen gegangen wie jedem armen Mädel ...« Was wollte er nur? Um Himmelswillen, was wollte er nur? ... Warum sagte er das nur?

Die Finger aus seiner Hand waren fort. Sofka stand vor ihm und hob die Kerze hoch. Das Licht floß über ihren Arm, über ihre Schultern, über ihr Gesicht. Nur Augen und Mund lagen im Schatten. Ganz starr war dieses Gesicht im fließenden Licht. Gustav wußte nicht, ob es Haß deckte oder vernichtende Trauer.

»Ja ... so!« sagte sie langsam, wandte sich und ging durch die schmale Türe. Ein Riegel schnappte.

Gustav stand im Finstern, mit geballten Fäusten ... in Scham und Reue.

*

Schuster lassen sich immer mehr Zeit als andere Menschen. Die Schusterei ist ein besinnliches Handwerk, und gute Sohlen wollen sorgsam genagelt sein. Einem Vergolder kann man davonlaufen, und bei einem Buchbinder hat es keine Eile. Aber wer sein einziges Paar Schuhe einem Schuster gibt, der ist ihm ausgeliefert und muß warten, und wenn er es noch so eilig hat.

So tiefsinnig diese Betrachtungen auch waren, so vermochten sie Standera doch nicht die richtige philosophische Beschaulichkeit zu vermitteln. Er saß mißmutig in einer Ecke des Gastzimmers, als scheckige Zuwiderwurzen, und besah sich die illustrierten Unglücksfälle in den Wiener Blättern. Es war ihm trotz mehrerer Viertel Wein nicht sehr behaglich in seiner Haut. Nun hätte man sich hier von der Fußhatscherei ein wenig erholen können, wenn diese verdammte Unruhe nicht gewesen wäre. Wurden sie etwa verfolgt? Nein, gewiß nicht; Herr Morek, der edle Germanenfürst, hatte geschwiegen. Stand ihm vielleicht etwas bevor? Nichts als ein blödsinniger Umweg über verschneite Straßen.

Also was war es dann, dieses Trommeln und Zerren und Prickeln in den Nervenenden und dieses Gehopse in den Adern?

Am Nebentisch saß Gustav und schrieb an seinem Brief, den er gestern nicht fertiggekriegt hatte. Standera schaute bisweilen von einer illustrierten Mordtat auf und schnellte einen Blick nach dem Genossen. Er geriet immer mehr in Wut, als sei Gustav irgendwie für diese Verzögerung verantwortlich.

Ein paar Skiläufer fielen in das Gasthaus ein und klapperten im Flur mit den Hölzern. Dann kamen sie ins Extrazimmer, laut und prahlerisch, als hätten sie soeben den ganzen Winter gekauft. Nun saßen sie, ein Frauenzimmer in Hosen zwischen sich, mit gerunzelten Stirnen über den Frühstückskarten.

Standera schielte gehässig aus seiner Ecke hervor. Ja, Herrschaften, heute saß man auch im Extrazimmer für Nobelgäste. Heute wartete man nicht mehr auf ein Stubenmädchen, auf eine dumme Gans, die nicht kam. Man war kein armer Hund, der in der Schwemme sitzen mußte, wenn er auch nicht wollte.

Plötzlich fiel Standera etwas ein. Wie wäre es, wenn sich Gustav bewegen ließe, das Geld zu teilen? Standera sehnte sich nach dem Selbstgefühl einer wohlversehenen Brusttasche. Und dann diese Wonne, beim nächsten Streit zu erklären: dort ist dein Weg und hier ist der meine.

Er stand auf und trat vor die große Wandkarte des Semmerinnggebietes. Mein Gott, was für ein blödsinniger Umweg das war, den Gustav da wieder eingeschlagen hatte. Wahrhaftig, mit der Kirche ums Kreuz. Schon der Umweg über das Waldviertel war so ein Unsinn gewesen. Als ob Gustav eine Angst vor geraden Linien hätte und nur in Kurven vorwärts kommen wollte.

Standera trat auf den Flur hinaus und ließ sich kalt anwehen. Von dieser Sofka war keine Spur. In einer Ecke standen die Skier. Standera nahm einen von ihnen und bastelte an den Riemen und Schrauben und lächelte höhnisch dazu.

Einer der Skiläufer trat in die Türe, ein breitschulteriger Mensch in blauem Wollhemd. »Sie, lassen S' die Bretteln stehn,« schnauzte er.

Standera fletschte die Zähne. Hinspringen und dem Kerl mit der Faust ins Gesicht schlagen! »Na ... na ... es wird nicht weniger werden!«

Aber er trat den Rückzug an und stellte das lange Holz wieder an seinen Platz. Dieser Mensch war von demselben Kaliber wie Gustav, es war dieselbe hochnäsige, eingebildete Art, die einem die Hände zu Fäusten krampfte.

Gegen Mittag endlich brachte der Schuster die Stiefel.

Sie waren genagelt wie für die Ewigkeit, und jeder von ihnen war um ein Kilo schwerer geworden.

Nach dem Mittagessen brachen Gustav und Standera auf.

Gustav stand unschlüssig im Flur, sah nach rechts und links.

»Na, komm' nur,« sagte Standera, »die ist andere Kavaliere gewöhnt.«

Im Vorübergehen warf Gustav seinen Brief in den Postkasten neben der Türe.

Dann schritten sie zwischen den Schleppenenden der Schneemäntel der Berge. Neben der Straße stieß die Schwarza tiefschwarzes Wasser gegen Felsblöcke und Eiskrusten. Es war ein mühsames Gehen, denn mit dem sinkenden Tag kam wieder neuer Schnee. Still und sanft und unerbittlich. Es war wärmer geworden, und an den Stiefelsohlen ballte sich der Schnee zu festen Buckeln.

Standera fluchte alle Viertelstunde seinen Ingrimm herunter. Gustav stapfte stumm, und wenn Standera nach ihm hinsah, dann war es ihm, als sei hinter diesen unbewegten Mienen ein heftiges Arbeiten von Gedanken.

Nicht weit vom Weichtalwirtshaus kamen ihnen zwei Holzknechte entgegen, von denen erhandelten sie zwei derbe Stecken.

»Schaut's, daß zur Singerin kimmt's, 's macht no mehra Schnee!« gab der eine einen guten Rat auf den Handel darauf.

Felsen und Schnee und ächzende Bäume links und rechts und die Straße ganz verzagt dazwischen. Die Schwarza schien in große Tiefen gesunken. Schluchten klafften, und eisiger Hauch der Höhen kam mit den stürzenden Wassern. Und immer wieder neue Windungen der Straße.

Plötzlich blieb Gustav stehen. Standera tat noch drei Schritte, dann wandte er sich um. »Na,« sagte er wütend. Der Schweiß lief ihm über den ganzen Körper.

Gustav stand da. Klein und unwichtig inmitten einer Welt, die der Winter den Urzuständen zurückgegeben hatte. Halb in die Dämmerung gehüllt, die zwischen den Schneeflocken sank. Die Schultern, die Falten der Ärmel, der Hut waren mit Schneepelzen besetzt.

»Nein ...« murmelte er, »es geht nicht. Es ist aus. Wozu soll ich mich quälen? Ich muß zurück.«

In diesem Augenblick, da Gustavs fester Wille gebrochen schien, hielt sich aber auch Standera nicht länger. Die helle Wut brach aus: »Na also – jetzt kommst du auch darauf. Seit drei Tagen predige ich das. So ein wahnsinniger Einfall ... jetzt haben wir eine Menge Zeit versäumt. Wir könnten schon längst in Triest sein. Keine Katz kümmert sich um uns.«

Gustav bewegte den Kopf hin und her, es war eher ein Drehen als ein Schütteln: »Nein ... nicht nach Triest ... nach Haus!«

Wo war denn da ein Stampfwerk plötzlich mitten in der Winterwildnis von Felsen und Schnee? Ein Stampfwerk und eine surrende Kreissäge? »Was,« fragte Standera in das Getöse, »was denn? Nach Haus ... nach Haus?«

»Ja!«

Gustavs Gestalt sah aus wie zerfressen. Der Schnee auf Hut und Schultern und Ärmeln hatte seine Umrisse in den Hintergrund von Weiß gewischt.

»Gewissensbisse?«

Keine Antwort. »Der verlorene Sohn! Der reuige Sünder ... du Schlappschwanz! Schlappschwanz!« Und Standera stürzte vor, mit gehobenem Stock.

Da sah er es, daß der andere ganz zusammengeballte Kraft war. Nicht schwächliche Reue, sondern eisenharter Entschluß, Urgestein des Willens.

Der Stock sank. »Alles soll umsonst gewesen sein? Und ich ... und ich?«

»Du kannst tun, was du willst!«

»Kann ich das ... ohne Heller! Du hast mich ja nur so mitbaumeln lassen. Und wer hat den Gedanken gehabt?« Und auf einmal verschwand der ganze Zorn wie in einem Trichter, nur noch die Angst war da: »Du ... Gustav! Gib mir Geld ... ein paar hundert Kronen ... ich verschwind' ... du kannst nach Hause zurück ...«

»Was noch da ist, bring ich zurück.«

»Was macht's dem Morek aus, wieviel du ihm zurückbringst.«

»Nur noch so viel darf ich nehmen, daß ich zurück kann.«

»Komm nur noch bis Mürzzuschlag und zahl' mir die Fahrt nach Triest, dann schlag' ich mich schon durch.«

»Hier auf der Stelle kehr' ich um.«

»Gustav! Das ist ein Wahnsinn ... es ist ja schon stockfinster ... wir müssen schauen, daß wir zur Singerin kommen.«

»Ich kehr' um!«

»Hast gehört, was der Holzknecht gesagt hat?«

»Ich geh' nicht einen Schritt weiter!«

»Dickschädel, verdammter ...« Es war ein vergebliches Wüten. Standera wurde es schwarz vor den Augen. Als der Blick wieder klarer war, sah er den Platz, wo Gustav gestanden hatte, leer. Weiter hinten im Schnee bewegte sich etwas, ein Knäuel Dunkelheit auf dem grauen Grund, und die Nacht der Felsenenge schob sich ihm entgegen.

Da beeilte sich Standera, Gustav nachzukommen. Ein Brüllen stak tief unten in seiner Brust, das quoll ihm in die Kehle, er hörte es wie ein fernes Getöse unter seiner Schädeldecke. Dieser Hund! Dieser Hund! Er wäre imstande gewesen, ihn hier in der Nacht stehenzulassen – ohne einen Heller Geld.

Anderthalb Schritte hinter Gustav stolperte und glitt Standera drein. Sie gingen im Schneelicht, das wie Dampf um sie ausgegossen war. Manchmal sprangen Felszacken vor, denen man erst im letzten Augenblick auswich. Dann stieß man gegen ein Geländer. Das Rauschen des Flusses wuchs aus der Tiefe und stand wie eine Mauer im Schneetreiben und in der Nacht.

Von dem Buschwerk des Abhanges her fegten dürre Äste über das Gesicht, wenn sie in den Graben gerieten.

Auf einmal kroch eine Lichtschlange über den Weg, und hinter einer Windung war eine helle Verheißung.

Das Weichtalwirtshaus sprach aus rotverhangenen Fenstern vom Ende der Mühsal.

Gustav schritt vorbei.

Standera rannte hinter Gustav her und faßte ihn am Ärmel: »Wir kehren nicht ein?«

»Ich will noch bis Kaiserbrunn zurück.«

Und er hastete weiter, wieder in die Nacht hinein, und Standera keuchte hinter ihm drein. Dieses Keuchen war wie losgelöst von ihm, und er hörte erbittert, wie rasch und heftig es ging.

Endlos ... längs der rauschenden Mauer in der Finsternis. Einmal fiel Standera hin, raffte sich auf, das Gesicht brannte, es stach im Knie. Lief Gustav nicht? Nein, er war noch da, schritt immer weiter aus. Auf einmal wurde etwas heiß in Standeras Hand, etwas Schweres.

»Lauf nur,« sagte er, »die böhmische Jungfrau wartet schon.«

»Was redest du?« fragte Gustav.

Da fiel etwas auf ihn, ein Keil, ein glühender Keil ins Gehirn. Der drang durch den Kopf bis auf die Zähne. Gustav drehte sich um sich selbst, ließ den Stock fallen, hob die Arme ... ein Schlag schmetterte den Keil tiefer. Gustav sah einen riesengroßen, bloßgelegten Augapfel, der langsam rollte. Dieser Augapfel war so groß wie eine Weltkugel, mit einem schwarzen Loch mitten in einem blauen, geflammten, opalschimmernden See. Über das Weiß zog sich ein rotes Netz blutgefüllter Adern, armdicke Stränge, zum Bersten voll, bis in feinsten Verästelungen hinein geschwellt ...

Langsam rollte der Augapfel ... ins Dunkel ...

Es wurde kalt ...

Als der Hausknecht des Gasthofes in Kaiserbrunn kurz nach neun Uhr vor die Tür trat, sah er beim Gitter des gegenüberliegenden Gartens einen hingesunkenen Menschen. Er dachte selbstverständlich ganz nach Art der Hausknechte zuerst an einen Betrunkenen. Aber es erwies sich, daß der Mensch keineswegs betrunken, sondern irgendwie verunglückt war. Das Gesicht war mit Blut überronnen, auf dem Kopf klafften zwei breite Wunden mit aufgequollenen Rändern, die Kleidung war vollkommen durchnäßt, als habe er im Wasser gelegen, und war in der nach dem Schneefall wieder einsetzenden Kälte zum Teil gefroren.

Als man den Menschen ins Haus geschafft und ihm das Gesicht mit warmem Wasser gewaschen hatte, erkannte man in ihm den jungen Mann, der heute mittag in Begleitung eines anderen von Kaiserbrunn weggegangen war.

Die Gemütsbewegung der Hausgenossen war nicht übermäßig groß, die Rax lieferte häufig genug noch ärger Zerschlagene. Unter den Gästen des Wirtshauses war ein junger Arzt, der den Verletzten mit dem Material aus der gut versehenen Hausapotheke vernähte und verband. Dann wurde er in ein Zimmer geschafft, und das Stubenmädchen Sofka erbot sich freiwillig, seine Pflege zu übernehmen.

*

Es erwies sich, daß Gustav Gruber aus der Gegend stammte, in der unter dem Schutz des doppeltgeschwänzten Leuen die besten Klarinettisten und die härtesten Schädel gediehen. Obzwar er ehedem zu Wotan und Donner geschworen hatte, schien seine Schädeldecke doch besonders gefestigt und von innen verspreizt, wie nur je bei einem Sohne der männerernährenden Hanna. Vielleicht war das noch ein Einfluß von Urväter Zeiten her, aus vertraglichen Epochen, vor der Erfindung der Königinhofer Handschrift, als die zweite mit der ersten Landessprache noch nicht so rabiat geworden war.

Jedenfalls dauerte es gar nicht lange, und Gustav war wieder so weit, daß das Wort Assagai aus seinem Kopf wich, und daß er keine Geier über Wagenzügen und keine tanzenden Zulus mehr sah. Er erwachte zum Bewußtsein eines wohlgeordneten Europa, in dem ein paar Hiebe über den Schädel immerhin nur ausnahmsweise verabreicht zu werden pflegen.

Auf dem Nachttisch fand er in einer Zündholzschachtel, auf Watte gebettet, einen Knochensplitter, dem man ihm aus seinen Wunden gezogen hatte.

Auf dem Stuhl neben dem Bett saß Sofka.

Gustav lächelte und streckte ihr die Hand hin. Soviel Kraft hatte er schon noch, um ihre Finger fest zu umschließen. Aber Sofka konnte nicht lange bleiben, denn es war die Stunde, in der ein Gasthof mit hundert schrillen Klingelzungen nach dem Stubenmädchen schreit.

Der Wirt war ohnehin ungehalten, daß Sofka ihre Pflichten an Gustavs Bett über die Bedürfnisse der unzerschlagenen Gäste zu setzen schien.

Aber Gustav blieb nicht lange allein. Er bekam hohen Besuch, den Herrn Obmann der alpinen Gesellschaft »D'Gamsecker«. Man sprach im Raxgebiet davon, daß in Kaiserbrunn ein Abgestürzter liege. Nun kam der Herr Obmann der Gamsecker, um sich nach den näheren Umständen zu erkundigen.

Wie und wo und wann?

Aber Gustav konnte ihm durchaus keine sachgemäße Auskunft geben. Er war in der Dunkelheit abgestürzt, ohne zu wissen von wo. Man hatte irgendwie einen Weg eingeschlagen, von dem man annahm, daß er die Windungen des Tales abkürze. Man war immer höher gekommen, und auf einmal war der Schnee unter den Füßen abgerutscht ... und dann hatte das kalte Wasser der Schwarza Gustav zu sich gebracht ... er hatte sich bis nach Kaiserbrunn geschleppt.

Und wo denn der andere geblieben sei, mit dem man Gustav gesehen habe? Das wußte Gustav nicht. Aber wahrscheinlich sei er aus Angst davongelaufen, als er das Unglück bemerkt habe.

Das sei jedenfalls ein besserer Herr, der seinen Kameraden in der Not verlasse, meinte der Obmann der Gamsecker. Dann breitete er eine Menge guter Lehren vor Gustav hin und ging kopfschüttelnd in das Extrazimmer, um den anderen Gamseckern zu berichten. Das war wieder einmal ein ganz blödsinniger Unglücksfall, bei dem kein alpines Herz höher schlagen konnte. Wozu solche Leute wohl in die Berge gingen, wenn sie dann nicht einmal wußten, von wo und wie tief sie abgestürzt seien? Und ob man eine Ahnung habe, wie der Mensch ausgerüstet gewesen sei? Nämlich gar nicht, lange Hosen und einen Winterrock habe er gehabt. Er sei ein Schandfleck für die ganze Unfallstatistik.

Nachts, als sämtliche Zimmernummern still und wunschlos geworden waren, kam Sofka wieder an Gustavs Bett.

Er sollte schlafen, aber er wollte erzählen. Zwischen Mitternacht und den ersten Morgenstunden erfuhr Sofka alles, was geschehen war.

Die Kerze brannte hinter ihrem Rücken und es war ein Flimmern von Strahlen um Kopf und Schultern. Der Arm hing über die Sessellehne, und die Fingerspitzen reichten gerade bis auf Gustavs Kopfpolster herab.

»Die Ferne ...« sagte Gustav, »es war wie ein ...,« er wußte keinen Vergleich ... »Zu Hause hab' ich es nicht ausgehalten ... und dann war es auch nicht anders.« Sofka saß ganz still, vom Flimmern des Kerzenlichtes umwoben. »Wenn man ein neues Leben beginnen will ... so muß man mit dem alten ganz fertig sein ... es darf nichts Zurückbleiben ... keine Schuld ... und keine Liebe.«

Gustavs Körper regte sich unter der Decke, er hob den zerschlagenen Kopf, dessen Verband bis über die Augen reichte. Vor dem linken Auge, in das ein Bluterguß stattgefunden hatte, war nur ein zähes weißes Gerinnsel wie erstarrte Milch. Das rechte Auge sah unter dem Rand des Verbandes weg Sofkas Kopf im goldenen Strahlengeflecht.

»Ja,« sagte sie ruhig, »ich weiß es. Sie haben jemanden zu Haus, den Sie sehr lieben. Sie hat Ihnen ein großes Weh bereitet, aber Sie lieben sie noch immer. Und mit solchen Dingen sollte man fertig sein, sonst gelingt uns nichts in der Welt ... ich weiß es ... man schleppt es überall hin mit ...«

Da wandte Gustav den Kopf und suchte mit den Lippen die Finger, deren Spitzen auf seinem Kopfpolster lagen.

Sofka sprang auf. »Nein,« rief sie angstvoll ... »was wollen Sie tun?« Das Licht der Kerze stach grell in Gustavs Auge. Sofka war fort, irgendwo im Dunkel.

»Sie müssen jetzt schlafen,« kam ihre Stimme weich und mild aus dem Körperlosen, »schlafen Sie, damit Sie bald gesund werden.«

Und Gustav versuchte zu gehorchen. Aber er hörte noch den ersten Hahnenschrei. Und bald darauf das erste Klingeln, mit dem sich der Wintersport meldete. Sofka erhob sich von dem Stuhl in der Ecke, auf dem sie gesessen hatte.

Da erst fand Gustav den Schlaf.

Nach fünf Tagen war er so weit, daß er nach Hause fahren konnte.

Eine sehr unangenehme Sache war noch zu überstehen. Das Geständnis, daß er ohne Mittel sei und daß er seine Rechnung erst von daheim begleichen könne.

Zögernd bat er Sofka, sie möchte ihm den Wirt rufen.

»Was wollen Sie von ihm?« sagte Sofka unwillig und heftig.

»Es ist wegen der Rechnung ... Sie wissen ja doch ... Ich hab' nur soviel in der Börse, daß ich gerade nach Haus kommen kann.«

Sie sah ihn grimmig an: »Ach Gott ... es ist ja alles Ordnung ... es ist ja eine Kasse für solche Fälle da ... der Obmann der Gamsecker ...«

»Sofka!«

Da lief sie davon und schlug die Türe zu, daß es knallte. Auf dem Waschtisch klirrte das Wasserglas gegen die Flasche.

Als Gustav das Haus verließ, stand sie vor dem Tor, in leichter Bluse, trotz der Kälte. Auf dem alten Schnee lag eine dünne Schicht Neuschnee, scharf verkrustet, sonnenflimmernd.

»Skischnee!« sagte Sofka, »ich habe schon was gelernt.«

Gustav stand vor ihr. Sein linkes Auge war noch immer blind. Vor dem rechten drehten sich glänzende Perlenketten. Hetzen Sie wohl, Sofka!«

»Ja ... und Prosit Neujahr ... das haben wir ganz vergessen!«

»Werden wir uns wiedersehen, Sofka?«

»Nein!« sagte sie fest. Die Perlenketten vor Gustavs Auge hielten inne, schwanden. Er sah einen zuckenden Mund, ein Blick verschränkte sich mit dem seinigen ...

Der Postillon beugte sich von seinem Sitz: »Einsteigen, der Herr ... bitt' schön ... der Zug wart' net.«

Gustav stieg in den gelben Kasten des Postschlittens. Die Pferde zogen an ...

»Oha,« sagte ein dicker Selcher aus Reichenau, neben dem Gustav hingeschleudert wurde, »san Sö an Abg'stürzter? Na, i schau mir d' Berg' lieber von unten an.«

* * *

Herrn Moreks schöne Zuversicht auf seine Fähigkeit, Schicksal zu spielen, hatte einen Sprung erhalten. Es gab Exempel, denen man mit der gewiegtesten Lebensmathematik nicht beikam.

»Sehen Sie,« sagte er zu Viktorin, »ich glaube – ich habe ihn ganz falsch behandelt. Wie ich es hätte machen sollen? Wie er wieder bei mir eingetreten ist, habe ich mir gedacht: er hat zwei Jahre Kerker hinter sich, weil er etwas getan hat, was er für ein Heldenstück gehalten hat. Für sein Volk. Lassen wir ihn also, erinnern wir ihn nicht daran, halten wir ihm alle nationalen Dinge fern. Wenn er damals wieder so angefangen hätte, wie vorher, so hätte ich es ihm verboten. Und das war falsch – grundfalsch. Ich hätte ihn ruhig wieder auf seinen alten Weg lenken sollen. Dort sind seine Wurzeln. Wenn es wieder so gewesen wäre, wie vorher, so wäre er niemals auf solche Gedanken gekommen. Ich hätte ihm zeigen müssen, daß er noch immer für voll genommen wird, ja – mehr als je ...!«

Doktor Viktorin war inzwischen der Erfindung des Viktorins um ein bedeutendes Stück nähergekommen. Sein Busen war von chemischen Hochgefühlen geschwellt, und er sah seinen Namen im Geiste schon auf der vorletzten Seite eines jeden anständigen Lehrbuches der Chemie. Dort, wo die neuesten Errungenschaften verzeichnet sind. Seine Zukunft erschien ihm als eine große Retorte, in der eine höchst angenehme Goldmacherkunst vorgenommen werden würde.

Er fand den Fall Gruber gar nicht so tiefgründig und problematisch wie sein Chef. Er fand es sogar ein wenig überflüssig und lächerlich, einer so belanglosen Angelegenheit grüblerisch nachzuhängen.

»Ja, manche Leute haben eben keinen festen Kern in sich,« sagte er, »keine Willenskraft. Ein kleiner Anstoß wirft sie aus ihrer Bahn.«

»Ja, ja!« sagte Herr Morek obenhin. Er hatte gar nicht gehört, was Viktorin gesagt hatte. Seine Erörterung des Falles war nur ein lautes Gedankenordnen gewesen, kein Thema zu einer Debatte.

Gedankenvoll ging er hinaus. Er sah dem ersten Zusammentreffen mit Gruber beinahe mit Aufregung entgegen.

Dann – nachmittags – als er eben zum erstenmal seine Gedanken von Gruber weg auf den Kostenvoranschlag für die neue Dynamomaschine gelenkt hatte, klopfte es, und der Heimgekehrte war da.

Auf den ausrasierten Stellen des Kopfes waren erst kurze Haarstoppeln gewachsen. Man sah die roten Wülste der Narben. Das linke Auge war noch gelb und stak in einer tiefen Höhle.

Gustav war sehr blaß, und Morek sah, daß seine Unterlippe bebte. »Na ... da sind Sie ja!« sagte Morek und legte die Feder weg. Sie rollte über den Kostenvoranschlag hin und blieb an dem quergelegten Stahllineal liegen. Links und rechts von ihr türmte sich je eine große braune, in Verlegenheit geballte Faust.

Etwas schwer Deutbares lag in Gustavs Gesicht und Haltung. Morek hatte einmal einen Arbeiter gesehen, der eben in eine Maschine gekommen und mit Verlust zweier Finger gerettet worden war. So sah Gruber aus. Wie aus einer riesenhaften, unerbittlichen Maschine davongekommen.

»Verzeihen Sie,« sagte er von der Türe her.

»Ja ... es ist schon manchmal nicht anders,« sagte Morek. »Es hätte noch viel ärger ausfallen können. Wissen Sie, der Mensch hat mir niemals gefallen. Er hat gleich damals bei der Verhandlung einen schlechten Eindruck auf mich gemacht.«

Gustav sah, daß sich Morek bemühte, die Schuld auf den anderen zu wälzen. Er wollte seinen Teil daran. »Ich war damals in einer verzweifelten ...«

»Ja ... ja!« sagte Morek, »sprechen wir nicht mehr davon. Na ... über einen Sünder, der bereut ...« Da war dieser verdammte Kanzelton, dieses dünne Gefüge von Schuld und Reue, das die Moralisten für die Weltordnung ausgaben. »Kurz und gut,« sagte Morek grob, »Sie treten wieder bei mir ein.«

»Sie wollen mich trotzdem wieder aufnehmen?«

»Jawohl! Sie treten auf Ihren alten Platz. Melden Sie sich beim Kanzleivorstand. Sagen Sie ihm, daß Sie wieder die Auszahlungen übernehmen.«

»Nein ... nein,« sagte Gustav und senkte den Kopf.

Morek sah die roten Wülste quer über den ganzen Schädel. Es kam ihm in diesem Augenblick vor, als habe Gustav diese Hiebe um seinetwillen empfangen.

»Warum denn nicht?« sagte Morek erbost. »Selbstverständlich ist alles wie früher. Das werden wir doch sehen ... Wollen Sie sich vielleicht verkriechen? Wenn ich Sie für einen anständigen Menschen halte und Ihnen mein Vertrauen schenke ...«

Gustav erwiderte nichts. Er ergab sich.

Da stand Morek auf und legte ihm beide Bärenpfoten auf die widerstandslosen Schultern. »Na ... Kopf hoch ... tun Sie nicht, als ob Sie Gott weiß was angestellt hätten.« Nur eine peinliche Erinnerung mußte noch weg. »Ich weiß, daß Sie ein braver Bursche sind. Es wird nicht wieder geschehen, daß Ihre Mutter vor mir auf den Knien liegt. Ja ... das soll nicht wieder geschehen! Auf den Knien ist sie vor mir gelegen und hat geweint und versprochen, daß sie den Schaden wieder gutmachen will. So was werden Sie mir ersparen. Denken Sie daran, wenn Sie jemals noch mit solchen Dingen zu tun haben sollten, wie damals.«

Dann führte Herr Morek Gustav Gruber selbst in die Kanzlei und teilte dem Vorstand seine Verfügungen mit. Der alte Herr verneigte sich und schwieg. Aber Gustav fühlte den Widerstand und die stille Feindseligkeit ringsum.

Und es erwies sich, daß Gustav mit seinem Einspruch gegen Moreks Anordnungen recht behalten sollte.

Gleich am nächsten Tage standen der Kanzleileiter und Herr Wenngraf als Sprecher der Beamtenschaft vor dem Chef. Sie baten in aller Untertänigkeit, Herr Morek möge den Gustav Gruber in eine andere Abteilung geben, den Herren des Bureaus wäre es unangenehm, mit ihm zusammen zu arbeiten.

Da brauste der Wikingerzorn aus Moreks Seele. Wie zusammengeballtes Gewölk fegte sein Unwillen daher. Was denn die Herren so dächten und ob sie Angst hätten, an ihren Seelen Schaden zu leiden? Und überhaupt, eine so glattgebürstete Moralität habe er schon gefressen.

Der Kanzleivorstand wünschte sich inbrünstig an seinen Schreibtisch und auf sein Hämorrhoidenkissen zurück, er besaß den guten Gehorsamswillen und war nur ungern gekommen. Aber Wenngraf hatte die Unverfrorenheit wohlgenährter Jugend und erwiderte, man könne den Beamten nicht zumuten, sich mit einem Menschen wie Gruber in ein Zimmer zu setzen. Er hatte sich den Mitverschworenen eidlich verpflichtet, den Männerstolz vor Königsthronen zu bewahren; und überdies hatte er vorher fünf Viertel heurigen Poisdorfer getrunken.

Auf Moreks Gesicht sah es aus wie eine Vorahnung der Götterdämmerung. Und wer die germanische Mythologie kannte, hätte jeden Augenblick den Hornstoß Heimdalls erwarten können. Es kam auch etwas, das wenigstens einige Ähnlichkeit damit hatte. Herr Morek zog sein Sacktuch und es klang wie Rossegewieher und Trompetengeschmetter. Während er den Bart wischte, mit heftigen Strichen nach links und rechts, bändigte er den Fenriswolf seines Zornes.

Dann fragte er mit nägelgespickter Sanftmut, ob er den Herren noch mit etwas dienen könne?

Der Kanzleivorstand zupfte Wenngraf am Hosenboden. Aber fünf Viertel Poisdorfer haben dämonische Kräfte und machen die Seele standhaft wie Eisenbeton. Wenngraf entgegnete, er habe nichts weiter vorzubringen, aber einige der Herren hätten bereits erklärt, daß, wenn ihrer Bitte nicht willfahrt würde, sie es vorzögen, um ihre Entlassung zu bitten.

»So sollen sie in drei Teufels Namen gehen, wohin sie wollen,« brüllte Morek. Und damit war die Deputation so schön hinausgeworfen wie die hinausgeworfenste Deputation im ganzen Verlauf der Weltgeschichte.

Aber eine halbe Stunde später war das Gewölk der Götterdämmerung zerrissen, und der blaue Himmel der Besinnung schaute da und dort hindurch.

Herr Morek ließ den Kanzleivorstand rufen.

Der kam, schuldbewußt, ein schlotterndes Häuflein Gebein in angstgeschrumpfter Haut. Morek ging auf und ab. Immer, wenn er an seinem Kanzleivorstand vorbeikam, schwankte der im Luftzug, als hänge er schon am Galgen.

Also er habe es sich überlegt ... nicht vielleicht der Herrschaften wegen ... sondern einzig und allein wegen des Gruber, um diesem die Peinlichkeiten eines Zusammenseins mit den Herrschaften zu ersparen ... aber das bitte er sich aus, daß weiter geschwiegen werde wie bisher ... wenn ein einziges Wort über die Mauern der Fabrik hinausdringe, so sei der Betreffende geliefert ... und Gustav Gruber werde anderweitig beschäftigt werden.

Dann ging er in das chemische Laboratorium.

Doktor Viktorin stand im schwarzen Leinenkittel wie ein Zauberer zwischen Glasröhren und Retorten.

Herr Morek teilte ihm mit, daß er ihm Gustav Gruber als Laboratoriumsgehilfen zugeteilt habe.

Da machte Doktor Viktorin ein Gesicht, das schon ganz so aussah, als sei das Viktorin bereits erfunden und stehe auf der vorletzten Seite der Lehrbücher der Chemie. Und sagte: »Da muß ich denn doch sehr bitten ... Herr Morek ...«

Aber Morek stemmte die Fäuste links und rechts vom Mikroskop auf den Tisch und beugte sich so weit vor, daß zwischen seinem Gesicht und dem Viktorins nur die Breite zweier Hände war. Viktorin war es, als sei die Heiztüre des großen Schmelzofens plötzlich aufgegangen.

»Was denn? Was denn, Herr Doktor Viktorin,« sagte Morek, »jetzt möchte ich doch gern wissen, wer denn eigentlich da der Herr ist ...«

Da rutschte Viktorin aus der glorreichen Zukunft schleunigst in die Gegenwart zurück. »Bitte,« sagte er, »wie Sie wünschen.«

»Das glaube ich auch!« meinte Herr Morek.

*

So kam Gustav Gruber als Gehilfe ins chemische Laboratorium.

Das war die Welt, in der aus der Mischung zweier glasheller Flüssigkeiten ein dunkles Rot entsteht oder ein tiefes Blau. Die Welt der Wasserhähne und Tropfflaschen, der miteinander verbundenen Glasröhren, der seltsam gewundenen Kolben. Dünne Schliffe von Erzen zeigten unter dem Mikroskop die Art und Fügung des Gesteins. Mit hundert sinnreichen Methoden drang der Blick des Menschen zwischen die Moleküle und errechnete die Zahl der Atome.

Es war eine Welt der Geduld, der Sauberkeit und der Vorsicht. Denn im Reagentienschrank standen auch die Gifte, mit denen man imstande war, irgend welche Unsichtbarkeiten sichtbar zu machen.

Gustav gab sich an seine Pflichten hin, obgleich ihn Viktorin auf der Gehilfenstufe hielt und über Handreichungen und Flaschenspülen nicht hinausließ. Er war bemüht, nicht über den Tag hinauszusehen, und hielt seine Zukunft mit einem dichten Vorhang verschlossen. Sein Herz lag ihm schwer und bleiern in der Brust. Nur manchmal meldete es sich mit einem wilden Klopfen. Dann zitterten seine Hände, und er fürchtete, die alte Unruhe könnte über ihn kommen.

Eines Tages nahm ihn Morek auf sein Zimmer.

»Mein Lieber, Sie sehen sehr schlecht aus. Das geht nicht so weiter. Sie müssen sich wieder aufraffen. Sie haben sich ganz auf sich selbst zurückgezogen. Das ist ein Unrecht. Denn, wissen Sie, höher als das eigene Schicksal steht dem Mann das Schicksal seines Volkes. Wer den Blick auf das Ganze richtet, der wird für sein eigenes Leben den richtigen Maßstab finden und ist vor Übertreibungen geschützt. Mit Schwertern oder Lanzen können wir für unser Volk nicht fechten und – auch nicht mit Bomben. Nicht wahr, das haben Sie doch eingesehen? Der Kampf muß auf andere Weise geführt werden. Sehen Sie ... da haben wir den Volksrat, das ist der Generalstab. Wir brauchen einen tüchtigen und gescheiten Sekretär. Merken Sie etwas? Na also – ich habe Sie vorgeschlagen, und die Herren waren ganz einverstanden. Sie haben es redlich um die deutsche Sache verdient. Von morgen an werden Sie nur vormittag im Laboratorium arbeiten. Nachmittag sind Sie Sekretär des Volksrates. Es gibt eine Menge zu tun. Handelskammerwahlen, Gemeindewahlen ... der Volkstag ... Na, Sie werden bald eingearbeitet sein. Was sagen Sie dazu ...?«

Da war es Gustav, als müsse er die Hände heben und bitten, man solle ihn schonen. Er war alledem so fern, wie eine Lähmung dieses Teiles seiner Seele war es. Und auf einmal brauste eine ungezügelte Angst daher, schwarz quoll es aus Tiefen bis ins Gehirn. Blind und ratlos starrte er. Aber da stand etwas auf, wie ein flüssiges Erz, wurde hart: Laß den Helden in deiner Seele nicht sterben. Wer hatte das gesagt? Viktorin? Das stand mitten in der flutenden Angst.

Auf einmal lösten sich Worte aus ihm: »Ich danke Ihnen sehr für Ihr Vertrauen!«

»Na also – abgemacht!« sagte Morek fröhlich.

Am Abend nach dem Nachtmahl von Wurst und Bier holte Gustav das schwarzrotgoldene Wappenschild aus der Schublade. Stark stand der Name Hagen in Rot. Unschlüssig drehte Gustav das Schild in den Händen, betrachtete es vorn und hinten, wie etwas sehr Fremdartiges. Auf dem Rücken der dreifarbigen Merkwürdigkeit waren die Papierzacken umgeschlagen und sachgemäß an den Rand geklebt. Dort sah es freilich nicht so ordentlich und überzeugend aus.

»Was hast du?« fragte die Mutter besorgt.

»Ich soll Sekretär beim Volksrat werden!«

Was war das nun wieder? In welchem Verhältnis waren da Ehre und Gefahr gemengt? O Gott, jenseits des Gemischtwarenladens gab es halt eine Menge Dinge, in denen man sich gar nicht auskannte. »Warum? ... wird es dir nicht schaden?« und dabei hob sich eine alte Runzelhand, die gewohnt war, zitternde Kreuze zu machen.

Gustav zuckte die Achseln: »Herr Morek will es doch! Kann ich es ihm ab schlagen?«

»Nein ... nein,« sagte die Mutter eifrig, »was fällt dir ein? Wenn Morek es will ...«

Und nachher, vor dem roten Licht, hob Frau Gruber ihr Herz zum heiligen Aloisius: er möge Gustav zum Sekretär des Volksrates gesegnen. –

Es mußte wohl so sein, daß sich der Heilige grundsätzlich nicht um politische Dinge bekümmerte, denn Gustav verspürte nicht viel von einem Segen.

Noch am nächsten Nachmittag trat er in das Bureau des Chefs, entschlossen, alles vor ihn hinzubreiten.

Morek sah von seiner Arbeit auf: »Sie brauchen sich nicht immer erst bei mir abzumelden, Gruber. Ein für allemal: Nachmittag gehören Sie der nationalen Arbeit.« Damit wies Morek lächelnd auf die beiden gekreuzten Hämmer aus vernickeltem Stahl, die als Briefbeschwerer auf dem Schreibtisch lagen: »Glück auf, das gilt auch von Ihrer Arbeit!«

Da drängte Gustav alles zurück, warf eine schwere Falltür darüber und ging.

*

Und nun erfuhr er, wie es gemacht wird.

Früher war er Statist gewesen, mit großen Gebärden, mit Schild und Lanze. Jetzt saß er an den Schaltern für die Beleuchtung und den Signalen für Soffitten und Versenkung. Er half die unscheinbaren Dinge tun, die Notwendigkeiten des Betriebes regeln. Da gab es eine Menge Sachen, von denen das Parterre keine Ahnung hatte. Es gab eine Kulissendiplomatie, eine Taktik der Rollenbesetzung und der Spielplanbildung, eine regelrechte Buchführung. Man machte Donner und Blitz, man machte »Zusammensturz« und machte Volksgemurmel.

Als Gustav Gruber an diesem Punkt seiner Vergleichungen angelangt war, erschrak er heftig, daß alle Bilder vom Theater hergeholt waren. Er hatte mit Männern zu tun, die das alles ganz anders nahmen. Denen waren das ernsteste Angelegenheiten, die stießen sich gar nicht an die Kleinlichkeit von Wahlarbeiten, von Statistiken und an die Mühseligkeit eines unterirdischen Kampfes Zug gegen Zug. Wotan und Donner hatten Asgard verlassen und kümmerten sich um die Kleingewerbetreibenden. Die Kräfte der Völkerwanderung, der Überschwang von Rassenwildheit waren gezähmt und dienten dazu, die Kandidatenliste bei den Handelskammerwahlen durchzubringen.

Gustav konnte kein Herz zu diesen Dingen fassen. Jene Unruhe und dumpfe Traurigkeit kam wieder über ihn, wie damals.

Einmal, als er über den Hof der Gießerei ging, wurde er daran erinnert, daß es noch Wildheit und Haß gab. Ein schmerzhafter Schlag traf seine Schulter. Er wandte sich und sah ein Stück Ziegel zu seinen Füßen. Ein blauer Kittel verschwand hinter einem Haufen Brauneisenstein.

Da wußte er, daß ihn die Zeitungen des Feindes wieder entdeckt und den Arbeitern gemeldet hatten.

*

Eines Abends traf er Steffi auf der Straße.

Gerade unter einer Straßenlaterne war es, und er sah zwischen grauem Hut und Pelzbesatz einer in den Frühling hinübergenommenen Winterjacke ein blasses schmales Gesicht. Er stand einen Augenblick mit gelähmten Beinen.

Dann wußte er nur das eine: Kein Mensch war da, dem man sagen konnte, wie es war, als dieser. Plötzlich waren Worte da für bloß Gefühltes, das Unsagbare lag in Klarheit, brauchte bloß hingesprochen zu werden. Er hatte ihr zu sagen: So bin ich jetzt ... sieh mich an. Ich bin zurückgekommen, verwirrt und ganz aus allem Gewesenen gehoben. Du hättest mich wieder an meinen Platz stellen können. Du hast es nicht getan. Du hast meinen Glauben, meine Begeisterung, mein Herz. Gib sie mir wieder ... gib mir meinen Glauben und meine Tapferkeit ...

Er ging hinter Steffi drein, mit schnellen Schritten.

Sie fühlte ihn hinter sich. Auf einmal warf sie sich auf die Straße, mit angstvoller Hast, zwischen die Züge der heimkehrenden Arbeiter. Ein vollbesetzter Wagen der elektrischen Bahn kam daher. Mit einem blauen Licht vorn, um das ein heftiges Geklingel tobte. Ein grelles Licht sprang plötzlich auf den Hebel, auf dem die Hand des Motorführers ruhte. Drinnen im Wagen ein Gedränge von Damenhüten und aufgehobenen Armen an den Riemen der Decke. Von der hinteren Plattform beugte sich jemand weit vor und rief einem Vorübergehenden einen lachenden Gruß hin.

Steffi lief auf den Wagen zu, um vor ihm über die Straße zu kommen. Da fauchte von drüben, aus dem Unvermuteten, ein rotes Automobil in glatter knapper Kurve über die Schienen, mit dem Ungestüm des Benzintemperamentes.

Tuten und Klingeln bäumten sich gegeneinander.

Und Steffi dazwischen ...

Zerrissen, zerstückelt ...

Eine Ewigkeit Höllenangst. Etwas Blutendes, ein Bündel zerfetzter Kleider auf den Schienen ...

Nein ... der graue Hut war drüben auf der anderen Seite der Straße.

Drüben ... der Straßenbahnwagen und das Automobil waren schon weit auseinander.

Gustav kehrte der Atem zurück, die Lungen gaben verdickte, vergiftete Luft von sich.

Nein, nein ... ich verfolge Sie nicht mehr, mein Fräulein ... wenn Sie solche Furcht vor mir haben ... wenn Sie es vorziehen, sich zerstückeln zu lassen.

Gustav sah um sich. Es schien, die Welt hatte nichts von dem bemerkt, was vorgegangen war.

Er wandte den Blick zu den Sternen.

Aber über die Stadt war eine rötlich bestrahlte, gleichmäßige Decke von Dunst hingespannt.

*

Der Turnvater Jahn, derselbe, dessen Büste einmal bei der »Wacht am Rhein« mit einem schwarzen Schlapphut bedeckt gewesen war, hatte seinen Tempel in der Jahngasse.

Von außen sah der Rohziegelbau aus wie eine gotische Landkirche in England. Aber drinnen wurde keineswegs der Gott Zebaoth angebetet, sondern der Gott Bizeps, und Vater Zahn war sein Prophet. Man diente ihm durch Rumpfbeugen, Kehren, Wenden und Kippen, mit eisernen Stäben und Hanteln und auf noch absonderlichere Arten, indem man etwa in eine mit Gerberlohe gefüllte Grube sprang, auf langen mit Querhölzern gespickten Stangen über alle irdischen Dinge hinauskletterte oder an Strickleitern um einen Mittelpunkt kreiste, bis man meinte, die Welt sei von Gott als Ringelspiel erfunden.

Wenn man dem Turnvater Zahn nur genügend lange gedient hatte, so stellte sich mit der Schwellung der Muskulaturen eine zunehmende Vereinfachung der psychischen Vorgänge ein. Das war ein Zeichen, wie gesund das Turnen ist. Und manche erreichten es, daß sie sogar auf dem Unterbewußtsein Schwielen bekamen.

Gustav Gruber schritt durch die große leere Halle. Da standen lederne Ungetüme mit gespreizten Beinen. Von der Decke hingen lange Stricke und Stangen, die oben ein Gelenk hatten, so daß man an ihm affenmäßig baumeln konnte.

Die Abendsonne kam durch die schmalen Kirchenfenster und sog Staub in ihr Gold.

Gustav öffnete die Türe in den Hof. Da lag ein weiter, freier, besandeter Platz. Hinten drängten sich Bäume und Gebüsche und die griffen mit jubelnden, saftvollen Zweigen über den Zaun nach anderen Bäumen und Gebüschen. Denn gleich hinter dem Turnhof war der Stadtpark, der da über den Burgberg herunterkam und sich gerade an dem Zaun zu Dichtigkeit und Wirrnis zusammenballte.

Der Maitag hatte einen leichten Regen geschickt. Der hatte den Sand des Hofes zusammengebacken und kühl gemacht und das Grün so frisch, als sei es eben erst hervorgekommen. Und nun goß die Abendsonne ihre Güte über alles hin.

Mitten im Frühling und im Abendgold stand eine Gruppe von Menschen. Aber es war nicht etwa wie bei einer gewöhnlichen Gruppe, so wie man sie alle Tage sehen kann, daß die Menschen nebeneinander standen, sondern sie standen übereinander. Zu unterst sechs Mann, die hielten sich an den Schultern gefaßt und hatten die Arme verschränkt. Auf diesem versteiften Unterbau von Armen und Schultern standen fünf Mann, die sich ebenso hielten. Dann kam ein Stockwerk von Vieren und so fort bis zur Spitze, die von einem einzelnen Jüngling gebildet war, den seine Untermänner bei den Fußgelenken gefaßt hatten.

Vor dem ganzen Gebäude aus Jugend, Leinwandhosen und ärmellosen Hemden stand der Vorturner und besah sich die Herrlichkeit mit tiefem Ernst. Neben ihn hatte sich ein Hund hingepflanzt, ein schottischer Schäferhund in Gelb und Weiß, der tat so, als verstünde er auch etwas davon.

Gustav wartete. Der Vorturner warf Befehle hin. In einzelnen Stockwerken war ein Zusammenrücken und Schwanken. Auf einmal fühlte sich Gustav ganz voll quälender Bitterkeit. Kraft und Jugenddrang war da in der Welt, in Pyramiden aufgebaute Lebenslust unter einem lichten Himmel. Spielende Tüchtigkeit der Körper und unbedenkliche Zuversicht. Und sein Leben trieb weit von alledem dahin, in Traurigkeiten und Zweifeln.

Der Vorturner klatschte in die Hände: »Achtung! Eins – zwei – drei!«

Und auf drei brach die Spitze der Pyramide ab, der Jüngling kletterte katzenhaft auf Armen und Schultern zur Erde. In gedoppelter Bewegung folgten ihm die Untermänner: nun war ein Schwanken, Gleiten, Lösen und Springen, ein Durcheinanderpurzeln und ein befreiter, lachender Lärm.

Der Hund verlor in dem Wirbel seine Würde, bellte seinen Übermut zwischen das Gewirr der Beine und begann endlich selbst eine Vorführung. Er drehte sich rasend im Kreis, in vergnügter Jagd nach dem eigenen Schweif.

Der Vorturner kam auf Gustav zu. »Sie wünschen?« fragte er.

Gustav sah ihn an. Es war Paul Karroh, genannt Biterolf, der gewesene Obmann des gewesenen Jugendbundes. »Ja ... Sie sind ... du bist ...« sagte er verblüfft wie die Kuh vor dem neuen Tor.

»Jawohl ... wie geht es dir, Biterolf?«

Biterolf hatte unbehagliche Gefühle, drückende Erinnerungen an verflossene Dinge. Und er stürzte sich in eine heftige Herzlichkeit: »Ist das schön, daß du dich deinen Freunden gar nicht zeigst? Du bist wieder bei Morek, nicht wahr? Willst du Mitglied werden?«

»Nein,« sagte Gustav, »ich komme vom Volksrat. Wir brauchen das Programm für übermorgen!«

Übermorgen – das war der Volkstag. Und der Turnverein stand im Gefüge des Festes mit einem Schauturnen.

»Also – einen Programmpunkt hast du ja gerade gesehen. Fein, was? Freie Pyramide ... sechs Mann hoch. – Herr Buchaczek!«

Herr Buchaczek kam langsam angependelt. Er war längst nicht mehr Herausgeber, Redakteur und einziger Mitarbeiter von »Thors Hammer«. Die Stadtgemeinde, gegen die sich manchmal seine malmende Wut gerichtet hatte, war mit der Entdeckung seiner Fähigkeiten vorgegangen. Er saß nun als Kanzleischreiber in einem bürgerlichen Beruf und bekam am Ersten sein Gehalt.

Er hatte also das Vernichtungshandwerk aufgegeben und Havelock und Sandalen abgelegt. Er fand, daß das germanische Wesen keineswegs in Äußerlichkeiten, sondern in inneren Überzeugungen bestehe. Und seitdem er dem Verzehrungssteuerreferat zugeteilt worden war, fand er, daß auch Vegetarismus und Enthaltsamkeit von Alkohol nicht unbedingt für die germanische Wiedergeburt erforderlich seien. Wenn man täglich nachzurechnen hat, wieviel hunderte an Schweinen, Gänsen und Enten und anderen fleischlichen Eßbarkeiten über die Verzehrungssteuerlinie gebracht werden, so verliert sich der Vegetarismus allmählich. Das Bier kommt dann von selbst dazu.

Buchaczek kramte einen zerknitterten Zettel aus der rechten Hosentasche.

»Also: Stabreigen!« las Biterolf ab, »Kürturnen an Reck und Barren ... Vorführungen der Fechterriege ... Zum Schluß Pyramiden. Sehr gediegen, nicht wahr? Ja richtig ... das ist der Gustav Gruber, über den Sie damals geschrieben haben. Sie wissen noch, Buchaczek.«

»Sehr erfreut!« sagte der Malmer von dazumal.

Plötzlich wurde Gustav in eine stürmische Umarmung gerissen. Turnerkräfte schüttelten ihn. Seine Rippen krachten, und es staubte ihm aus den Ohren. Es war Wieland, der Junge, die Hoffnung des Turnvereines, Wieland, der Sieger im Fünfkampf der Jungmannschaft auf dem Turnfest in Frankfurt.

Sehnen aus Stahl, ein Herz aus Hartgummi, Lungen aus Leder und Jugend, blitzende Jugend in den Augen. Der hatte wahrhaftig das Zeug in sich, ganz oben, auf der Spitze einer sechs Mann hohen Pyramide zu stehen.

Jetzt hielt er Gustav an den Schultern von sich ab und sah ihm ins Gesicht. »Heil, Hagen, Heil!« brüllte er über den Hof hin. Es war wie in einer Wagneroper. Alles sah nach ihnen hin.

Biterolf lächelte mit schmalen Lippen, Buchaczek sah drein, daß man in diesem Augenblick nun und nimmer geglaubt hätte, er sei einmal Herausgeber von »Thors Hammer« gewesen.

Gustav nahm sachte Wielands Hände von seinen Schultern. Nun lagen seine Finger in den Pfoten des Turners wie in stählernen Federn. Er fühlte seine Hände in diesen Pfoten schmal und kraftlos, seine Finger waren schmerzhaft zusammengepreßt. Vom Ellenbogen abwärts gehörte sein Körper nicht mehr ihm. Unmutig wollte er sich losmachen und zog und zerrte. Aber Wieland gab ihn nicht frei ... er schien es nicht einmal zu bemerken.

»Aber du siehst nicht gut aus?« sagte er besorgt. »Was hast du?«

Gustav verzog das Gesicht. »Nichts ... ich bitte dich, laß aus ... ich bin leider kein Athlet.« Wieland erschrak und öffnete die stählernen Federn. Gustavs Finger klebten aneinander, mit scharfen Kanten, wie stark gepreßte Zigarren.

In schlanker Kraft, in wildkühner Gesundheit stand Wieland vor Gustav, ein Festgewurzelter, in dem die ewige Jugend seines Volkes schäumte.

Noch immer hatte sein Gesicht die kindlichen Formen, auf der weichen Oberlippe dunkelte ein kleiner Bart. Nur ein klein wenig Verlegenheit war da. »Ich freue mich so ... ich freue mich so ...« sagte er.

»Der Gruber kommt wegen übermorgen ... um das Programm!« setzte Biterolf ein.

»Ja, was ... jetzt kommt's endlich zum Krachen,« Wieland nahm die Arme zurück, spannte die Muskeln und ballte die Fäuste, »beim Volkstag wird endlich einmal abgerechnet. Du stehst auch auf der Rechnung, die übermorgen gezahlt werden muß. Für dich sind Zinsen aufgelaufen.«

Gustav hielt den Kopf gesenkt. »Du meinst, daß es zu Zusammenstößen kommen wird. Die Herren im Volksrat befürchten es auch.«

»Was, meinen? Was, befürchten? Selbstverständlich. Hast du nicht gelesen, was die tschechischen Zeitungen schreiben? Daß die Stadt ihnen gehört und daß es eine Frechheit von uns ist, einen Volkstag zu veranstalten. Daß sie es uns versalzen werden. Die ganze tschechische Umgebung wird übermorgen in der Stadt sein und das Gesindel aus den Vororten. Da gibt es kein Meinen und kein Befürchten ... da gibt es nur eins – dreinhauen!«

Es hob Gustavs Blick wieder empor. Da stand Wieland, roten Gesichts, bereit, sich auf den Feind zu stürzen. Seine ganze Seele war von unbändiger Rauflust gefüllt, und seine Kampfgier warf sich in die Welt der Erscheinungen als Zähnefletschen und Fäusteheben. In den nackten Achselhöhlen kräuselte sich der Flaum der Männlichkeit, die Brust wölbte sich unter dem Hemd wie ein Amboß. Ein junger Gotenkrieger vor dem Zeichen zum Angriff ... die ewige Jugend des deutschen Volkes ... trotz alledem und alledem.

Da stieg ein heißer Zorn in Gustav hoch. Dort war der Wotansglaube und der Glaube an die »Wacht am Rhein«, dort war das Unbedingte und Unbedenkliche, dort waren die Zusammenhänge, die er verloren hatte. Er aber trieb willenlos, ein Stück Holz auf langsamem, trübem Strom. Da, peitschte es ihn empor.

»Ich finde,« sagte er bebend, »daß es sehr unnötig war, die Spannung noch zu verschärfen. Was wird die Folge sein? Daß die Feindschaft zunimmt, daß ein paar Existenzen zugrunde gehen ... man sollte sich vertragen ... wir leben einmal nebeneinander ...«

Wielands Fäuste sanken und öffneten sich. Er trat einen Schritt zurück, auf sein Gesicht kroch eine Qual. »Ja, ... Gustav! Hagen! Das sagst du? ... das sagst du?«

Biterolf räusperte sich und Buchaczek schüttelte den Kopf.

Und nun, Zorn und Scham und Trotz, riß es Gustav noch weiter hin: »Unser Deutschtum steht nicht so fest. Ich weiß es, ich bin im Volksrat dabei. Unser Deutschtum hier ist wie ... wie ein Pappendeckelwappen. Vorne Schwarz und Rot und Gelb, sehr schön und sauber und kräftig. Wenn man es aber umdreht, merkt man, wie es geklebt ist.«

Biterolf räusperte sich wieder. Er hatte ein Vorturneransehen zu wahren und höhere Einsichten zu vertreten. »Mein lieber Gruber,« sagte er, »Sie sind noch sehr jung. Sie wissen nicht, was Sie reden. Zum Glück denken nicht alle so wie Sie.«

Auch Buchaczek meldete sich: »Ich möchte Sie nur darauf aufmerksam machen, daß wir Deutschen nicht nur eine Nation sind, sondern auch eine politische Partei. Und in der Politik ist nun einmal ...«

Gustav hörte nicht auf ihn. Er sah nur immer Wieland an, Wieland, den Jungen, Wieland, den Unbedingten ... der war vor ihm zurückgewichen und blickte ihn fremd und ratlos an, und immer deutlicher trat eine Härte in diesen Blick. Und dann bildeten diese Lippen ein Wort ... ein schwer gesprochenes Wort:

»Judas!«

Gustav lächelte ins Wesenlose. »Das Programm habe ich ja ...« sagte er langsam, »ich danke Ihnen ... gute Nacht, meine Herren.«

Er ging. Und es war ihm, als habe er endlich ein wundes Stück seines Seins mit scharfem Schnitt von sich getrennt und es unter dem Frühlingshimmel auf festem, kühlem Sand zurückgelassen. Er ging leicht und leer und unsagbar traurig.

Die drei jungen Leute sahen sich an.

»Was aus dem geworden ist!« sagte Biterolf.

»Und so was ist Sekretär beim Volksrat,« meinte Buchaczek.

Wieland wandte sich langsam mit hängenden Armen und sprach kein Wort. –

*

Am nächsten Morgen trat Gustav in Moreks Bureau.

»Herr Morek, ich möchte Sie bitten, mich von der Arbeit beim Volksrat zu befreien,« begann er ohne Zögern, »ich tauge nicht dazu.«

Morek sah ihn mit seinem festen Wikingerblick an. Dann erhob er sich vom Schreibtisch. »Setzen Sie sich, Gruber,« sagte er. Und Gustav gehorchte ohne Widerstreben.

Morek stand vor ihm, breit und schwer wie eines seiner großen Gußstücke.

»Sehen Sie, Gruber,« sagte er, »ich habe Sie beobachtet und war darauf gefaßt, daß Sie einmal so zu mir kommen werden. Ich habe keine Freudigkeit in Ihnen gefunden und keine Zuversicht und keinen Glauben. Und nun will ich Ihnen etwas sagen.«

Sein Blick war mild und gut. Es war ganz still in ihrer Nähe, von drüben aber, aus der Gießerei und den Maschinenräumen und von den Höfen schwang sich das Pochen, Dröhnen und Hämmern herüber und war ganz, ganz dicht an Gustavs Schläfen.

Morek streckte die Hand aus, öffnete und schloß die Finger, als greife er in dieses Summen und Pochen wie in eine weiche Masse, die sich ballen läßt.

»Das war nicht immer so hier. Sie wissen es vielleicht, daß es anders angefangen hat. Mit einem Ofen und fünfzehn Arbeitern. Und auf jedem Ziegelstein Schulden. So hab ich es übernommen. Es war kein warmer Platz, den mir der Vater hinterlassen hat. Ich habe mich ärger schinden müssen wie mein letzter Arbeiter. Nur die Verantwortung habe ich noch dazu auf mir gehabt. Aber jemand hat mir redlich geholfen. Man hat Ihnen natürlich gesagt, daß ich verheiratet gewesen bin.«

Gustav nickte. Nie, nie sprach Morek davon, er wollte keine bedauernden Redensarten daran rühren lassen. Und nun – vor ihm begann er damit ... da war es Gustav, als habe ihn Morek dadurch emporgehoben und ihn sich gleichgestellt.

»Ja ... sie hat mir redlich geholfen,« fuhr Morek fort, sie hat mir die Bücher geführt, die Nächte über haben wir gerechnet. Wenn ich als mein eigener Reisender draußen war, hat sie den Betrieb überwacht. Und ich habe das alles angenommen, in der Hoffnung, es einmal vergelten zu können. Über die erste gute Bilanz haben wir uns gefreut wie die Kinder. Nun ist es immer besser geworden. Aber ... als ob das Schicksal nur darauf gewartet hätte, von dieser Zeit an ist es mit ihrer Gesundheit bergab gegangen. Sie hat wenig davon gehabt, daß unser Betrieb immer größer geworden ist ... Ein Krebsleiden. Ich habe es ansehen müssen, wie man Stück um Stück ihres Körpers weggeschnitten hat. Alle Qual ist umsonst gewesen. Sie hat sterben müssen.«

So fest das Morek auch sagte, Gustav sah doch das Zucken der Schultern und das heftige Würgen der Kehle.

»Ja, mein Lieber ... ich habe damals losbrüllen wollen, mein Haus anzünden, mein Leben vernichten. Und ich bin doch darüber hinweggekommen. Sehen Sie ... eine Einladung war da, eine Vereinsgeschichte, irgend etwas ... mein Haus war so furchtbar einsam. Ich bin hingegangen, nur um gleichgültige Menschen zu sehen. Und da ist es über mich gekommen. Irgendwo sind arme Kinder gewesen, deutsche Kinder, für die sollte etwas getan werden. Das waren Dinge, die ich oft mit ihr besprochen habe. Und es war, als sei sie da und alles, was ich tue, geschehe in ihrem Sinn. Meine Arbeit und mein Volk haben mir hinübergeholfen. Das waren ihre Vermächtnisse. Und ich habe immer deutlicher eingesehen, daß unsere eigenen Kümmernisse schwinden, wenn wir an die Not unseres Volkes denken. Ja, wir sind in Not, mein Lieber, wir müssen uns wehren. Und da dürfen wir nichts für kleinlich erachten. Da sind alle die Dinge notwendig, die Ihnen als Sekretär des Volksrates wahrscheinlich wenig Freude machen. Mir machen sie ja auch keine Freude ... ich möchte lieber dreinschlagen. Aber damit kommt man nicht sehr weit. Na ... kurz und gut ... Sie haben Schweres erlebt, mein lieber Gruber, gerade deshalb sollen Sie mir aushalten.«

Gustav erhob sich und stand im strömenden Summen. Sein Herz schlug beglückt und traurig. Nun war es so geworden, daß er wirklich aushalten mußte.

»Ich danke Ihnen,« sagte er fest.

Herr Morek nahm einen Zeichenbogen vom Tisch. »Es ist gut. Bitte ... bringen Sie das dem Werkführer Anderle in die Gießerei ...«

Gustav trat aus dem Schatten des Hausflures in den grellen Sonnenschein des Hofes. Langsam entfaltete er den Bogen. Wellen und Kurbeln und Räder strebten mit wirren Linien durcheinander. Hieroglyphen der Technik! Damit begann es, diese dürren, krausen, zarten Linien waren des Werkes Anfang. Sie wuchsen aus dem Papier in die Körperlichkeit des Daseins, füllten sich mit Wirklichkeit, wandelten sich in schwere Modelle, deren Leib dann den glühenden Gußstahl faßte. Dann stand die Macht und Pracht der stählernen Gebilde in der Welt, genau so wie Morek in der Welt stand, der Herr des Stahles und des Lebens.

Gustavs Leben aber kam nicht über den Zustand der Linienwirrnis hinaus, es blieb ihm selbst fremd und unverstanden wie dieses Blatt, auf dem die Sonne flimmerte.

Leuchtende, kleine Kugeln hüpften über die hingerätselten Kurbeln und Wellen. Aber unter dem Blatt wanderte ein stiller Schatten von Gustavs Füßen vor ihm her zur Gießerei.

Heißer Atem von Öfen hauchte ihm entgegen und von flüssigem Stahl, der im Bogen aus dem Gußloch in die Graphittiegel schoß. Überall standen die Gefäße umher, bis an den Rand voll schwerer, breiiger Glut, deren Oberfläche Inseln von Schlacke hatte. Es war die Stunde des vormittägigen Gusses. Die halbnackten Gießer trugen zu je zweien die Graphitgefäße zu den Schamotteformen. Sie hoben das Gefäß an den Trägern hoch, kippten es, und die Glut verschwand lautlos in dem Loch des Modells.

Ein halblauter Pfiff schnitt neben Gustav durch die heiße Luft. Er sah hinter einem hohen Turbinenmodell einen winkenden Arm. Ein Paar der Arbeiter vor dem ersten Ofen wandten den Kopf.

Und in diesem Augenblick brach ein wilder Schweiß an Gustavs ganzem Körper aus. War es nur die Hitze in diesem Raum oder diese sinnlose Angst, die ihn plötzlich angesprungen hatte? Als treibe es ihn einem Verhängnis entgegen, als gehe er einer blinden Feindseligkeit zu. Etwas Verhülltes war da, etwas Bösartiges, körperlos und überlegen. Einmal hatte Gustav so etwas gefühlt. Als ihm aus dem gedrängt vollen Zuschauerraum eines Gerichtssaales Haß und Ingrimm entgegengeschlagen hatten.

Er peitschte sich selbst vorwärts. Wie armselig und kraftlos war er, daß er sich solchen Zuständen überließ.

Aus dem Gußloch des Ofens stand der flüssige Stahl wie ein glühender Türkensäbel in die Graphitkübel hinein. Wenn das eine Gefäß gefüllt war, so wurde rasch ein anderes hingeschoben. Was von dem Stahl danebenfloß, das blieb wirkungslos in der Sandgrube vor dem Ofen liegen. Die Beine der Arbeiter waren von unten grellrot bestrahlt, ihre Rückseiten von blauem Tageslicht kühl überrieselt. Die Gesichter starrten wie schwarze und rote Masken. Blaue und rote Dampfwolken krochen über ihren Köpfen als zähes Gewürm.

Gustav ging durch einen Engpaß von mannshohen Gußformen. Gerade dort, wo der Engpaß sich öffnete, stand der Werkführer Anderle mit zwei oder drei Arbeitern und erklärte etwas.

Zwei Arbeiter mit einem Tiegel flüssigen Stahles kamen hinter Gustav durch den Paß, mit geschwinden, kleinen Schritten. »Achtung!« schrie der eine. Gustav trat zur Seite, in einen engen Spalt zwischen zwei Formen. Es war ihm, als ducke sich drüben hinter einem breitgelagerten gußeisernen Ungeheuer ein Mensch. Ein giftiger Atem von Haß und Feindschaft überall.

Vorn am Ende des Passes hoben die Arbeiter ihren Tiegel auf die hohe Kante einer Gußform. Irgendwo platzte eine Schlackenbombe. Ein fliegender roter Schein traf die emporgehobenen nackten, gestrafften Arme.

Gustav sah den Weg frei.

Anderle zeichnete Kreise in die Luft, die Männer um ihn glotzten mit schwer hängenden Armen. Einer wischte mit der Schürze über die triefende Stirn.

Dann sah Gustav nur noch, wie sich Anderle gegen ihn wandte, sah ein jähes Entsetzen in den Augen des Mannes, einen klaffenden Mund.

Er fühlte sich nach vorn gerissen ... brach in die Knie.

Hinter ihm tat es einen schweren Schlag ... ein kalter spitzer Schmerz war an seiner Wade.

Ein Augenblick vollkommener Dunkelheit, dann kam wieder alles hervor.

Erstaunt sah sich Gustav mit den Knien und der linken Hand auf dem Boden. Der kleine, bärtige Werkmeister hielt ihn krampfhaft vorn am Rock gefaßt.

»Da schaun S',« keuchte er und stieß die Hand vorwärts.

Gustav wandte den Kopf. Schmerzhaft stach ein heißer Glanz in sein krankes, linkes Auge. Da war einen Schritt hinter ihm flüssiger Stahl über den Boden gegossen. Unter einer Wolke von Staub und Dampf rann es zäh und schwer und glühend über den Boden, hauchte Qual und Vernichtung. Breite Zungen leckten nach allen Seiten, schwarze Krusten trieben auf der weißen Glut und sprühten zerplatzend Funken aus. Der Tiegel, der vorhin auf der Kante der Form gestanden hatte, lag geleert am Rand der glühenden Lache.

»Jetzt, wann ich das nicht seh' ... is es aus mit Ihnen!« sagte Anderle.

Gustav nickte und erhob sich. Er fühlte ein wildes Brennen an seiner Wade. Dort war der Stoff der Hose versengt und zerfetzt, ein Spritzer des flüssigen Stahles hatte ihn gestreift.

Langsam und scheu verloren sich die Arbeiter, die bei Anderle gestanden hatten.

»Is Ihnen nicht gut?« fragte der kleine Mann, »soll ich Ihnen Wasser bringen?«

Aber Gustav schüttelte den Kopf, und dankte. Die frische Luft werde ihm wohltun, meinte er.

Anderle schob den Arm unter den Gustavs und der ließ es geschehen, obzwar er wußte, er bedürfe dessen nicht.

Als sie auf dem Hof standen, ließ Anderle Gustavs Arm los und sah ihm ins Gesicht. Und auf einmal riß es ihm die geballten Fäuste hoch und gegen die Gießerei. »Die Lumpen! ... die Hunde!«

»Was denn?«

»Sie dürfen niemals mehr in die Gießerei kommen, Gruber. Niemals mehr.«

»Sie meinen ...? es war ...?«

»Ja ... ich habe es gesehen. Das war verabredet. Die haben den Tiegel schon so hingestellt und der dritte hat bloß einen Stoß gegeben.«

Da rann nun endlich ein Zittern durch Gustavs Erstarrung.

»Sie sind aufgehetzt, wissen S',« sagte Anderle, »ich weiß es schon längst. Ihre Zeitungen schreiben doch jede Woche über Sie ... weil Sie auch beim Volksrat sind. Und morgen is der Volkstag. Gott weiß, wie das werden wird. Es is eine Wut in den Leuten ... und man kann nix tun. Werden S' es dem Chef melden?«

»Nein!« sagte Gustav.

»Man kann ja auch nix tun. Es is besser. Sie gehen ihnen aus dem Weg. Wenn der Chef die Kerle hinausschmeißt, so haben wir am selben Tag den Streik. Die anderen lassen sie nicht fallen ... mein Gott, es is ein Jammer, wenn man mit solchen Menschen arbeiten muß. Es sind Bestien, nicht Menschen. Aber woher soll man Arbeiter nehmen?«

Gustav erwiderte nichts. Er sah in die blaue Luft und den Sonnenschein und wunderte sich über den Schatten, der neben ihm lag, bereit, mit ihm fortzugehen, wenn er seine gesunden Glieder bewegen würde.

*

Er tat seine Pflicht, wie sonst.

Im Volksrat gab es alle Hände voll zu tun. Hier liefen die vielen Fäden zusammen, an denen das morgige Fest ging, hier waren die Triebräder des Ganzen.

Erst am späten Abend war die Arbeit beendet.

Gustav ging durch beflaggte Straßen. Der Sockel des Kaiser-Josef-Denkmals war mit schwarzrotgelbem Fahnentuch verhüllt. In den Straßen, die vom Bahnhof führten, waren Ehrenpforten errichtet, laubumkränzte Maste mit markigen Worten auf straffgezogener Leinwand dazwischen.

Erwartung spannte die Nerven der Stadt. Man sprach davon, daß ein Trupp halbwüchsiger Burschen aus der Vorstadt irgendwo versucht hatte, eine Fahne herunterzureißen. Polizei war dazwischengefahren. Eine rasch angesammelte Menge hatte zwei Verhaftete wieder befreit.

Es hätte sein können, daß Gustav jetzt mit verbrannten Gliedern, losgelöstem Fleisch und zuckenden Eingeweiden dem Tod entgegenbrüllte. Aber da sah er, wie vertraut er mit dem Gedanken war: alles dies hier könnte sein, ohne ihn. Er trug ein kleines Fläschchen in der Westentasche, seit vielen Wochen schon. Eines von Viktorins wirksamsten Giften, unter einem Zwang aus dem Schrank genommen, ohne jeden Bezug auf Sterben. Nur um des Gefühles willen: es ist da, ich trage eine Gefahr in der Westentasche. Nun aber wußte er, daß er imstande gewesen wäre, den Ernst aus dem Rankenwerk spielerischer Gedanken loszureißen. Sich zu befreien, ehe er vom Schmerz erbärmlich und armselig geworden wäre.

Wie er das so überdachte, da hob er den Kopf. Noch waren Scham und Stolz in ihm nicht ganz gebrochen.

Wie aus einer anderen Welt ging er durch die belebten Straßen. Was ging ihn das an, dieses Drängen und Stoßen und dieses Fahnenflattern? Wo stand er? So mußte es einem Unsichtbaren zumute sein, einem Mann, der einen Zauberring besitzt. Er trug Leben und Tod in sich selbst, war sein eigener Herr, und das war der Sinn des Daseins. Heute, wo er dem Tod um Haaresbreite entgangen war, hatten sich seine Augen endlich nach innen geöffnet.

Wie eine Feuersäule, wie eine Rauchsäule wandelte er. Nur vor der Ausgabe einer tschechischen Zeitung, wo sich die Menge staute und um Extrablätter balgte, merkte er, daß er die allgemeinen physikalischen Eigenschaften der Schwere, Ausdehnung und Undurchdringlichkeit mit anderen Menschenkörpern teilte.

»Was ist dir?« fragte die Mutter, als er nach Hause kam.

Gustav sah aus wie erhöht. Sein Kopf war aufgerichtet, die Augen leuchteten unter der vortretenden Stirne. Ein Glanz floß von den hohlen Schläfen die eingefallenen Wangen hinab und sammelte sich wieder weiter unten auf den Händen. So kannte die Mutter die Bilder von Märtyrern in dämmerigen Kirchenhallen. So waren die Glaubenszeugen gegen die braunroten nackten Körper ihrer Henker gestellt, bleich, gefaßt und strahlend. Verinnerlichte Kraft des Geistes gegen rohe Muskelkraft.

Die Mutter sah Gustav scheu an. »Hast du Fieber?«

»O nein!« – Gustav ging im Zimmer herum, faßte dies und das planlos an, betrachtete altbekannte Dinge, als ob er sie lange nicht gesehen hätte, summte etwas vor sich hin.

Nach dem Abendessen bat er um eine zweite Flasche Bier. Dann nahm er ein Buch vor, etwas über Erfindungen. Die Mutter sah über ihre Flickwäsche hin Ehrfurcht einflößende Maschinen. Das war etwas Erstaunliches, Gustav über einem Buch zu sehen, etwas lange nicht Dagewesenes. Er hielt den linken Arm aufgestützt, kraute mit den Fingern im Haar, die rechte Hand blätterte im Buch. Das war wie ein leises Knattern, als sprühe die Wissenschaft Funken.

Und auf einmal wuchs so eine kleine Maschine aus dem Buch hervor, wuchs nach allen Seiten, reckte sich mit Kolben und Rädern und stand auf dem Tisch. Ein lebendiges, bewegtes, unheimliches Ding, das in einem seltsamen Takt pochte ... immer dringlicher pochte.

Da fuhr Frau Grubers Kopf, der über die Flickwäsche gesunken war, auf. Gustav saß ihr gegenüber, blaß, mit großen, entsetzten Augen.

»Mutter!« sagte Gustav, »es ist jemand an der Türe!«

Gott im Himmel, jemand an der Ladentüre ... wahrhaftig, es klopfte an der Ladentüre. Gott im Himmel – mitten in der Nacht.

»Wer ... wer kann das ...« stammelte sie.

»Mach auf, Mutter ... mach auf ...« Gustav saß wie gelähmt.

»Ja ... ja ... die Schlüssel.« Frau Gruber fuhr in alle Taschen, fand den Schlüsselbund endlich auf dem Waschtisch und lief in den Laden, die Türe hinter sich offen lassend.

Es zog Gustav langsam vom Stuhl auf. Er schwankte ... stand. Seine Füße fühlten den Boden nicht.

Draußen rasselte der Schlüsselbund ... zeitlos ... das Schloß quiekte. Jemand drückte sich durch die schmale Türe ... ein Schluchzen.

»Mein Gott ... Sie sind's« ... der Laden war zu eng für den Strom qualvollen Stöhnens, es quoll breit in das Zimmer ... und plötzlich stand mitten darin, an der Türe ... Steffi.

Sie war im Hauskleid, breiten Leibes, ein wollenes Umhängetuch schief um die Schultern. Die linke Hälfte ihres Gesichtes war stark gerötet und verschwollen, über die Stirn zogen sich zwei rote Striemen. Ihre Unterlippe zitterte wie im Fieber oder Frost, ihre Blicke duckten sich in maßloser Angst.

Man sah, daß sie sprechen wollte, aber es wurde nur ein Stöhnen. »Jagen ...« stammelte sie.

Frau Gruber schloß die Türe, stand mit gefalteten, zur Brust gehobenen Händen neben Steffi. »Mein Gott ... mein Gott ...!«

»Jagen ... jagen Sie ... mich nicht hinaus. Lassen ... Sie mich bei sich ... nur diese Nacht ... morgen gehe ich ... sie schlagen mich ja tot ...«

»Nein ... nein ... mein liebes ... mein armes Fräulein Steffi,« sagte Frau Gruber, »was ist denn nur geschehen? Nein ... nein, bleiben Sie nur ...«

Aber Steffi löste sich nicht von der Türe. Noch immer gingen ihre Blicke zu Gustav, geduckt in maßloser Angst.

Gustav schüttelte den Kopf.

»Kommen Sie,« sagte die Mutter und nahm das wollene Tuch von Steffis Schultern. Dann legte sie ihren Arm um die Hüften des Mädchens und führte sie wie ein Krankes an den Tisch.

»Setzen Sie sich.«

Steffi sank schwer in den Stuhl. Frau Gruber stand neben ihr, in einem Arm das Umhängtuch, im anderen die rasch zusammengeraffte Flickwäsche, und sah ratlos auf den braunen Scheitel.

Noch immer hielt sich Gustav an der anderen Seite des Tisches, die Faust auf dem offenen Buch.

»Was ist denn geschehen ...?« stammelte Frau Gruber, noch immer fassungslos. Steffi schlug die Hände vor das Gesicht. Ihr Leib, der schwer zwischen den Lehnen des Stuhles lastete, bebte krampfhaft. »Sie schlagen mich tot ... sie haben mich hinausgejagt ... hinausgejagt ...«

Sie ließ die Hände auf den Tisch sinken. Gustav sah, daß die Finger der Rechten blau und angeschwollen waren, als habe ein heftiger Schlag diese Hand getroffen. Die Nägel waren violett unterlaufen und glänzend, als wollten sie sich vom Fleisch lösen.

Auf dieser verschwollenen Hand trafen sich seine Blicke mit denen der Mutter.

In der großen Stille pochten drei gequälte Herzen.

Leise ging die Mutter zur Kommode und legte das Tuch und die Wäsche hin. Dann kam sie wieder, schlang den Arm sanft um Steffis Schultern.

»Er ... er hat sie jetzt einfach sitzen lassen,« sagte sie.

Steffi zuckte zusammen.

»Mutter!« bat Gustav.

Aber da war schon der Zorn in ihr zu mächtig geworden. »Jetzt haben sie das Mädel geschlagen ... und jagen sie hinaus, mitten in der Nacht ... und sind selber daran schuld – warum haben sie es geduldet ...«

»Mutter!« sagte Gustav noch einmal, eindringlich.

Sie hob den Kopf, sah die Qual auf seinem Gesicht und erschrak. »Ja ... ja!« sagte sie scheu.

Und dann begann die alte Frau schweigend auf und ab zu gehen. Mit einer in schweren Bewegungen hinströmenden mütterlichen Zärtlichkeit machte sie Gustavs Bett, gab den Polstern und der Decke andere Überzüge, breitete ein frisches Leintuch hin. Und warf dabei immer wieder besorgte Blicke nach dem Tisch, an dem Gustav Steffi gegenübersaß, mit dumpf gesenktem Kopf und vorgewölbter Stirn.

Dann trat sie wieder zu dem Mädchen. »Kommen Sie,« sagte sie, »am besten ist es, wenn man schlafen geht.«

Steffi legte die angeschwollenen Finger auf die kraus verrunzelte Hand der alten Frau. Es war ein seltsamer Anblick, dieses Ineinanderfügen zweier Geschicke. Langsam hob sich Gustavs Blick von den aufeinander ruhenden Händen zu Steffis Gesicht. Da stand Schmerz und Bitterkeit und Bangen, unentwirrbar verkrampft, aber in den Augen war die große Verzweiflung schon in Demut gewandelt. Sie schien Gustav fremdartiger als je. Eine kleine Japanerin, mit den ein wenig schief gestellten Augen, zwischen deren Brauen eine tiefe Falte seltsam verwunderlich und rührend war.

»Und Sie ...?« fragte Steffi ganz leise. »Und du ... wo wirst du schlafen?«

»Draußen im Laden!« sagte Gustav und ging hinaus und stand wartend im Dunkeln, bis die Mutter einen Strohsack und eine Decke gebracht hatte. Er fühlte sie in der Finsternis neben sich, angstvoll ihm zugewandt, als habe er etwas zu entscheiden. Aber er wußte nichts zu sagen und es mußte alles bleiben wie es war, schwer, zusammengeballt, undurchdringlich.

Da ging die Mutter mit einem Seufzer, der zwischen Schluchzen und Stöhnen war. Aber als sie drinnen Steffis angstvolle Augen sah, da lächelte sie, als trage sie eine neugeborene Hoffnung in sich, von der man nur noch nicht wagen durfte, zu sprechen.

An diesem Abend bekam der heilige Aloisius ein Kopfschütteln zu sehen, als Frau Gruber in das rote Lämpchen frisches Öl füllte. Es gingen auf der Welt Dinge vor, die gar nicht in Ordnung waren. Und wenn man ein Heiliger war, der auch nur einigen Einfluß besaß, so hätte man sich wohl ein bißchen besser kümmern können, daß nicht auf dem Weg vom Himmel zur Erde gar so viel Gottesgüte verloren ging.

Gustav aber, der keinen Heiligen hatte und keinen Wotan mehr, war mit dem tiroler Moidl und der rotbraunen Kuh aus Papiermaché allein, die oben auf dem Wandregal standen. Und die hatten auch keinen neuen Lebensmut zu geben, denn die vergingen in Staub und wußten auch nur vom Abbruch einstiger Herrlichkeit.

* * *

Gleich vom frühen Morgen an wurde gerauft.

Der Michel und der Wenzel taten, als hätten sie vollkommen vergessen, daß sie eigentlich unter den Augen der Regierung auf einem Bankerl saßen und über den Ausgleich verhandelten. Sie ließen für diesen Tag alle Historie und Politik und Diplomatie und andere Lustbarkeiten weg und tauchten zu dem realen Untergrund aller staatsrechtlichen Probleme: zum Recht der Faust.

Es begann sogleich nach der Ankunft des ersten deutschen Sonderzuges aus der Sprachinsel. Als die Bauern auf den Bahnhofsplatz herauskamen, brüllte, pfiff und johlte es ihnen feindselig entgegen. Hier waren ein paar hundert Menschen zusammengestaut, die ihnen den Einzug in die Stadt verwehren wollten. Die Bauern hatten nicht viel Zeit zu verlieren, denn sie gedachten noch einen umfangreichen Frühschoppen abzuhalten, ehe die Volksversammlung begann.

Sie warfen sich also mit einer durch den Durst verstärkten Naturgewalt auf den Feind. Fünf Minuten später war nichts mehr von ihm auf den Bahnhofsplatz zurückgeblieben, als zerbrochene Stöcke und ausgerissene Hemdkragen.

Eine Weile später aber wurde diese Niederlage an einem Gesangverein gerächt, der, mehr auf die Macht des deutschen Liedes als auf die der Fäuste vertrauend, in die Stadt wollte. Dem stimmführenden zweiten Bassisten wurde sein tiefster Ton abgetreten. Dem Tenoristen Grasegger wurde der Stimmstock derart zusammengepreßt, daß die ganze Garnitur vom E aufwärts für alle Zukunft gelockert blieb.

Dann aber kam der Turnverein, säuberte den Bahnhofsplatz und hielt den Weg für die Gäste aus der Sprachinsel frei. Wieland durfte sich zwei Selbstbinder und ein Hemdplastron wie Skalpe an den Gürtel hängen.

Als auf dem Bahnhofsplatz Ordnung gemacht war, wurde der Krieg auf die innere Stadt ausgedehnt. In den engen Straßen verfinsterten die ausgerissenen Haarbüschel die Luft.

Die christliche Nächstenliebe war auf das Dach der Jakobskirche geklettert. Da saß sie nun mit angezogenen Beinen und sah entsetzten Angesichtes, wie unten gerauft wurde.

Und die Staatsgewalt hatte im Grunde nicht viel mehr Macht als sie. Sie warf sich säbelrasselnd und helmfunkelnd zwischen die feindlichen Scharen. Sie mahnte zum Auseinandergehen, sperrte hier eine Straße und dort eine Gasse ab, drängte zurück, wurde zurückgedrängt und griff sich bisweilen einen einzelnen aus den kriegerischen Haufen, um ihn ins Loch zu stecken. Aber wenn vorn die Ruhe hergestellt war, fiel man hinten freudestrahlend wieder über einander her.

Gustav hatte als Ordner beim Festzug zu wirken und war auf zehn Uhr ins Deutsche Haus befohlen. Als er auf die Straße kam, wurde er sogleich von einem Menschenstrom erfaßt. Die tschechischen Vorstädte warfen Massen von argem Gesindel in die Stadt. Es waren bedrohliche Gesellen, zu allem entschlossen, die Taschen voll Steine, Knüttel in den Händen.

Wo die hinkamen, war die gesunde Fröhlichkeit und der Übermut des Raufens sogleich in Erbitterung und Roheit verwandelt.

Immer dichter wurde das Gedränge um Gustav. Er strebte vorwärts, wurde zurückgestoßen, suchte sich einen anderen Weg. Sein Kopf war wie zwischen Brettern festgenagelt. Die Nägel saßen ihm in den Schläfen. Nach einer Nacht rasender Gedankenflucht war das Denken eingestellt. Er wußte nur, daß er irgendwo gebraucht wurde.

Sein Herz füllte die ganze Brust aus, beengte das Atmen. Manchmal war es ihm, als müsse er in der Masse ersticken.

Plötzlich stand er eingekeilt zwischen einer festgeballten Menge und den Nachdrängenden. Es schob ihn auf eine Haustorstufe. Die ganze Straße war von einer Seite zur andern eine eingestampfte Menschenmasse. Es wogte über dieses Gewimmel von Köpfen und geschwungenen Stöcken hin. Vorn bäumte sich wütendes Gebrüll und Gekreisch auf, wälzte sich nach hinten.

Niemand wußte, warum er brüllte.

Der Vorstadtpöbel um Gustav schwang Knüttel und stieß Fäuste hoch. In der Ferne zuckten spitze Lichter um die Straßenbiegung, Lichtscherben auf Dragonerhelmen und blanken Säbeln.

Etwas weiter drinnen in der Straße hing ein Bursche an einer Laterne. Mit dem linken Arm hatte er sich festgeklammert, der rechte wies über die Köpfe unter ihm nach vorn. Der Mund stand ihm weit offen – er schrie etwas, das von dem tiefen Brüllen verschlungen wurde.

Die Köpfe und Stöcke wogten vor und zurück – und plötzlich ging ein Ruck durch die ganze Menge. Einzelne Gesichter sprangen in der Menge auf, rückwärts gewandte Gesichter, nun war ein Geflimmer von Gesichtern ... heulend floh die Masse vor den Pferden und den Säbeln.

Nur der Bursche hing an der Gaslaterne, mit weit offenem Mund brüllend, mit ausgestrecktem Arm fuchtelnd, daß es schien, als müsse ihm die Hand wegfliegen.

Gustav bekam einen Stoß, verlor seinen Halt, wurde in der Flucht mitgerissen ... die Straße zurück, eine Seitenstraße entlang, bis auf einen freien Platz, wo die zusammengeballte Masse in Klumpen zerfiel.

Unten, an der Mündung der Straße, hielt eine Reihe von Dragonern. Blaue Röcke ... Helme ... braune und schwarze Pferde ... ein weißes darunter. Längs der Häuser des Platzes klapperte eine Abteilung Reiter. Taktmäßig flogen die blauen Röcke aus den Sätteln hoch, die Karabiner baumelten quer über die Rücken.

Welche Folge von Szenen, ohne Zusammenhang. Es war wie im Kino, wenn man im Dunkeln saß und auf der Leinwand vorn Dinge vor sich gingen, die eigens für diesen Zweck erfunden waren.

Nur, daß man jetzt fort mußte ...

Wieder eine Straße mit johlenden Menschen. Ein schwarzer Knäuel klebte an einem Haus. Da war eine Polizeiwachstube, die man gestürmt hatte. Die Fenster waren zertrümmert, die Tür aus den Angeln gerissen, die Möbel lagen kurz und klein geschlagen auf der Straße.

Nun war ein Trupp von Deutschen da, als freiwillige Wache gegen die Vorstadtbanden. Es war aber nichts mehr zu bewachen als ein leerer Raum.

Weiter ...

Aus dem Dachbodenfenster eines niedrigen Hauses schleuderte ein altes Weib tschechische Schimpfworte auf die Vorübergehenden ...

Nun ... wieder ein Polizeikordon ... niemand durfte hindurch.

Gustav wies seine Legitimation als Ordner vor.

»Passiert!« sagte der Inspektor.

Da lag das Deutsche Haus, ein roter, massiger Bau inmitten der Anlagen. Aber es war, als sei ein wütender Sturm über Beete und Büsche gegangen. Hier hatte es einen Kampf gegeben.

An einer Straßenmündung Gebrüll. Gustav sah eine Doppelreihe von Wachleuten gegen eine anstürmende Menge gestemmt. Die ganze Straße war voll Menschen, ein Gewimmel, das an den Häusern hinaufquoll.

Ein paar Dragoner standen um etwas, das auf dem zertrampelten Rasen lag. Gustav trat hinzu ... ein Pferd, mit glattem, braunem, spiegelndem Fell lag da auf der Seite. Der eine Vorderfuß war gebrochen, aus der zerfetzten Haut, aus Klumpen geronnenen Blutes stach der weiße, splitterige Knochen.

»Sie haben die Drähte über die Straße gespannt,« sagte jemand neben Gustav, »das Pferd ist hin.«

Das Tier hob den Kopf, mit großen, feuchten, qualerfüllten Augen. Es wollte sich aufrichten und sank immer wieder zurück.

Einer der Dragoner hielt den Karabiner im Arm. Er sah den Offizier an. Der wandte sich ab und nickte. Der Dragoner setzte den Karabiner an die Schläfe des Pferdeschädels. Schnuppernd bewegte sich die weiche Schnauze.

Ein Knall ...

Drüben an der Straßenmündung antwortete ein Gebrüll.

»Jetzt werden sie sagen, wir haben geschossen,« sagte wieder der Jemand neben Gustav.

Das Pferd streckte sich mit schwer atmenden Flanken. Die Beine fuhren aus, das abgebrochene Stück wurde an einem Hautfetzen hin und her gezerrt. Ein Rieseln lief unter dem glänzenden Fell dahin, ein Muskel über der Schulter schwoll auf einmal fausthoch an. Dann war es, als würde dies alles weggewischt ... die Lefzen zogen sich von den gelben Zähnen zurück, langsam quoll eine rosafarbene Zunge vor ...

Da fegte es aus der Straßenmündung über den Platz daher.

Wirbel von Menschen voran, dann die breite brüllende Masse ... Wachleute ohne Helm, mit blutigen Gesichtern.

Unter der Säulenhalle des Deutschen Hauses war auf einmal ein blanker Stachelzaun von Bajonetten ... eine gelbe Feldbinde ...

Und dann waren um Gustav nichts als Gesichter und Fäuste.

Wieder hatte ihn ein unwiderstehlicher Strom erfaßt und trug ihn durch eine von Getöse erfüllte Dunkelheit. Die Arme waren ihm an den Leib gepreßt. Sein Körper war wie mit Binden umwickelt.

Nun hörte die Bewegung auf, liste sich in ein Drängen und Drücken. Hoch über den Köpfen der Masse ein dreieckiger Giebel mit Figuren. Ein steinernes Viergespann im blauen Sonntagshimmel ... das Theater ...

Jemand sprach über die Menge hin ... er stand irgendwo erhöht, Gustav streckte sich ... auf einem roten Automobil stand der Redner. Mit weit hinausgeschleuderten Armen riß er die zornigen, die empörten, die begeisterten Zurufe aus der Menge. Es schien, als werfe er sie sich in den weit aufgerissenen Mund, um sie bebend vor Gier zu verschlingen.

Und das war ... ja, das war jemand von weit hinten ... aus schon verdunkelten Zeiten ... das war dieser Doktor Posolda ... auf den man, wie sonderbar, einmal ein Attentat verübt hatte ... aber mit einer Höllenmaschine, Herrschaften, keineswegs mit einer Bombe.

Es wäre interessant gewesen zu hören, was er sprach ... was er sprach, denn es mußte doch irgendwie zu allen diesen Dingen passen, zu der zerstörten Wachtstube, zu dem erschossenen Pferd, zu den laufenden Menschen. Aber es war nichts zu verstehen ... die brüllten immer dazwischen ... riefen einander zu ... stachelten sich selbst zu gleißender Wut.

Die Köpfe bewegten sich hin und her, Gesichter kamen und schwanden. Bald war die ganze Menge von hellem Licht übergossen, dann lag sie in breitem Schatten. Man wußte nicht, kam das von ziehenden Wolken oder erzeugte die Menge die ungeheure Anhäufung von Kräften, Licht und Schatten aus sich selbst?

Auf einmal trieb ein Gesicht daher. Ein junges, frisches Gesicht mit einem kleinen Schnurrbart, einer klaren Stirn und kühnen Augen.

Ein Strampelrhythmus dröhnte in Gustavs Ohren, der kam aus einem Tanzsaal, und jetzt saß ein Mädel da, mit breitem Leib, mit Striemen im Gesicht und zerquetschten, angeschwollenen Fingern.

Der nicht ... der hätte jetzt nicht hier sein dürfen ... der nicht. Das war nicht gut ... Und es war, als werde eine Hemmung plötzlich gelöst. Ein Leben raste in unzähligen Bildern vorüber, von lichtem Überschwang zu vollkommener Düsterkeit ...

Etwas in Gustav dehnte sich aus, erfüllte ihn bis in die Fingerspitzen. Er war groß, angeschwollen wie ein Luftballon, ein Etwas mit weichen elastischen Wänden, die jedem Druck nachgaben und sich trotzdem ausdehnten. Und dabei hatte er unendlich lange Arme, die von einer unbändigen Kraft angespannt waren.

Ein Wort mit breiter Klinge blitzte vorüber – Assagai!, zerschnitt einen dünnen Faden, der bis jetzt noch etwas gehalten hatte.

Da war am Ende der langen Arme ein Hals, in den die Finger verkrampft waren ... Augen quollen vor, wurden trüb und glotzend, stumpf wie die Augen eines toten Fisches.

Und alles war in Gebrüll getaucht.

Hiebe trommelten auf Gustavs Kopf. Er sah einen riesenhaften, bloßgelegten Augapfel, groß wie eine Weltkugel. Einen opalschimmernden See, mit einem schwarzen Loch mitten im Spiegel, und ein rotes Netz blutgefüllter Adern zog sich über das Weiß des Augapfels wie rote Flußsysteme auf einem Globus, und alles war bis in die feinsten Verästelungen bis zum Bersten angefüllt ...

Langsam rollte der Augapfel ins Dunkel ...

*

Das alte Weiblein schlich den kahlen endlosen Gang entlang, an vielen weißgestrichenen Türen mit ovalen Nummernschildern vorbei. Da stand eine Wärterin in vierschrötiger Sauberkeit gerade vor der Türe von Nummer einundzwanzig.

Es war Besuchszeit, aber das Weiblein meinte, es sei besser zu fragen. Manche Menschen hatten es gern, etwas erlauben zu dürfen, was nicht verboten werden kann.

»Der Gruber? ... der Gustav Gruber ...?« fragte sie demütig, »ist er drinnen?«

Die Wärterin sah über einen hoch gebauten, von einer weißen Schürze umbauschten Busen auf das gebückte Weiblein. Ach ja, das war die Mutter! Noch einmal befragte sie die Trinkgeldhand. Aber da war nichts, nicht das leiseste Jucken der Handfläche. Da durfte sie sich keine Hoffnungen machen. Immerhin: es war die Mutter.

»Gehen S' rein,« sagte sie mürrisch und gnädig, »er is drin ...«

Gustav saß an dem langen Tisch in der Mitte des Krankensaales. An den Wänden standen diese schrecklichen eisernen Betten mit den schwarzen Tafeln am Kopfende. In einem lag ein Mensch mit nach oben verdrehten Augen und herabgeklapptem Unterkiefer und langsam atmender Brust.

Am Tisch saßen ein paar Männer in Leinenhosen und Leinenjacken. Die Hemden standen über der Brust offen, an den Füßen baumelten Pantoffeln. Drei von ihnen trumpften mit schmierigen Karten auf den gescheuerten Tisch. Gustav saß dabei und sah zu.

Er schaute auf, erblickte die Mutter und ging ihr entgegen. Sie sah ihn von unten an, in dieser letzten Zeit war sie noch kleiner geworden, nun glich ihre Haut ganz den Schalen gedörrter Birnen. Gustav zog sie zum offenen Fenster. Draußen strahlte der frühe Sommer. Bäume waren da, mit runden Kronen, und der Gärtner zerrte einen langen Gummischlauch über die Rasenflächen.

»Wie geht's dir?« fragte die Mutter besorgt.

Gustav sah sie an, ruhig und mit einem fernen Lächeln: »Gut, Mutter, ich komme schon aus dem Blauen und Grünen ins Gelbe. Das ist ein großer Fortschritt.«

Der Kopf Gustavs war stellenweise rasiert. Neben einer langen alten Narbe lagen viele neue kreuz und quer. Aber es war schon alles verheilt. Nur zwischen dem Ohr und den Schläfen saß noch eine braune Blutkruste.

»Und das Auge?«

Gustav wandte den Kopf ein wenig ab. Aber die Mutter hatte es schon gesehen, daß dieses linke Auge mit Blut gefüllt war und blicklos starrte.

»Gut,« sagte Gustav, »der Doktor meint, es wird sich geben – mit der Zeit.«

Sie schüttelte den Kopf.

»Nein, Mutter, mach dir keine Sorgen! Es geht mir gut ... sehr gut!« Und auf einmal fügte er hinzu, wie gegen seinen Willen: »Ich bin ja sogar schon vernehmungsfähig.«

Was für ein Schrecknis aus dem Unbekannten war das wieder? Was für ein Wolfsgruben- und Fangeisenwort? Zitternd legte sie die Hand auf Gustavs Arm, ihre rauhen, aufgesprungenen Finger kratzten auf dem Leinen.

Hinten vollzog sich ein bedeutsames Kartenereignis. Jemand trumpfte mit harten Knöcheln seinen Sieg auf den Tisch.

Gustav war von diesem ratlosen, angstvollen Blick umfangen. Er sah sich scheu um. Nur einmal dieses graue Haar streicheln und den Arm um den gekrümmten Rücken legen. Neben den Kartenspielern saß ein ganz alter Mann, zahnlos und triefäugig. Er bewegte unaufhörlich den eingefallenen Mund und sah mit der brutalen Neugierde des Alters unverwandt herüber.

»Morgen werde ich entlassen!« sagte Gustav.

»Gustav ... was ist das ... vernehmungsfähig?«

»Na ... ja ... wegen der Untersuchung ... die Polizei war heute da ... sich erkundigen, wie das damals gewesen ist. Ein Protokoll, weißt du ... so Amtsgeschichten!«

Sieben Schwerter staken in der Mutterbrust. Ein Seufzer zerdehnte die armen Lungen. »Und jetzt wird es wieder so kommen wie damals.«

»Nein, Mutter ... nein, gewiß nicht. Diesmal ist es ja ganz anders. Das mußt du verstehen. Das sagt auch der Herr Morek. Er war schon wieder da. Vorgestern, gleich nachdem du weggegangen bist. Er hat mit dem Doktor Karplus gesprochen. Diesmal kann mir gar nichts geschehen. Da kannst du ganz ruhig sein.«

Die alte Frau fand, daß Gustav so seltsam gelassen war. Es war, als sei ein Druck von ihm genommen, sein Wesen war aufgeschlossen, als warte er auf etwas, das nun ganz sicher kommen mußte. Wie hier durch das offene Fenster die Luft herüberstrich, da wehte sie auch über einen zaghaften Keim von Hoffnung. Und dennoch saß irgendwo eine törichte Angst festgebissen, wie ein giftiges Insekt, das, ausgerissen, seinen Kopf zurückläßt, so daß die Wunde nicht heilen kann.

Leise strich die Hand über den Ärmel, leise tastete der Blick über Gustavs Gesicht.

Vielleicht wartete er nur auf jenes Wort, das bisher noch zwischen ihnen nicht gesprochen worden war.

»Weißt du, wer im Geschäft ist?«

»Wer?«

»Sie ... sie ist immer im Geschäft gewesen, wenn ich dich besucht habe. Ihre Eltern haben sie wieder aufgenommen. Aber sie ist fast den ganzen Tag bei mir.«

Gustav schloß die Augen und lehnte sich hart gegen den Stuhlrücken. Als ziehe er sich vor etwas zurück ... die alte Frau hastete weiter: »Sie wäre ja schon längst gekommen ... Gustav ... sie wäre gekommen. Aber sie hat nicht gewußt, wie ... was ... du ... sie schämt sich vor den Leuten ... aber sie wäre gekommen. Ich hätte dich schon längst fragen sollen.«

Da gingen wieder die Augen auf. Es war eine hinströmende Ruhe in ihnen. »Ja ... ja ... sie soll nur kommen, Mutter.«

»Morgen, Gustav, wenn du morgen entlassen wirst ... wir wollen dich abholen, Gustav ...«

»Ja ... ja ... morgen!«

Dann hatten sie sich nichts mehr zu sagen. Saßen nur in schweigsamem Nebeneinander, in dem manchmal ein beklommenes Atmen war und

manchmal ein matter Schein, wie von einem Licht in einem milchigen Kristall.

... Bis die Besuchszeit zu Ende war.

*

Der Sonntagmorgen kam mit Gloria und Glocken und Ansturm aller Lebensmächte. Gleich in aller Herrgottsfrühe marschierte schon der Veteranenverein vorüber, mit wehenden Federbüschen und frischgewaschenen Fäustlingen und weißen Festjungfrauen. Das allgemeine Krankenhaus war heute so wenig furchteinflößend, daß der Tambourmajor gar nicht an Not und Schmerz und Krankheit dachte und gerade vor dem Portal den Regentenstab in die Höhe stieß. Worauf denn eine kriegerische Musik losbrach, die war wie das Vorspiel zum jüngsten Gericht und zur Auferweckung der Toten, daß sogar an der Hinterfront des Krankenhauses die Fenster zitterten.

Als ein übermütiger Junge stand der Tag draußen im Garten und warf Hände voll blitzenden, sprühenden, spritzenden Sonnengoldes in die Krankensäle.

Unbändig viel Unvernunft war auf der Welt, allergoldenste Unvernunft. Oben auf weißen Wolken balgte sich eine ganze Bande von geflügelten Lausbuben und schmiß einander mit Wohlanständigkeiten und Würdigkeiten, die heute da unten nicht gebraucht werden konnten. Unten in den Straßen gingen die kleinen Mädels mit funkelnden Augen und wedelten mit den lichten Röcken, als sei die Welt nur dazu da, sie zu bewundern.

Die Wärterin, das Gefäß wohlgestärkter Sauberkeit, brachte Gustav seinen Anzug, denselben, in dem er eingeliefert worden war. Sie hatte alle Risse geflickt und alle Flecke ausgeputzt. Obzwar sie ganz genau wußte, daß sie kein Trinkgeld erhalten werde, war sie dennoch voller Gefälligkeit und sogar zum Witzemachen aufgelegt.

»So, da haben S',« sagte sie, »ziagn S' wieder Ihnern alten Menschen an.«

Als Gustav angekleidet war, betrachtete sie ihn mit Wohlgefallen. »Ganz fesch schauen S' aus,« sagte sie, »bis erst die Haar nachg'wachsen sein ... Jetzt haben S' noch an Kopf wie a schäbige Katz.« Dann trat sie ganz nahe hinzu und war zugleich Herablassung und Vertrauen: »Wissen S', man muß sich ja freuen, wann amal a Deutscher krank wird. Jahraus, jahrein, beinah nix wie lauter Böhm und lauter Böhm.«

Gustav dankte mit einem Kopfnicken und fuhr in alle Laschen. Alles war da. Das Messer und der Schlüsselbund und das Notizbuch und ein kleines Fläschchen in der Westentasche.

»Was haben S' denn da?« fragte die Wärterin neugierig.

»Zahntropfen!« sagte Gustav.

»Aber der Herr Primarius kommt heut erst um a zehn Uhr zur Visit. Früher dürfen S' net weg. Er muß Ihnen als gesund öntlassen!«

»Ich gehe einstweilen in den Garten ... um zehn Uhr komm ich hinauf.«

Mit dem freundlichen Lächeln eines Dankbaren und Genesenden nahm Gustav ein Stück Zucker, das er vom Frühstück aufgespart hatte, und steckte es zu dem Fläschchen in die Tasche. Da waren nun Süße und die Bitterkeit des Todes nahe beisammen.

Dann ging er hinaus in den Garten und den strahlenden Morgen. Der Kies knirschte unter seinen Schuhen, und manchmal sprang so ein rundes, kleines Ding unter seinen Sohlen hervor und hüpfte in kurzem Bogen ins Gras, als sei der Übermut dieses Tages selbst im Stein lebendig.

Wie hatte die Mutter gesagt? Und jetzt würde es wieder so kommen wie damals.

Die Blätter der Bäume und Büsche trugen funkelnden Brillantenschmuck an den Rändern, feuchte Kühle wehte über die Grasflächen und manchmal zackte der Schatten einer Taube über den Weg und ein Flügelknattern stand in der Luft.

Und jetzt würde es wieder so kommen wie damals.

Wie Samt und Seide war die Luft, wie atmender Samt und in Duft aufgelöste Seide, und leicht und lind und lieblich plätscherte das Wasser des Lebens.

Und jetzt wird alles wieder so kommen wie damals.

Es waren Genesende auf allen Wegen. Sie gingen vorsichtig, mit staunenden Augen, in Segen und Gnade eingehüllt und voll Dankbarkeit und freudigen Willens. Einige waren da, die noch in Rollstühlen gefahren werden mußten. Die sahen nach links und rechts hinaus und waren denen, die schon gehen konnten, gar nicht neidisch. Als wüßten sie, daß Neid selbst eine Krankheit ist, vor der man sich hüten muß, wenn man gesund werden will.

Gustav ging um den Brunnen herum, in dem der sonntägliche Wasserstrahl tanzte. Ein paar Spatzen saßen am Brunnenrand, dicke, flügelschlagende Federbällchen, die Wasser über sich hinspritzten.

Und jetzt wird alles wieder so kommen wie damals.

Plötzlich war der Herr Zemann da. Das war der andere Deutsche vom Saal Nummer einundzwanzig. Er reichte Gustav die Hand: »Also heute verlassen Sie uns ... jetzt bin ich wieder der einzige Vertreter der deutschen Nation.«

»Ja ...«

Herrn Zemanns gutmütiges, noch etwas hageres Gesicht wandte sich ab: »Aber bitter ... bitter ist das. Daß Sie gleich aus dem Spital ins Untersuchungsgefängnis sollen ... an einem solchen Tag.«

Gustav sah den badenden Spatzen zu. Er zuckte die Achseln. Er bereute, daß er in der ersten Bestürzung, unter dem Eindruck der Vernehmungsfolter, Herrn Zemann alles erzählt hatte.

»Ja ... ist denn das wahr, daß Sie das wirklich gerufen haben? ... Sie müßten es doch wissen. Das ist das Arge an der Sache! ... Die Rauferei, mein Gott ... das allein hat ja nichts zu sagen. Dieser Ingenieur Vozihnoi ist doch sicher schon längst gesund.«

»Es ist erfunden,« sagte Gustav, »vollkommen erfunden. Aber es sind Zeugen da, die wissen es besser.«

»Ja ... und Ihnen glaubt man nicht. Sie sind halt schon ein politischer Verbrecher. Ja ... ja, schön schauen wir aus, mein Lieber, wir Deutschen, überall. Wenn wir zum Beispiel nicht unseren Primarius hätten, der ein Deutscher ist. Ich glaub', die Herren Sekundärärzte sähen uns lieber mit den Füßen voraus aus dem Krankenhaus kommen.«

Und nun begann sich Herr Zemann über kleinliche Drangsalierungen und Vernachlässigungen zu beklagen, die er erlitten zu haben glaubte. Wenn man von diesen Dingen sprach, so verblaßte der strahlende Morgen und verlor seine Macht.

»Entschuldigen Sie,« sagte Gustav, »ich möchte noch ein bißchen spazierengehen.«

Er ließ Herrn Zemann stehen und ging weiter, auf dem knirschenden Kies, zwischen juwelengeschmückten Büschen.

Ja ... und nun würde alles so kommen wie damals.

Auf einer Bank saß der alte Mann mit den Triefaugen und den unaufhörlich mahlenden zahnlosen Unterkiefern. Als Gustav an ihm vorüberging, sah er, daß der Morgen auch diesem klappernden Skelett Kraft in die Seele gegossen hatte, und daß es stark genug war, ihm den Haß seines Volkes aus triefenden, rotumrandeten Augen ins Gesicht zu werfen.

... Alles wie damals. Untersuchung. Und Verhandlung. Und dann Gefängnis, irgendwo, wo man einen wieder zur Erbärmlichkeit herunterwürgte. Wo man die Seele brach und Kraft und Mut und Stolz mit glühenden Eisen ausbrannte. Nur daß er diesmal ohne Hoffnung war, ohne Schlüssel zu einer Zukunft. Was hatte er gerufen? »Nieder mit Österreich! Hoch Deutschland!« Das war Hochverrat, glatter Hochverrat, der Polizeikommissär hatte ihm keinen Zweifel gelassen. Es waren Zeugen da, die gehört hatten, daß er sich mit diesem Kampfruf auf den Feind gestürzt hatte. Und ihm glaubte man nicht. Denn er trug das Brandmal des politischen Verbrechers.

Eine Bank stand da, nahe der Gartenmauer, am Ende eines Weges. Hier war man allein. Von dem Sitz drang die Feuchtigkeit des Taues in den Körper. Ein Zweig streckte sich über die rechte Schulter, und manchmal fiel ein Tropfen auf Gustavs Hand, wenn der leise Wind über die Mauer sprang.

Man hatte ihm angekündigt, daß er am Tor des Krankenhauses von zwei Wachleuten erwartet werden würde, wenn er gesund entlassen war.

Hier war es schön und einsam.

Und nun würde alles kommen wie damals.

Die Mutter hatte gesagt, daß sie ihn um zehn Uhr abholen würde. Sie würde kommen, zitternd vor Freude, ihn wiederzuhaben.

Und sie ... sie wird kommen ... wird kommen.

Und in den drei letzten Wochen war es sicher bereits mit Steffi so weit, daß alle Welt es sah ... Und wenn dann doch eine Torheit in der Seele aufstand, ein so recht unvernünftiges Wünschen und Hoffen, daß alle Festigkeit von Entschlüssen sich löste ... und man etwas auf sich nahm, was man dann doch nicht ertragen konnte ...?

Hier aber war es schön und einsam.

Ein Zweig bog sich zitternd über Gustavs Schulter, mit feinen, gefiederten Blättchen, mit ganz kleinen Blütenkelchen dazwischen in Rosa und Grün. Gustav streckte eine sehnsüchtige Hand aus, nahm den Zweig an seine Lippen. Und küßte den Sommer und die Jugend und das törichte drangvolle Leben. Da schlug es von irgend einem Turm zehnmal in den Sonntagsmorgen hinein.

Gustav nahm das Fläschchen aus der Westentasche, entkorkte es und träufelte seinen Inhalt auf das Zuckerstück, daß es ganz getränkt war und die Flüssigkeit über seine Finger lief. Er nahm das Stück Zucker in den Mund. Es knirschte zergehend zwischen den Zähnen, ein starker Geschmack nach bitteren Mandeln erfüllte den ganzen Mund und schien sich rasch im Körper zu verbreiten, als schmecke er ihn auch mit dem Gehirn und dem Herzen.

Es war noch ein Rest der Flüssigkeit in dem Fläschchen. Den trank Gustav aus.

Und gleich darauf tat es einen starken Schlag auf sein Herz ...

Da war es, als werde das Sonnenlicht noch viel lichter und heller ...

Etwas wie eine Rauchsäule kam aus dem Boden hervor. Und war doch keine Rauchsäule, sondern ein Mann.

Ragend.

In einem blauen Mantel, bärtig, und eine wirre Locke hing unter dem Schlapphut über das Auge. Er trug einen Speer mit einer Spitze wie lodernde Flamme. Er reckte eine Hand gegen etwas, das ganz Ehrfurcht und Glück war.

Da strahlte eine Kraft in dieses schon Namenlose, so eine Kraft, wie noch nie zuvor erfüllt worden war ... und ein Sprechen drang ein: »Komm – du Gescheiterter!«

Hinter dem Großen, Ragenden war ein Glänzen. Alte, vergessene Worte wurden Bilder: Brünne und Helm. Auf dem Kiesweg stampfte ein Roß, ein Schimmel mit wehender Mähne, stampfte mit acht Füßen. Ein Weib hielt den Zügel, einen Helm mit Adlerflügeln trug sie auf dem Haupt und lachte mit rückwärtsgeworfenem, lustigem Antlitz ...

Und wieder war dieses Sprechen, das wie starkes Licht eindrang: »Es müssen viel Kräfte an Kleinem verderben ... ehe einmal ein Großes wird.«

Da trug der Mann keinen blauen Mantel, sondern Reiterstiefel und Küraß und stemmte die Fäuste auf den Griff eines Pallasch, der vor ihm wie ein Strahl in die Erde ging ... und war doch derselbe wie früher.

Das Namenlose vor ihm wollte den Arm heben ... da war dieser Arm ein grüner Zweig mit kleinen Blütenkelchen in Rosa und Gelb ...

Aber das war alles vielleicht schon das große Träumen ...

... Als Gustav Gruber nicht bei der Visite erschien, suchten sie ihn im Garten.

Sie fanden ihn vor einer einsamen Bank, mit dem Gesicht auf dem Boden. Seine Hand hielt einen kleinen Blütenzweig.

*

Es sollte ein ganz großes Begräbnis werden. Mit allen Vereinen und Fahnenwehen und Ehrengeleite und Reden am offenen Sarg, wie es sich für einen Märtyrer und Helden geziemte.

Aber die Polizei befürchtete Kundgebungen und verbot alles Gepränge.

So wurde Gustav Gruber ohne sonderliche Veranstaltungen zu Grabe geleitet. Sehr viele Menschen gingen mit. Allenthalben auf dem Wege glänzten Pickelhauben. Aber der Sarg war unter Kränzen und Blumen verschwunden, und alle Schleifen trugen die heiligen Farben: Schwarz-Rot-Gold.

- Ende -

Der Attentäter
Roman von Kurt Kluge-Nevolt

Die Seelenverkäufer
Abenteuerroman von Kurt Faber

Jenseits des Äquators
Abenteuerroman von Ferdinand Emmerich

Der Feind aus dem Dunkel
Kriminalroman von Annie Hruschka

Der Tag der Vergeltung
Kriminalroman von Anna Katharina Green

Die Yacht der sieben Sünden
Kriminalroman von Paul Rosenhayn

Das Rätsel von Ravensbrok
Kriminalroman von Hans Hyan

Spreemann und Co
Historischer Berlin-Roman von Alice Berend

Die verlorene Welt
Abenteuerroman von Conan Doyle

Allan Quatermain und der Zauberer im Zululand
Abenteuerroman von Henry Rider Haggard

Attila - König der Hunnen
Historischer Roman von Felix Dahn

Lizzie Holmes und die Kristiana-Affäre
Kriminalroman von Sven Elvestad

Der Chinese
Ein Wachtmeister Studer - Krimi von Friedrich Glauser

Allan Quatermain und die heilige Blume
Abenteuerroman von Henry Rider Haggard

Bomben auf Monte Carlo
Roman von Fritz Reck-Malleczewen

Das Elfenbeinkind
Ein Allan Quatermain Abenteuerroman von Henry Rider Haggard

Weitere Bände in der Buchreihe „Historical Diamond"

Luigi Barzini

Peking-Paris im Automobil

Die legendäre
16.000 km – Rallye 1907

„Gibt es jemanden, der diesen Sommer eine Fahrt per Automobil von Peking nach Paris unternehmen wird?"

... fragte die Pariser Zeitung Le Matin am 31. Januar 1907. Es meldeten sich 40 Teilnehmer für das Rennen an. Aufgrund unüberwindlicher Schwierigkeiten starteten starteten letztlich doch nur fünf Teams am 10. Juni um 8:00 Uhr in Peking.

Der aus einer Patrizierfamilie stammende Scipione Borghese, der Sieger dieses Rennens, schreibt an sein Teammitglied, den Journalisten und Autor Luigi Barzini:

„Uns [...] erwartete allgemeiner Beifall, erwartete die Genugtuung, einen Augenblick lang die Begeisterung der großen Metropolen der Welt, der betriebsamen Städte, der stillen Flecken in ganz Europa erregt zu haben!

Am Punkt der Abfahrt die geheimnisvolle Hauptstadt des rätselhaften Reiches, aus dem das Geräusch des Lebens wegen der räumlichen Entfernung und des Abstandes im Denken nur gedämpft zu uns herüberklingt; am Endpunkt der lauteste Resonanzboden der Welt, Paris, von wo jeder, auch der leiseste Hauch des Lebens sich verstärkt und in tausendfachem Echo vervielfältigt über die ganze Erde verbreitet. ...

Der Telegraph und die Presse, sie sind die unmittelbare Ursache der Volkstümlichkeit, deren sich unser Unternehmen zu erfreuen hatte.

Diese beiden sind es, die Ihre spannende Darstellung überallhin verbreitet haben, die den eintönigen und für uns nur allzu häufig höchst verdrießlichen Zwischenfällen der Reise Interesse verlieh. ... Und das Publikum hat die Poesie gefühlt, die die einzelnen Kapitel dieser unserer modernsten Odyssee erfüllt."

Bibliographische Angaben:

Buchtitel:

Peking-Paris im Automobil: Die legendäre 16.000 km – Rallye 1907
Autor(en): Lugi Barzini u. Klaus-Dieter Sedlacek (Hrsg.)
Taschenbuch: 396 Seiten
Verlag: Books on Demand
ISBN 978-3-7528-3050-7
Auch als Ebook erhältlich.

Naturwissenschaft, Physik und Astronomie

– **Äquivalenz von Information und Energie.** Von: K.-D. Sedlacek

– **Das Gesetz im Zufall:** Wie sich verborgene Gesetzlichkeit manifestiert. Von: Moritz Cantor u. K.-D. Sedlacek (Hrsg.)

– **Der Widerhall des Urknalls:** Spuren einer allumfassenden transzendenten Realität jenseits von Raum und Zeit. Von: K.-D. Sedlacek

– **Einsteins Relativitätstheorie ganz ohne Mathematik.** Spezielle und allgemeine Relativitätstheorie. Von: Prof. Dr. Paul Kirchberger u. K.-D. Sedlacek (Hrsg.)

– **Freizeitvergnügen Sternenhimmel mit bloßem Auge:** Wie man Sternbilder auffindet ohne Instrumente. Von: Prof. Dr. Paul Kirchberger u. K.-D. Sedlacek (Hrsg.)

– **Phänomen Naturgesetze:** Das Geheimnis hinter den Erscheinungen der Welt. Von: K.-D. Sedlacek

– **Supervereinigung:** Wie aus nichts alles entsteht. Von: K.-D. Sedlacek

– **Die Natur psycho-physikalischer Phänomene.** Erforschung telekinetischer Vorgänge. Von: Schrenck-Notzing, A. u. Klaus D Sedlacek (Hrsg.)

– **Giganten der Physik.** Die Top10-Physiker der Menschheitsgeschichte. Von: Klaus-Dieter Sedlacek (Hrsg.)

– **Der allmächtige Informatiker:** Das Mysterium des Universums. Von Sir James Jeans u. K.-D. Sedlacek (Hrsg.)

– **Der verborgene Mechanismus des Weltgeschehens:** Neue Erkenntnisse über die Gestalten biotechnischer Systeme der Welt. Von: Dr. h. c. Raoul Francé u. K.-D. Sedlacek (Hrsg.)

– **Der erdgeschichtliche Klimawandel:** Den wahren Ursachen von Klimaschwankungen auf der Spur. Von Wilhelm Bölsche u. K.-D. Sedlacek (Hrsg.)

– **Wege zur physikalischen Erkenntnis.** Meine wissenschaftlichen Selbstbiografie, Reden und Vorträge. Von **Max Planck** u. K.-D. Sedlacek (Hrsg.)

Chemie

– **Der Stein der Weisen:** Wie die Alchemie zur Chemie wurde. Von: Wilhelm Ostwald et. al. u. K.-D. Sedlacek (Hrsg.)

– **Durchblick Chemie:** Praktische Grundlagen und Einführung in die anorganische, organische und Biochemie. Von: Prof. Dr. Lassar-Cohn, Prof. Dr. W. Löb, K.-D. Sedlacek

Natur- und Philosophie

– **Die letzten Ursachen.** Das Buch der Naturerkenntnis. Von: K.-D. Sedlacek

– **Gebundener Wille:** Wie frei ist menschlicher Wille tatsächlich? Von: K.-D. Sedlacek, G.F. Lipps et. al.

– **Jenseits der Erscheinungen:** Erkennbarkeit und Realität der Quantennatur. Von: Prof. Dr. M. Schlick u. K.-D. Sedlacek (Hrsg.)

– **Kleines Wörterbuch der Natur-Philosophie:** 1200 Begriffe, die man kennen sollte, kurz und prägnant. Von: K.-D. Sedlacek

– **Naturphilosophie:** Das Wesen von Naturgesetzen und die Erklärung des Lebens. Von: Prof. Dr. M. Schlick u. K.-D. Sedlacek (Hrsg.)

– **Vereinbarkeit von Religion und Naturwissenschaft.** Von: Kurd Laßwitz u. K.-D. Sedlacek (Hrsg.)

– **Das Konzept des Guten.** Sinnliches Empfinden – Der Ursprung unserer Wertvorstellungen. Von: Klaus-Dieter Sedlacek (Hrsg.)

– **Ist echte Erkenntnis möglich?** Einführung in die Erkenntnistheorie. Von: Prof. Dr. Erich Becher u. K.-D. Sedlacek (Hrsg.)

– **Das individuelle Ich:** Was ist der Kern des Selbstbewusstseins? Von: Th. Lipps u. K.-D. Sedlacek (Hrsg.).

– **Persönlichkeit und Unsterblichkeit:** In welcher Form existiert ein Weiterleben nach dem zeitlichen Ende? Von: Wilhelm Ostwald u. K.-D. Sedlacek (Hrsg.)

– **Die idealistischen Grundwerte unserer Kultur.** Von Johannes M. Verweyen u. K.-D. Sedlacek (Hrsg.)

Bewusstsein

– **Leben nach dem Leben:** Befreiung des Bewusstseins von den Fesseln der Zeit. Von: K.-D. Sedlacek

– **Quantenbewusstsein.** Von: N. Wrobel u. K.-D. Sedlacek

– **Synthetisches Bewusstsein.** Von: K.-D. Sedlacek

– **Unsterbliches Bewusstsein:** Raumzeit-Phänomene, Beweise und Visionen. Von: K.-D. Sedlacek

Leben und Medizin

– **Leben aus Quantenstaub.** Von: N. Wrobel u. K.-D. Sedlacek,

– **Was ist Krankheit?** Von: N. Wrobel u. K.-D. Sedlacek

– **Bewusstsein und Unsterblichkeit.** Von: C. L. Schleich u. K.-D. Sedlacek (Hrsg.)

– **Die Lebenskraft:** Wie Enzyme, Bewusstsein und quantenbiologische Effekte das Leben regulieren. Von: K.-D. Sedlacek u. N. Wrobel,

– **Die verborgene Ordnung des Weltsystems.** Neue Erkenntnisse über die schöpferischen Kräfte der Natur. Von: Dr. h. c. Raoul Francé u. K.-D. Sedlacek (Hrsg.)

– **Homöopathie und Praxis:** Naturheilkundliche alternative Medizin für den mündigen Patienten. Von: Dr. med. J. Voorhoeve u. K.-D. Sedlacek (Hrsg.)

– **Eine andere Sicht auf die Entstehung der sporadischen Form der Alzheimerkrankheit.** Von Norbert Wrobel u. K.-D. Sedlacek (Hrsg.)

PSYCHOLOGIE

– **Gestalt-Psychologie:** Einführung in die neue Psychologie vom Begründer der Gestaltpsychologie. Von: Prof. Dr. Kurt Koffka u. K.-D. Sedlacek (Hrsg.)
– **Die ersten Spuren psychischer Erscheinungen:** Das psychische Leben von Mikroorganismen – Eine Studie in experimenteller Psychologie. Von Alfred Binet u. K.-D. Sedlacek (Übers.)
– **Allgemeine moderne Psychologie:** Systematische Einführung in die Wissenschaft psychischer Prozesse. Von August Messer u. K.-D. Sedlacek (Hrsg.).
– **Strahlende Kräfte durch positives Denken:** Die Wurzeln des Erfolgs und Wege zum Glück. Von Emil Peters u. K.-D. Sedlacek (Hrsg.)

BIOLOGIE

– **Wie intelligent sind Pflanzen?** Sensationelle Einblicke in die geheime Seite des pflanzlichen Wesens. Von Prof. Dr. phil. Adolf Wagner u. K.-D. Sedlacek

– **Über Menschenaffen, Tierseele und Menschenseele:** Intelligenzprüfungen an Hominiden. Von Wilhelm Bölsche et. al. und K.-D. Sedlacek (Hrsg.)

GESCHICHTE, VOR- U. FRÜHGESCHICHTE

– **Die geheimnisvolle Kultur der alten Kelten.** Von Druiden, Fürstensitzen und der Lebensart unserer frühgeschichtlichen Vorfahren. Von Georg Grupp u. K.-D. Sedlacek (Hrsg.)
– **Der Alchemist Leonhard Thurneysser:** Die Lebensgeschichte des Goldmachers von Berlin. Von Klaus-Dieter Sedlacek (Hrsg.)
– **Es begann mit Feuerskraft.** Das Werden des Menschen und seiner Kultur. Von Carl W. Neumann u. K.-D. Sedlacek (Hrsg.)
– **Gefangen zwischen Eisschollen:** Die dramatische Entdeckungsgeschichte der Antarktis. Von Klaus-Dieter Sedlacek (Hrsg.)

RATGEBER FREIZEIT U. REISE

– **Kultur erleben mit den Wohnmobil in Frankreich:** Vierzig kulturelle Highlights, Park- und Übernachtungspätze sowie Navigationskoordinaten. Von Klaus-Dieter Sedlacek
– **Kochbuch für ganze Kerle:** Kräftige und Feinschmeckergerichte für Freizeit und Camping. Von K.-D. Sedlacek (Hrsg.)

FORSCHUNGSREISEN U. ABENTEUER

– **Meine erste Weltumseglung:** Tagebuch einer epochalen Expedition. Von James Cook u. K.-D. Sedlacek (Hrsg.)
– **Exotische Reise durch Persien:** Abenteuerlicher Bericht aus einer fremdartigen Welt des 19ten Jahrhunderts. Von Pierre Loti u. K.-D. Sedlacek (Hrsg.)
– **Mit der Beagle um die Welt:** Bericht meiner Forschungsreise zum Galapagos-Archipel. Von Charles Darwin u. K.-D. Sedlacek (Hrsg.)
– **Peking-Paris im Automobil:** Die legendäre 16.000 km – Rallye 1907. Von Luigi Barzini u. K.-D. Sedlacek (Hrsg.)
– **Mein Leben im Tropenparadise:** Fünfundzwanzig Jahre in Ceylon – Erlebnisse und Abenteuer. Von John Hagenbeck u. K.-D. Sedlacek (Hrsg.)

FANTASTISCHE WELT
ROMANE UND ERZÄHLUNGEN

Bd. 1: **Parallelwelt-Universum und die Suche nach der Weltformel.** Von: K.-D. Sedlacek
Bd. 2: **Marskolonie Eos: und die verschwindende Realität.** Von: K.-D. Sedlacek
Bd. 3: **Korakar: Geheimnisvolles Leben unter ewigem Eis.** Von: K.-D. Sedlacek
Bd. 4: **Die Spur des Dschingis-Khan.** Von: Hans Dominik, K.-D. Sedlacek (Hrsg.)
Bd. 5: **Atlantis: Die Rückkehr der Götter.** Von: Moriz Hoernes, K.-D. Sedlacek (Hrsg.)

SONSTIGE ROMANE

– **Prinz Otto oder Der Phönix und die Freiheit:** Roman über Intrigen und Macht, Verrat, Hinterlist und wahre Liebe - vom Autor der 'Schatzinsel' und von 'Dr. Jekyll und Mr. Hyde'. Von: Robert Louis Stevenson, K.-D. Sedlacek (Hrsg.), Vito von Eichborn (Hrsg.)
– **Herr der Welt.** Von: Jules Verne u. K.-D. Sedlacek (Hrsg.)